중국 고전 속 지혜의
현대적 해석

중국 고전 속 지혜의
현대적 해석

초판 1쇄 인쇄 2021년 11월 05일
초판 1쇄 발행 2021년 11월 08일
옮 긴 이 이경민(李京珉)·김승일(金勝一)
발 행 인 김승일(金勝一)
디 자 인 조경미
출 판 사 경지출판사
출판등록 제 2015-000026호

잘못된 책은 바꿔드립니다.
가격은 표지 뒷면에 있습니다.

ISBN 979-11-90159-74-6 (03820)

판매 및 공급처 경지출판사

주소: 서울시 도봉구 도봉로117길 5-14   **Tel:** 02-2268-9410   **Fax:** 0502-989-9415
블로그: https://blog.naver.com/jojojo4

※ 이 도서의 국립중앙도서관 출판시 도서목록(CIP)은 서지정보유통지원시스템 홈페이지(http://seoji.nl.go.kr)와 국가자료공동목록시스템에서
  이용하실 수 있습니다.

중국 고전 속 지혜의 현대적 해석

인민일보 해외판 학습소조(學習小組) 지음
이경민(李京珉) · 김승일(金勝一) 옮김

경지출판사 Korea Wisdom China

经典中国国际出版工程
China Classics International

contents

시진핑 중국 국가주석은 중화민족이 대대로 만들고 쌓아온 우수한 전통문화 속에서 영양과 지혜를 섭취하여 문화적 유전자를 계승하고 사상적 정화를 취사선택하여 정신적 매력을 펼쳐나가야 한다고 강조하였다. 보통 독자들은 전통적 역사나 문학, 철학, 윤리 등의 내용이 담긴 경전을 읽음으로써 과거와 오늘을 이해하고, 사리를 분별하고 시시비비를 판단할 수 있을 것이고, 공산당 간부에게는 전통문화 속에 녹아있는 사람 노릇, 관리 노릇, 나라를 다스리고 정치를 하는 큰 이치를 이해할 수 있도록 해 줄 것이다. 한 개인에게도 이러할 뿐만 아니라, 한 정당, 한 민족에게도 마찬가지이다.

중국 전통문화에서 수신은 줄곧 가장 기본적이고도 가장 핵심적인 요지로 인지되어 왔다. "천자에서부터 백성들에 이르기까지 모두 수신을 근본으로 삼아왔다." 당신이 공산당 고급 간부든 아니면 일반 국민이든, 한 사람으로서의 사회적 지위나 직업적 차이와 관계없이 한 개인으로써 최소한의 도덕성을 갖추고 있어야 한다. 옛 사람들은 이 도덕적 품성이 인간의 본성에 잠재되어 있기 때문에 금수와 다르다고 보았다. 그러나 이것은 후천적 개발에 의지해야 하며, 그렇지 않으면 온전한 사람이 될 수 없다고 보았다. 이것이 바로 수신이다.

3. 제가(齊家)

오늘날의 관료들에게 있어서 이것은 반드시 갖추어야 할 과제이다. 중국공산당 제18차 당 대회 이후 반부패 업무가 전개되었고, 갈수록 늘어나는 부패사건에 대한 심판과 중앙 감찰 팀의 개혁 의견 가운데, 매우 높은 비율의 간부 가족과 자녀들이 규율을 위반한 현상을 우리는 목격하고 있다. 대부분의 고위 간부들은 자신들의 가족들을 제대로 단속하지 못했거나, 혹은 눈감아 주었기 때문에 결국에는 감옥에 수감되고 말았다. 이것은 결코 우연한 현상이 아니다.

4. 치국(治國)

우리가 옛 사람들의 명언을 배우고 옛 선조들의 치국에 대한 지혜를 배우는 것은 그 글자의 의미만을 익히는 것으로는 부족하다. 명언 구절들은 우리에게 과거와 소통할 수 있는 창구를 열어 주는 것이며, 우리는 이 창구를 통해 진실된 역사와 만나고, 역사 흐름의 현실적 논리를 이해할 때 비로소 오늘날의 치국과 정치 실천에 유익한 도움을 얻을 수 있는 것이다.

contents

옛 사람들은 "격물(格物), 치지(致知), 성의(誠意), 정심(正心), 수신(修身), 제가(齊家), 치국(治國), 평천하(平天下)"를 중요하게 여겼다. 이 단계별 순서 속에서 평천하는 최종의 궁극적 목표였다. 그것은 일종의 초능력이며, 또한 일종의 위대한 정감이기도 하다. 그것은 정치가의 이상이기도 하며 지식인들이 추구하는 바였다. 이른바 "세상을 위해 마음을 세우고, 백성을 위해 도를 세우며, 옛 성현을 위해 끊어진 학문을 잇고, 후세를 위해 태평성대를 연다.(爲天地立心, 爲生民立命, 爲往聖繼絶學, 爲萬世開太平)"는 말이다. 동시에 그것은 많은 사람들의 노력이 있어야 하는 것이며, 모든 사람들이 동경하고 개개인이 꿈꾸는 일이기도 하다. "천하의 흥망성쇠는 필부에게도 책임이 있다.(天下興亡, 匹夫有責.)"는 말이다.

1
문화적 자신감을 가져야 하고,
초심은 잃지 말아야 한다.
(서언을 대신하여)

시진핑 중국 국가주석은 중화민족이 대대로 만들고 쌓아온 우수한 전통문화 속에서 영양과 지혜를 섭취하여 문화적 유전자를 계승하고 사상적 정화를 취사선택하여 정신적 매력을 펼쳐나가야 한다고 강조하였다. 보통 독자들은 전통적 역사나 문학, 철학, 윤리 등의 내용이 담긴 경전을 읽음으로써 과거와 오늘을 이해하고, 사리를 분별하고 시시비비를 판단할 수 있을 것이고, 공산당 간부에게는 전통문화 속에 녹아있는 사람 노릇, 관리 노릇, 나라를 다스리고 정치를 하는 큰 이치를 이해할 수 있도록 해 줄 것이다. 한 개인에게도 이러할 뿐만 아니라, 한 정당, 한 민족에게도 마찬가지이다.

문화적 자신감을 가져야 하고,
초심은 잃지 말아야 한다.
(서언을 대신하여)

왕수청王樹成

중국 공산당 창당 95주년 기념식에서 시진핑 총서기는 "초심을 잃지 말고 계속해서 전진해 나가자."라고 촉구하였다. '초(初)'의 뜻은 '본래' 혹은 '출발점'이다. 그러므로 초심은 바로 가장 본원의 정신을 말하는 것이다. 세계를 바라보면서 자기 민족의 언어와 역사와 문화가 지금까지 끊이지 않고 이어져 내려온 나라는 아마도 중국이 유일할 것이다. 우리는 동방에 우뚝 솟아 사해에 빛나던 태평성세도 누렸고, 또한 망국과 멸망의 끝자락에 서서 생존을 갈구하는 지경에 서기도 했었다. 그러나 어쨌든 문화는 항상 중화민족이라는 보이지 않는 혈통을 지켜주었고, 중국인의 국가에 대한 아이덴티티와 민족에 대한 아이덴티티를 지켜주었으며, 또한 중국 특유의 가치체계와 문명의 흐름을 만들어 왔다. 근대 이래로 중국은 세계에 뒤처지기도 했다.

우리가 고군분투하며 뒤쫓아 갈 때에는 문화적 전통에 대해 곤혹감을 느끼기도 했으며, 심지어는 의심하고 부정하기도 했다. 어떤 사람들은 국운의 쇠퇴를 오천년 역사의 탓으로 돌리면서 전면적인 서구화로 민족의 발전문제를 해결하지 않으면 안 된다고 주장하기도 했다. 이러한 급진적 비판주의자들에게 있어서 서구화는 현대화의 동의어였으며, 개방과 문명의 상징으로 여겨졌다. 우리가 중국적 특색의 사회주의 노선으로 나아갈 때 뒤를 돌아보면 그때 당시의 논쟁들이 오히려 중화문화 중흥의 계기가 되었던 것 같다. 만약 곤혹스러움이나 의혹이 현실적인 격차에서 비롯된 것이라고 한다면, 몇 십 년이 지나고 나서 중국 발전의 굳건한 발걸음들은 중화문화의 강한 생명력을 증명해주는 것이다. 우리는 비판적으로 계승해 나가야 할 필요가 있을 뿐만 아니라 문화적 자신감을 더욱더 되찾아 가야 할 필요가 있다. 오늘의 중국은 이러한 모든 것들과 마주할 충분한 자신감을 가지고 있다. 사람들이 중국이 어디로 갈 것인가의 문제에 대답해야 하고, 또한 반드시 중국의 현재를 직시해야 함을 의식하기 시작했다. 그리고 중국의 현재를 제대로 알기 위해서는 반드시 중국이 어디에서 왔는지를 밝혀야 한다는 사실을 의식하기 시작했다. 이러한 문제들의 정답은 중국의 전통 속에서 많이 찾아볼 수 있다. 역사를 잊어버리는 것은 배반을 의미하는 것이며, 전통을 버리는 것은 또한 우리가 의지해 온 뿌리를 잃어버리는 것이다.

　시진핑 총서기는 중화민족 자손대대로 만들어 오고 쌓아온 우수한 전통문화 속에서 영양분을 섭취하고 지혜를 얻어 문화적 유전자를 이어갈 수 있도록, 그리고 사상적 정화를 발취하고 정신적 매력을 펼쳐나가기 위해 노력해야 한다고 강조하였다. 일반 독자들은 전통적 역사와 문학, 철학, 윤리 등의 경전을 읽음으로써 고금을 알고 사리를 알고 시시비비를 구분할 수 있다. 고위 간부들의 입장에서 보면 전통문화는 사람의 됨됨이와 관리의 자세, 나라를 다스리고 정치에 임하는 큰 이치를 함축하고 있는 것이다. 한 사람 한 개인에게만이 아니라, 정당이나 민족에게도 마찬가지 이다.

루쉰(魯迅) 선생은 민족이 있어야 세계가 있는 것이라고 말한 바 있다. 중화민족은 다른 문명에게 더 좋은 "중국적 지혜"와 "중국적 대안"을 제공할 수 있다.

오늘날 세계는 지역 간의 충돌과 종교적 충돌, 문명 간의 충돌이 이곳저곳에서 발생하고 있으며, 포퓰리즘화·우익화·반세계화의 기조들이 출현하고 있다. 우리는 마찬가지로 인류가 어디로 나아가야 할 것인지에 대해 고민해야 한다. "중국적 대안"은 제로섬 게임(zero-sum game)이 아니라 공생과 공영을 위한 공존의 길을 말하는 것이다. 중화문화가 몇 천 년 동안 이어져 내려 올 수 있었던 이유가 외래문화에 대한 포용력 때문이었으며, 또한 "내가 하고자 하지 않는 것은 다른 사람에게도 시키지 말라(己所不欲, 勿施於人)"는 신조에서 비롯되었다. 문명교류에 대한 우리의 기대는 "구동존이(求同存異)다른 견해에 대해서는 일단 보류하고 의견을 같이 하는 것부터 협력한다는 뜻)"이며, "천하대동(天下大同)"을 하는 것이다. 이러한 이념은 오늘날에 이르기까지 면면히 이어져 오고 있으며, 또한 "인류의 운명공동체"라는 이념과 주장으로 이어지고 있다.

전통문화를 대하는 자세는 물론 과학적인 태도가 필요하다. 전통에 대한 계승과 민족적 아이덴티티를 강조하는 것이 세계적 조류를 배척하고 현대화에 저항하는 것을 의미하는 것은 아니다. 중화문화는 변화 속에서 발전해 왔으며, 마찬가지로 우리는 실천 속에서 끊임없는 혁신과 완벽함을 추구해 왔다. 중국은 모든 문명의 성과를 거울로 삼기를 바란다. 그러나 그렇다고 답습하고 모방하지는 않을 것이다. 중국적 특색의 사회주의의 위대한 실천이 바로 문화교류를 통한 상호 학습의 성공적인 조치이다. 중국인들은 항상(恒常)되고 변화지 않는 '도(道)'를 말하면서도 또한 시대에 맞추어 변화하는 '세(勢)'를 말하기도 한다. 우리의 역사는 줄곧 변화와 불변의 변증법적 통일 속에서 발전해 왔다. 이것은 우리로 하여금 중국은 단지 자신들의 당의 정황, 국가적 정황, 민족적 정황을 서로 결합시킬 때에만 비로소 개방 속에서 자신의 발전의 길을 굳건히 지켜나갈 수 있으며, 풍부한 실천을 통해 중화문화에 더 충만한 생기와 활력을 불어 넣을 수 있음을 명백히 알게 해 주었다.

옛 사람들이 "옛 것을 알아 오늘의 귀감으로 삼고, 역사로써 정치를 돕는다(知古鑒今, 以史資政)"라고 하였다. 전통은 가장 풍부한 지혜이며, 또한 가장 귀중한 자산이다. 전통은 우리로 하여금 초심을 되새기게 하며, 앞으로 나아가도록 독려한다는 말로 서문에 대신하고자 한다.

인민일보 편집위원
인민일보 해외판 총편집장

1
수신修身

중국 전통문화에서 수신은 줄곧 가장 기본적이고도 가장 핵심적인 요지로 인지되어 왔다. "천자에서부터 백성들에 이르기까지 모두 수신을 근본으로 삼아왔다." 당신이 공산당 고급 간부든 아니면 일반 국민이든, 한 사람으로서의 사회적 지위나 직업적 차이와 관계없이 한 개인으로써 최소한의 도덕성을 갖추고 있어야 한다. 옛 사람들은 이 도덕적 품성이 인간의 본성에 잠재되어 있기 때문에 금수와 다르다고 보았다. 그러나 이것은 후천적 개발에 의지해야 하며, 그렇지 않으면 온전한 사람이 될 수 없다고 보았다. 이것이 바로 수신이다.

1
수신(修身)

만약 일생의 사업을 위한 분투를 금자탑에 비유한다면, 수신은 바로 가장 기본이 되는 기초이다. 기초가 튼튼할수록 탑의 본체는 더욱 공고할 것이고, 기초가 넓을수록 탑의 꼭대기는 하늘 높이 솟아올라 갈 수 있다.

수신은 모든 성공의 출발점이며, 기초라고 할 수 있다.

중국의 전통문화 가운데, 수신은 줄곧 가장 기본적이면서도 가장 핵심적인 요지로 인식되어 왔다. "천자에서부터 서민에 이르기까지 하나 같이 수신을 근본으로 여긴다.(自天子以至於庶人, 一是皆以修身僞本)"라고 하였다. 당신이 고위 관부이든 아니면 보통의 시민이든, 사회적 지위나 직업이 서로 다르다 하더라도 사람으로서 가장 기본적인 덕성이 요구된다. 옛 사람들은 이 덕성이 인간의 본성 속에 감추어져 있으며, 인간을 짐승과 구별시켜주는 것이라고 보았다. 그러나 이것은 후천적으로 개발해야 하는 것이며, 그렇지 못하면 인간다운 인간이 될 수 없다고 여겼다. 이것이 바로 수신(修身)이다.

전통문화 가운데 수신은 도덕적 수양을 위한 것이었다. 그러나 오늘날 우리는 이 수신이 담고 있는 의미를 좀 더 확대하여 이해해도 상관이 없을 것이다. 수신은 곧 마음 수양이다. 내면의 마음이 거리 낌이 없고 사사로움이 없으면 호연지기(浩然之氣)[1]를 닦을 수 있다. 이러한 이상적 인격과 정신력은 현실 속에서 적극적인 역할을 하게 된다. 그것은 선과 악을 통찰하는 지혜이며, 시시비비를 가리는 준칙이자 왕성한 성취욕이기도 하다. 수신은 지식을 닦는 것이다. 지식이 폭발하고 있는 오늘날, 우리는 마음을 활짝 열고서 끊임없이 공부해 나가야 한다. 옛 선조들이 남겨 준 경전은 기초일 뿐 지식의 전부가 절대 아니다. 지식은 실천 가운데서 얻어지는 것이며, 실천은 끊임없이 발전해 나가기 때문에 그와 함께 지식도 끊임없이 새로워진다. 어떤 것이 지나간 과거가 될 때, 그것에 미련을 가지거나 낡은 것을 고집할 필요는 없다.

수신은 신체를 단련하는 것이다. 건강한 신체는 모든 것의 담보이다. 옛 선조들은 "바탕과 무늬가 고루 어울린 뒤에야 군자라 할 수 있다(文質彬彬, 然後君子)"고 하였다. '문(文)'은 지식과 예절을 말하는 것이고, '질(質)'은 힘과 정신으로 보아도 무방할 것이다. 이 두 가지가 겸비되어지고 균형을 이루어야만 비로소 완벽한 군자라 할 수 있다는 말이다.

---

1) 호연지기 : 『맹자』의 상편에 나오는 말로, 사람의 마음에 차 있는 너르고 크고 올바른 기운.

스승이란 일로써 가르치고,
일체의 덕으로써 비유하는 사람이다.

(師也者, 敎之以事而喩諸德者也)

출전 :『예기(禮記)』

원문 : 太傅在前, 少傅在後: 入則有保, 出則有師. 是以, 敎諭而德成也.

師也者, 敎之以事, 而諭諸德者也: 保也者, 愼其身以輔益之,

而歸諸道者也.²

  태부는 앞에 서고 소부는 뒤에 서는데, 들어가면 보(保)가 있고 나
가면 사(師)가 있다. 이로써 가르치고 깨우쳐 주어 덕을 이루게 하는
것이다. 사(師)는 일로써 가르쳐 덕을 깨우치게 하는 사람이요, 보는
자기 몸을 근신함으로써 유익하도록 돕고 이끌어 바른 길(道)로 돌아
가게 하는 사람이다.

  풀이 : 이른바 스승이란 학생들이 무엇인가를 할 수 있는 능력을 가
        르치고, 학생들의 우수한 도덕적 품성을 길러주는 사람이다.

---

2) 역자 주—喩 : 깨우칠 유/諸 : 모두 제 : '之於'의 줄임말. 傅, 師, 保 : 고대 관직명으로, 상나라
   주나라 시기 태자의 스승이었다. 태사(太師), 태부(太傅), 태보(太保)와 소사(少
   師), 소부(少傅), 소보(少保)로 나뉘며, 태사, 태부, 태보를 '삼공(三公)'이라고 하
   고, 소사, 소부, 소보를 '삼고(三孤)'라고 하며, 삼공의 보좌역이었다.

학생을 가르치고 자녀를 양육하거나 또는 백성을 교화하는 이 모든 것들이 한편으로는 무엇인가를 하는 것에서부터 시작해야 하며, 다른 한편으로는 도덕적인 측면에서 시작해야 한다. 선생을 예로 들면, 좋은 선생이란 도덕적 지조를 갖추고 있어야 한다. 선생의 인격적 힘과 인격적 매력은 성공적인 교육의 중요 조건이다 "스승이란 일로써 가르치고, 덕으로써 깨우쳐 주는 사람이다.(師也者, 敎之以事而喩諸德者也.)" 선생의 학생에 대한 영향은 선생의 학식과 능력과 불가분의 관계를 가지고 있지만, 선생의 사람 됨됨이, 그리고 나라와 백성에 대한, 공과 사에 대한 가치관은 더더욱 그러하다.

　마찬가지로 부모로써 자녀를 양육하는 것도 자녀들의 일하는 능력을 길러 주어야 하는 것도 있지만, 도덕적 측면에서 잘 이끌어주는 것이 더욱 중요하다. 그렇지 않으면 부모로서의 자격을 이야기하기가 어렵다. 관리가 되는 것 또한 마찬가지이다. 즉 도덕적 품성에 문제가 있으면 아무리 일을 잘한다 하더라도 관리로써는 불합격인 것이다.

덕은 근본이다.

(德者本也)

출전 : 『예기·대학(禮記·大學)』³

원문 : 君子先愼乎德, 有德此有人, 有人此有土, 有土此有財,

有財此有用. 德者本也, 財者末也.⁴

군자란 먼저 덕을 잃지 않도록 조심해야 한다. 덕아있으면 사람(백성)이 있고, 사람이 있으면 땅(농토)이 있으며, 땅이 있으면 재물이 있고, 재물이 있으면 쓰임이 있다. 덕은 근본이고 재물을 말단이다.

풀이 : 도덕적 수양은 사람됨의 근본이다.

---

3) 『대학』은 본래 『예기』의 한 부분이었다. 송나라 때 주희(朱熹)『중용(中庸)』과 함께 따로 뽑아 내 『논어』『맹자』와 함께 『사서장구집주(四書章句集注)』로 엮었는데, 이 4권을 후대에는 '사서(四書)'라고 통칭하게 되었다. 주희는 정이(程頤)의 관점을 인용하여 『대학』이 "공자의 유서로, 초학자가 덕으로 들어가는 문이다." 라고 하여 유가의 입문서로 삼았으며, 사서 맨 앞에다 놓았다. 그는 또 『예기』중의 『대학』편의 내용을 새로이 배열하여, '경(經)'과 '전(傳)' 두 부분으로 나누었는데, 그 중 '경'은 1장으로, 증삼(曾參)이 기록한 공자의 어록이다. '전'은 10장으로, 증자(曾子)가 공자에 대한 이해를 바탕으로 서술한 것이다. 『대학』은 사람으로서 반드시 숙지해야 할 내용으로, "삼강팔목(三剛八目)" 의 '삼강'은,대학(큰 학문)의 도리" 중의 '명명덕(明明德)', '친민(親民)', '지어지선(止於至善)' 이며, '팔목'은 『대학』에서 제기한 유가의 내외적 수련 단계로, '격물(格物)', '치지(致知)', '성의(盛意)', '정심(正心)', '수신(修身)', '제가(齊家)', '치국(治國)', '평천하(平天下)' 를 말한다.
4) 愼: 삼갈 신(삼가다, 조심하다)/ 財: 재물 재

이에 대한 옛 사람들의 설명은 모두가 변증법이다. "덕은 근본이다"라는 구절에 대응하는 구절은 그 다음의 "재물은 말단이다"라는 구절이다. 이 말은 단순히 재물이나 부귀, 물질적 의미를 부정하는 것이 아니라 가치의 순서 문제를 해결하기 위한 것이다. 다시 말해서 도덕이나 덕행에 비해서 재물이나 부귀 물질의 가치가 후순위라는 말로, 전자가 본질이고 더 근본적인 것이라는 말이다. 이러한 덕을 근본으로 여기는 사상은 오늘날에도 '공허'한 담론으로 여겨지곤 하지만, 오히려 관심을 기울여 볼 만하다. 특히 '덕'의 내적 의미와 외적 확장은 새로운 시대적 의의를 발굴해낼 필요가 있다.

동시에 명리(名利)나 금전(金錢)을 대하는 태도 또한 사람들의 반성이 필요해 보인다. 화폐나 자본이 확실히 어떤 나라나 어떤 지역, 심지어는 한 가정이나 개인을 평가하는 중요한 기준이기는 하지만 이것들이 유일한 기준은 아니다. 더군다나 사회적 영역에서 기본 단위로서의 가정이든, 개인의 내면세계든 간에 화폐주의의 함정에 빠져서는 안 된다는 경각심이 필요하다. 서양 현대경제학의 창시자로 불리는 아담 스미스는 『국부론』뿐만이 아니라 『도덕 감정론』도 저술하였다. 이로써 고대 중국이든 현대의 서양이든 도덕과 재물이라는 이 둘은 그 본말이 뒤바뀌어서는 안 된다는 사상은 서로 상통함을 알 수 있다.

군자의 마음은
거리낌이 없어 평온하다.
(君子坦蕩蕩)

출전 : 춘추시대 공자의 『논어·술이(論語·述而)』[5]

원문 : 君子坦蕩蕩, 小人長戚戚[6]

군자는 마음이 편안하고 넓어 거리낌이 없지만, 소인은 마음이 항상 걱정스럽고 근심스러워 한다.

---

5) 『논어』는 공자의 제자와 후학들이 공자의 언행을 기록한 어록체 저서이다. 이 책에는 공자의 사회 정치사상, 철학사상, 윤리사상, 교육사상 등을 담고 있으며, 또한 그의 세세한 생활습관들도 기록되어 있다. 『논어』에는 공자보다 46세가 어린 문하생 증삼(曾參)이 임종 때 남긴 유언도 실려 있어서, 일반적으로 이 책이 공자의 제자의 제자가 편찬한 것으로 보고 있으며, 그 저술 시기는 대략 전국시대 초기로 보고 있다. 공자(기원전 551~기원전 479)는 중국 고대의 사상가이자 교육가이며, 유가학파의 창시자이기도 하다. 이름은 구(丘)이고 자(字)는 중니(仲尼)이다. 춘추시대 말기 노 나라 추읍(陬邑) 지금의 산동성 취푸(曲阜) 사람이다. 공자의 사상은 중국뿐만 아니라 세계적으로도 아주 깊은 영향을 끼쳤기 때문에 "성인(聖人)", "지성선사(至聖先師)"로 불리기도 한다. 공자는 스스로 "술이부작(述而不作: 성인의 말씀을 서술하고 자기가 지어내지 않는다.)"이라고 칭하였는데, 실재로 공자 자신이 직접 쓴 저서는 없는 듯하지만, 중국에서 가장 오래된 경전인 이른바 "육경(六經)"이 아마도 공자가 학생들을 가르칠 때 사용한 교재였을 것으로 생각된다.
6) 坦(평탄한 탄)/蕩(쓸어버릴 탕): 坦蕩: 평탄하다, (마음에) 거리낌이 없다, 사리에 밝다./ 戚(겨레 척, 도끼 척): 근심하다, 슬퍼하다, 두려워하다, 조급해 하다 : 戚戚: 근심하고 두려워하는 모양

: 군자는 용납하지 못할 것이 없기 때문에 흉금이 거리낌이 없지만, 소인배는 온종일 계략만 꾸미기 때문에 불평불만이 가득하다.

공자는 특히 군자를 중시했으며, 군자와 소인배를 비교함으로써 자신의 학생들에게 군자가 되길 격려하길 즐겼다. 공자 시대에 '군자'라는 이 단어는 서로 다른 여러 가지 의미를 담고 있는데, 첫째는 귀족이나 높은 사회적 지위를 가지고 있는 사람을 가리키는 말이었지만, 이러한 사람들 중에는 종종 도덕적 수준이 낮거나 학문이 보잘 것 없는 사람들도 많았다.

공자는 학생들에게 두 번째 의미의 군자가 되라고 격려했다. 군자가 되면 어떤 이로움이 있을까? 반드시 물질적인 이로움이 있는 것은 아니다. 군자는 주로 높은 인생의 경지로, 시종일관 침착하고 솔직하게 다른 사람들과 일들을 대하기 때문에 항상 즐겁게 지낼 수 있다. 공자는 자신의 학생 중에서 안회(顔回)를 칭찬하였는데, 안회는 가난한 동네에 살면서 경제적으로 궁핍한 생활을 하였지만, "사람들은 그 근심을 견디지 못하지만, 안회는 그 즐거움을 바꾸지 않았으니 (人不堪其憂, 而回也不改其樂)" 이것이 바로 군자의 경지인 것이다. 이 이야기는 우리가 살아가고 있는 이 소비시대에, 항상 물질적 욕망의 유혹을 받고 살아가고 있는 당대의 우리가 깊이 생각해 볼 가치가 있는 문제이다.

군자는 의로써 바탕을 삼는다.

(君子義以爲質)

출전 : 『논어 · 위령공(論語 · 衛靈公)』

원문 : 子曰: "君子義以爲質, 禮以行之, 孫以出之, 信以成之. 君子哉!"[7]

공자께서 말씀하시길, "군자는 의로써 바탕을 삼고, 예로써 실행하며, 겸손함으로 나아가고, 믿음으로 이루니, 군자다운 것이다."

풀이 : 군자는 의로움을 내면적 근본으로 삼는다.

이 말은 사실은 공자가 제자들에게 어떻게 해야 군자다운 것인가에 대해 이야기하고 있는 것이다. 공자는 "의로움(義), 예의(禮), 겸손(孫遜), 믿음(信)" 이 네 가지를 이야기하였다. 그 첫 번째는 의로움이다. 의로움이란 군자의 근본으로(외적인) 형식과 대비하여 말하는 것이다. 의로움은 또한 내면의 본질로, 군자가 되고자 한다면 결국은 의로움을 실천해야 한다는 것이다. 두 번째는 예의로, 예의는 행위 규

---

7) 君(임금 군)/ 義以爲質(의위위질: 뜻으로 바탕을 삼다)/ 禮以行之(예이행지: 예로써 실천한다.), 孫(손자 손) : 여기서는 遜(겸손할 손)의 의미: 孫以出之(손이출지: 겸손으로 나아가다.)/ 信以成之(신이성지: 믿음으로 이루다). 君子哉.

범으로 말에 상대되는 것이다. 예는 의로움을 표현하는 적절한 외재적 형식이다. 세 번째는 겸손으로, 손(孫) 자는 겸손할 손(遜) 자로, 군자의 언행의 태도와 풍격을 가리키는 것으로, 지나치게 떠벌려서는 안 된다는 말이다. 네 번째는 믿음으로, 간단하게 말하면 말에는 반드시 믿음이 있어야 하므로, 말로 한 것은 반드시 실천해야 한다는 것이다. 공자는 이 네 가지를 실천해야만 진정한 군자라고 보았다.

칸트가 "두 가지 물건이 있는데, 우리가 그것에 대해 오래도록 깊이 생각할수록 그것들이 우리의 심령에서 불러일으키는 경이로움과 경외감은 날로 새로워지고 끊임없이 늘어나게 된다. 이것이 바로 나의 머리 위에 별이 빛나는 하늘이고, 마음속의 도덕법칙이다."라고 했다. 칸트가 말하고 있는 마음속의 도덕법칙이 바로 공자가 말한 군자의 본질인 '의로움'인 것이다.

우리는 항상 인심이 옛날 같지 못함을 한탄하곤 하는데, 이것은 옛날 사람들에게는 도덕적 타락의 문제가 없었다는 뜻이 아니다. 옛 문헌에 나타나 있는 이상적인 국가는 사실은 현실적인 선량함의 허구일 뿐, 역사적으로 존재했던 것이 아니다. 그러나 고대든 현대든, 심지어는 미래든 간에 "인간의 마음과 이치는 대동소이 하며(人同此心, 心同此理)" 기본적인 도덕법칙은 영원한 가치를 가진다.

완벽한 인격을 닦기 위해서는 반드시 하나의 근본을 바로 세워야 하는데, "군자는 의로써 바탕을 삼는다."는 이 말이 바로 우리가 살면서 의지해야 할 말이며, 또한 마음속의 도덕법칙이기도 하다.

선비는 마음이 넓고 의지가 굳건하고 인내 하지 않을
수 없으면 안 된다. 짐은 무겁고 갈 길이 멀기 때문이다.
(士不可以不弘毅, 任重而道遠)

출전 :『논어·태백(論語·泰伯)』

원문 : 士不可以不弘毅, 任重而道遠. 仁以爲己任, 不亦重乎? 死而後已,
不亦遠乎?[8]

선비는 뜻이 크고 의지가 강인해야 하는데, 책임은 무겁고 갈 길이
멀기 때문이다. 인으로써 자신의 소임으로 삼으니 또한 무겁지 아니
한가! 죽은 뒤에야 그만두는 것이니, 또한 멀지 않은가!

풀이 : 선비는 넓은 도량과 강인하고 의지가 있어야 하는데, 왜냐
하면 그 책임이 중대하고 찾아가야 할 길이 멀기 때문이다.

"선비(士)"는 고대 중국 사회에서 매우 특수한 계층으로, 그들은 지

---

8) 士(선비 사)/ 弘(클 홍)/ 毅(굳셀 의) : 弘毅(홍의: 뜻이 넓고 굳셈)/ 任(맡을 임)/ 重(무거울 중)/
道(길 도)/ 遠(멀 원)/ 仁(어질 인)/ 爲(할 위: ~로 삼다)/ 己任(기임: 자신의 임무)/ 亦(또한 역)/
乎(어조사 호: 의문)/ 死(죽을 사)/ 後(뒤 후)/ 已(이미 이)

식을 장악하고 있었으며, 또한 군주의 대업을 돕기도 하는 당시 사회의 핵심 역량이었다. 현대사회에서도 이러한 선비의 "홍의(弘毅: 넓은 도량과 굳은 의지)"의 정신은 여전히 필요한데, 특히 젊은 세대에게 있어서 시대와 발맞춰 나아가기 위해서는 책임감을 가지고 목표를 이루기 위해 분투노력하는 자세가 필요하다. 조국과 국민을 가슴에 품고서 사회와 타인을 위해 봉사할 때 진정한 공헌을 할 수가 있다.

국가의 전도나 민족의 명운, 국민의 행복은 당대 중국 청년들이 필수적으로, 반드시 짊어져야 할 중대한 임무이다. 어느 시대의 청년들이든 그 시대의 역사적 시운이 있기 마련이다. 중국은 번영과 부국강병의 길로 나아가고 있고, 중화민족은 위대한 부흥의 길을 걸어가고 있다. 중국 국민들은 더 행복하고 나은 삶을 향해 걸어가고 있다. 국민들과 함께 분투노력하고, 전진해 가면서 꿈을 실현함으로써 개인의 이상과 발전, 그리고 국가의 전도와 명운을 하나로 연결시켜 나가는 것이 그들이 짊어져야 할 책임감의 표현인 것이다.

배움에 싫증내지 않고 다른 사람을 가르침에
게으름을 피우지 않는다.

(學而不厭, 誨人不倦)

출전 : 『논어·술이(論語·述而)』

원문 : 子曰 : "默而識之, 學而不厭, 誨人不倦, 何有於我哉?"⁹

 공자께서 말씀하시길, "말없이 묵묵히 마음에 새기고, 배우되 싫증
내지 않으며, 남을 가르침에 게을리 하지 않는 일이라면 나에게 무슨
어려움이 있겠는가?"라고 하였다.

 풀이 : 배움에 만족해하지 않고, 다른 사람을 가르침에 피곤함을
      잊는다.

 배움에 항상 만족해하지 않고, 다른 사람을 가르침에 피곤한 줄 모
른다는 말이다. 이것은 하나의 경지이다. 배움에 싫증내지 않는다는
말은 개인적 측면에서 말하는 것이고, 다른 사람을 가르침에 게을리

---

9) 默(묵묵할 묵)/ 識(알 식)/ 厭(싫을 염)/ 誨(가르칠 회)/ 倦(게으를 권)/ 何(어찌 하)/
   哉(어조사 재)

하지 않는다는 말은 다른 사람과의 관계와 연결되어 있으므로 더욱 수양이 필요한 것이다. "다른 사람을 가르침에 게을리 하지 않기" 위해서는 선생으로서 학생을 존중하고 이해하고 관용을 베풀 줄 아는 품성을 가지고 있어야 한다. 존중 받고 이해해주고 관용을 얻는 이것은 모든 사람들이 일상생활 속에서 없어서는 안 될 심리적 수요이며, 특히 아동이나 청소년은 더더욱 그러하다. 어느 설문조사에서는 학생을 존중할수록 더 좋은 선생님의 중요한 지표라고 나타나기도 했다. 좋은 선생님은 학생을 존중할 줄 알아야 하고, 학생으로 하여금 자신감을 가지고 고개를 들고 가슴을 펼 수 있게 해주어야 하며, 또한 학생을 존중하는 말과 행동을 통해 학생들이 다른 사람들 존중할 수 있도록 가르쳐야 한다. 이른바 '열등생'에 대해, 심지어는 문제 학생에 대해서도 선생은 응당 더 이해하고 도움을 줄 수 있어야 한다.

선생이 학생들의 마음속에 중요한 위치를 차지하고 있을 때, 선생님이 내뱉는 무의식적인 한마디로 천재가 될 수도 있으며, 또 천재를 망칠 수도 있다. 좋은 선생은 모든 학생들을 평등하게 대해야 하며, 학생들의 개성을 존중하고, 학생들의 감정을 이해해야 하며, 학생의 결함이나 부족한 점을 포용하고, 모든 학생들의 장점과 특기를 알아볼 수 있어야 학생들로 하여금 쓸모 있는 인재가 되도록 가르칠 수 있다.

다른 사람이 자신을 알아주지 않음을 근심하지 말고,
자신이 다른 사람을 알아주지 못하는 것을 근심하라.

(不患人之不己知, 患不知人也)

출전 : 『논어·학이(論語·學而)』

원문 : 子曰: "不患人之不己知, 患不知人也."[10]

공자께서 말씀하시길, "다른 사람이 자신을 알아주지 않는 것을 걱
정하지 말고 자신이 다른 사람을 알아주지 못함을 걱정하라."라고 하
였다.

풀이 : 다른 사람이 자신을 이해하지 못한다고 걱정하지 말고, 자
기가 다른 사람을 이해하지 못하는 것을 걱정해야 한다.

옛말에 "나를 알고 적을 알면 백 번을 싸워도 위태롭지 않다.(知己
知彼, 百戰不殆)"는 말이 있다.

---

10) 患(근심 환)/ 知(알 지: 알아주다).

교류의 시각에서 보면 확실히 자기가 다른 사람을 이해하지 못함을 걱정해야 한다. 왜냐하면 첫 번째로 다른 사람을 이해하지 못하면 제자리걸음을 하기 십상이고, 둘째로 다른 사람과의 교류에 있어서 어떻게 대응해야 할지 잘 모르기 때문이다.

자신이 서고자 하면 다른 사람을 먼저 서게 하고,
자신이 통달하고자 한다면 먼저 다른 사람을 통달하게 하라.

(己欲立而立人, 己欲達而達人)

출전 : 『논어 · 옹야(論語 · 雍也)』

원문 : 子貢曰: "如有博施於民而能濟衆, 何如? 可謂仁乎?"

子曰: "何事於仁, 必也聖乎! 堯舜其猶病諸! 夫仁者, 己欲立而立人,
己欲達而達人. 能近取譬, 可謂仁之方也已."[11]

자공이 "백성에게 은혜를 베풀고 대중을 구제한다면 어떻습니까?
가히 어질다고 할 만합니까?"라고 물었다.

공자께서 말씀하시길, "어찌 어질다고만 하랴! 틀림없이 성인이라고
할 것이다. 요 임금과 순 임금도 그것이 부족하다고 여기셨다. 무릇
어진 사람은 자기가 서고자 하면 다른 사람을 서게 하고, 자기가 통
달하고자 하면 다른 사람을 통달케 한다. 가까이에서 취하여 비유할
수 있다면, 가히 인의 방법이라고 이를 수 있을 것이다."라고 하였다.

---

11) 如(같을 여: 만약)/ 博(넓을 박)/ 施(베풀 시)/ 濟(건널 제: 구제하다)/ 堯(요임금 요)/ 舜(순임금
순)/ 猶(오히려 유, 같을 유: 마치~와 같다.)/ 病(병 병: 흠, 결함, 부족한 점)/ 夫(지아비 부, 무릇
부: 발어사로, '대저' , '무릇' 으로 번역된다.)/ 取(취할 취) / 譬(비유할 비)/ 可(옳을 가, 가히 가)/
謂(이를 위) : 可謂(가히 ~라고 할 만 하다.)

풀이 : 자신이 다른 사람에 대한 어질고 사랑하는 마음을 바로 세
우면 그 사람도 자신에 대해 어질고 사랑으로 대할 것이고,
자기가 다른 사람에게 큰 아량으로 관용을 베풀면 다른 사
람도 자신을 관대하게 대할 것이다.

다른 사람을 도와주는 것이 바로 자신을 돕는 일이기 때문에, 자신
이 성공하고 싶으면 먼저 다른 사람을 성공할 수 있게 도와주라는 말
이다. "내 영혼의 닭고기 스프"처럼 깊은 철학적 의미를 가진 이런 말
들에 대해 옛 사람들이 일찍부터 언급하였으며, 중화문화에서 일찍
부터 "내가 서고자 하면 다른 사람을 세우고, 내가 통달하고자 하면,
다른 사람을 통달하게 하라"고 제창하였다.

중국은 정확한 의리관(義利觀)을 견지함으로써 다른 나라를 돕는
것이 바로 우리 자신을 돕는 것임을 너무나 잘 알고 있다. 최근 중
국이 '일대일로(一帶一路)' 및 아시아 인프라 투자은행(Asian Infrastru-
cture Investment Bank, AIIB) 설립 등을 제창하게 된 것이 모두 상호
이익의 시각에서 문제를 고려한 것으로, 에너지와 인프라 건설, 산업
협력 등의 방면에서 다른 국가에 이익을 가져다 줄 것이다.

중국은 또한 "다른 나라들이 중국의 차를 얻어 타는 것을 환영한
다."는 입장을 표명하기도 했다. 중국이 더욱 많은 나라들에서 환영
을 받는 것은 이 중국의 의리관과 밀접한 관계가 있다.

국가도 이러할 뿐만 아니라 개인 또한 더욱 그렇다. 자신의 발전을
추구하는 동시에 어느 정도는 주변 사람을 고려해야 하고 다른 사람

들도 고려해야 하는 것이다. 자신의 발전 성과로 다른 사람과 사회가 혜택을 누리게 될 때 지속적인 성공을 이어나갈 수 있는 것이다.

항상 노력하는 사람은 언제나 성공을 거두게 되고,
항상 실천하는 사람은 언젠가는 목적지에 다다르게 마련이다.

(爲者常成, 行者常至)

출전 : 『안자춘추·내편잡하(晏子春秋·內篇雜下)』

원문 : 梁丘據謂晏子曰 : "吾至死不及夫子矣!" 晏子曰 : "嬰聞之, 爲者常
成, 行者常至. 嬰非有異與人也. 常爲而不置, 常行而不休者, 故難及
也?"[12]

   양구거가 안자에게 말하길, "나는 죽음에 이르러서도 공자에게 미
치지 못하는 구나!"라고 하자, 안자가 말하길, '제가 듣건대 쉬지 않
고 일을 하는 사람은 언제나 성취하는 것이 있게 마련이고, 쉬지 않
고 길을 가는 사람은 끝내 목적지에 다다르게 마련이다.'라고 하였습
니다. 저라고 해서 다른 사람과 다른 점이 있는 것은 아닙니다.
   항상 움직여 일을 하여 포기하는 일이 없고, 항상 길을 감에 쉬지
않을 뿐이니, 그렇기 때문에 목적지 도착하는 것이 어려울 것이 있겠

---

12) 梁(들보 량 : 성씨)/ 丘(언덕 구)/ 據(의거할 거) : 梁丘據(춘추 시대 제 나라의 대부)/ 晏(늦을
   안: 성씨) : 晏子(?~기원전 500년, 춘추시대 제 나라의 정치가이자 사상가, 외교가. 이름은 영 嬰
   이고, 자는 충이다.) / 常(항상 상: 늘, 변함없이)

습니까?"라고 하였다.

> 풀이 : 끊임없이 노력하는 사람은 항상 성공을 거두게 되고, 게으름 피우지 않고 길을 걸어가는 사람은 항상 목적지에 도착하게 된다.

근현대사를 뒤돌아보면, 중화민족이 새롭게 다시 일어서는 과정은 항상 신념을 굳건하게 믿고 실천해 온 과정이었다. 실천을 신앙으로 여기는 민족은 아무리 오랜 세월 동안 누적되어 온 가난과 나약함이 있다고 할지라도 반드시 그에 상응하는 영광을 누리게 된다. 고대 중국의 명언 중에서 실천을 격려하는 긍정 에너지로 충만한 사례들이 비일비재한 것은 모두 우연이 아니다.

오늘날의 중국은 많은 목표와 이상을 가지고 있다. 멀게는 「중국의 꿈(中國夢)」이나 "두 개의 백년" 등의 분투 목표들은 근대 이래 모든 중화 후손들의 꿈이었다. 가까이로는 2020년 이전까지 전면적인 '샤오캉(小康)사회'의 건설을 완성하겠다는 분투 목표는 모두 우리가 신념을 견지해 나가면서 한 마음으로 힘을 합쳐 이루어 나가야 하는 것이다. 중국의 미래는 열정적인 발전과 건설을 필요로 한다.

행동으로 하는 자는 늘상 성취하게 마련이고,
걷는 자는 끝내 목적지에 다다르게 마련이다.

(爲者常成, 行者常至)

출전 : 『안자춘추·내편잡하(晏子春秋·內篇雜下)』

원문 : 梁丘據謂晏子曰 : "吾至死不及夫子矣!" 晏子曰 : "嬰聞之, 爲者常
成, 行者常至. 嬰非有異與人也. 常爲而不置, 常行而不休者, 故難及
也?"

양구거가 안자에게 말하길, "나는 죽음에 이르러서도 공자에게 미
치지 못하는 구나!"라고 하자, 안자가 말하길, "제가 듣건대 쉬지 않
고 일을 하는 사람은 늘상 성취하는 것이 있게 마련이고, 쉬지 않고
길을 가는 사람은 끝내 목적지에 다다르게 마련이라 하였습니다. 저
라고 해서 다른 사람과 다른 점이 있는 것은 아닙니다. 항상 움직여
일을 하여 포기하는 일이 없고, 항상 길을 감에 쉬지 않을 뿐이니,
그렇기 때문에 목적지 도착하는 것이 어려울 것이 있겠습니까?"라고
하였다.

풀이 : 아무리 어려운 일이라도 열심히 해 나가면 반드시 성공을 거두게 되고, 아무리 먼 길이라도 걸어가야만 목적지에 도달할 수 있다.

중국의 전통철학은 실천을 강조하는 철학으로, 신념을 견지해 나가거나 몸소 실천하는 내용의 명언이 아주 많다. "천리 길도 발 아래에서 시작된다.(千里之行, 始於足下)"는 말에서부터 "매일 노력하여 장기판의 졸처럼 나아간다 하여도 그 공은 헛된 것이 아니다.(日拱一卒, 功不唐捐)"라는 말이나 공자님의 "높은 산은 우러러 바라보아야 하며, 큰 행실은 따라서 해야 한다."는 말에서부터 왕양명(王陽明)의 "지행합일(知行合一)" 등이 모두 그러한 것들이다. 이러한 말들 속에는 깊이 있는 철학적 이념이 담겨져 있다. 지식은 단지 '인지'하는 것만으로는 부족하다. 직접 실천을 해야 한다. 그것을 실천할 때 비로소 진정한 인지가 가능해 지며, 또한 인지를 더욱 깊게 할 수 있는 가능성이 생겨난다. 그렇기 때문에 "공허한 담론(空談)"은 종종 나라를 망치게 되는 것이다. 그러나 실천을 하는 사람은 진정으로 다른 사람들의 존경을 받게 된다. 마찬가지로 안자(晏子)의 이 말에도 깊은 의미가 함축되어 있다. 이른바 '성인'과 일반인은 그렇게 큰 '차이'가 있는 것은 아니지만, 진정한 '차이'가 있다면 그것은 어쩌면 '노력'과 '실천'일 지도 모른다. 공자께서는 그와 다른 사람의 차이점이 "나의 도는 하나로 꿰어져 있다(吾道一以貫之)"는 이것일 것이다. 어떤 이념을 인식하고 끊임없이 쉬지 않고 추구하고 실천해 나가는 일은, 어쩌면 모든 사람들이 우러러 보는 경지에 도달할 수 있는 것은 아닐 것이다. 그러나 적어도 자신의 마음에, 그리고 하늘과 땅에 거리낄 것은 없어야 한다. 백리 길을 가는 사람은 90리를 반으로 잡지만, 대부분의 사람들이 쏟아 붓는 노력의 정도는 어쩌면 자신의 일생을 다 바친다 해도 천부성을 경쟁하는 그런 경지에는 이르지 못할 것이다.

강한 사람은 약한 사람을 억누르지 않고,
부귀한 자는 가난한 사람을 업신여기지 않는다.

(强不執弱, 富不侮貧)

출전 : 춘추전국 초기 묵자(墨子)의 『묵자·겸애(墨子·兼愛)』[13]

원문 : 天下之人皆相愛, 强不執弱, 衆不劫寡, 富不侮貧,

貴不敖賤, 詐不欺愚.[14]

---

13) 『묵자』는 묵적(墨翟)의 어록과 묵가학파(墨家學派)의 사상 관련 자료를 기록해 놓은 총집(總集)이다. 『한서·예문지(漢書·藝文志)』에는 "『묵자』 71편"으로 기록되어 있으나 현재는 53편으로, 일반적으로 묵자의 제자와 그 후학들이 기록하고 정리하여 책으로 편찬 한 것으로 보고 있다. 『묵자』는 크게 두 부분으로 나누어진다. 첫 번째는 묵자의 언행을 기록하고, 묵자의 사상을 설명해 놓은 내용으로 주로 묵가의 전기 사상을 담아 놓고 있다. 또 다른 부분은 「경상(經上)」, 「경하(經下)」, 「경설상(經說上)」, 「경설하(經說下)」, 「대취(大取)」, 「소취(小取)」 여섯 편으로, 묵변(墨辨)또는 묵경(墨經)으로 불려 지며, 묵가의 인식론과 논리 사상을 설명하고 있다. 또한 많은 자연과학적 내용을 담고 있기도 하며, 후기 묵가 사상을 보여준다. 묵자(墨子)(기원전 468년~기원전 376년)는 이름은 적(翟)으로, 반고(班固)는 묵자에 대해 "이름은 적이고, 송의 대부로, 공자보다 나이가 어리다.(名翟, 爲宋大夫, 在孔子後)" 라고 하였다. 묵자는 성을 쌓는 기계를 잘 만들었으며, 묵가 학파의 창시자이다. 선진 시기의 제자백가 중 유가, 묵가 이 두 학파를 일컬어 "현학(顯學)"이라고 하였는데, 당시 묵자의 명성은 공자와 비견될 정도였다. 묵자는 상현(尙賢), 겸애(兼愛), 비공(非攻), 절용(節用), 절장(節葬) 등을 주장하였으며, 기본적으로 하층의 노동자 계층의 목소리를 대변하였다. 그래서 묵자는 후대에는 노동자의 철학으로 불리기도 하였다.

14) 執(잡을 집: 잡다, 쥐다, 장악하다.) / 劫(위협할 겁) / 寡(적을 과): 소수 / 侮(업신여길 모) / 敖(거만할 오) / 詐(속일 사): 속임수에 능한 사람. 영악한 사람 / 欺(속일 기) / 愚(어리 석을 우): 어리석은 사람, 우직한 사람.

세상 사람들이 서로 사랑한다면 강자는 약자를 억누르지 않고, 다수는 소수를 겁박하지 않으며, 부자가 가난한 사람을 모욕하지 않고, 귀한 사람이 천한 사람을 업신여기지 않으며, 영악한 사람이 어리석은 사람을 속이지 않을 것이다.

> **풀이** : 강자가 약자를 억누르지 않고, 부자가 가난 사람을 업신여기고 모욕하지 않는다.

강자와 부자가 약자와 가난한 사람들을 괴롭히지 않는다는 말이다. 중국인은 옛적부터 "강자는 약자를 억누르지 않고, 다수가 소수를 겁박하지 않으며, 부자가 가난한 사람들을 모욕하지 않으며, 신분이 귀한 사람이 신분이 낮은 사람을 업신여기기 않고, 사기꾼이 우직한 사람을 속이지 않는 세상"을 제창해 왔다.

위대한 민족으로서 중화민족은 평화를 사랑하며, 평화와 화목, 화해에 대한 추구는 중화민족의 정신세계에 깊이 뿌리를 내리고 있다. "화해를 귀하게 여긴다(以和爲貴)", "다른 사람과 사이좋게 지내되 부회뇌동하지 않는다(和而不同)", "창과 방패를 옥과 비단으로 바꾼다(전쟁을 평화로 바꾼다.(化干戈爲玉帛)", "천하대동天下大同" 등의 이념은 대대손손 이어져 내려오고 있다. 한 개인에게도 이러하며, 전체 민족에게도, 국가에 대해서도 마찬가지이다. 고대 중국은 오랜 세월동안 세계의 강국이었다. 그러나 중국은 대외적으로 평화의 이념을 전파하였고, 비단과 차, 도자기 등 많은 특산품들을 수출해 왔다.

물론 중국이 중요하게 여기는 '조화로움(和)'은 무원칙적 인내를 말하는 것은 아니다. 국가의 핵심 문제에 있어서 중국의 마지노선은 매우 분명하다.

중국 고전 속 지혜의 현대적 해석

인과 의와 충과 신,
선한 일을 즐거워하고 싫증 내지 않는다.

(仁義忠信, 樂善不倦)

출전 : 『맹자·고자상(孟子·告子上)』¹⁵

원문 : 有天爵者, 有人爵者. 仁義忠信, 樂善不倦, 此天爵也.¹⁶

하늘의 작위도 있고, 사람의 작위도 있는데, 인, 의, 충, 신 등 좋은
일을 즐겨 하며 게으름을 피우지 않는 것, 이것이 하늘의 작위이다.

---

15) 맹자(孟子, 대략 기원전 372년~기원전 289년)는 이름이 가(柯)로, 추(鄒, 지금의 중국 산동성 추
현) 지역 사람으로 공자의 손자인 자사(子思)의 문하에서 수학하였다. 전국 시대 중기의 대 유학
자이다. 맹자는 공자의 학설과 사상을 계승, 발전시켜 고대 중국에서 공자 다음으로 큰 영향력
을 발휘했던 유학의 종사(宗師)로, "아성(亞聖)"으로 칭송된다. 『맹자』는 비록 맹자가 직접 쓴
것이 아니라 그의 제자가 기록한 것이긴 하지만, 그 내용은 맹자의 언행을 기록한 것임은 의심의
여지가 없다. 이 책에서 맹자는 인성론을 주장하였으며, 어진 정치(仁政)와 왕도(王道) 등의 정
치적 이론을 주장하였고, 또한 백성은 귀하고 군주는 가볍다(民貴君輕)을 주장하기도 하였다.
북송(北宋) 시기부터 『맹자』라는 이 책은 유가 경전의 반열에 올랐다. 남송(南宋) 시대의 주희
(朱熹)는 『맹자』라는 책을 "사서(四書)"의 하나로 편입시킴으로써 고대 지식인 사대부들의 필
독서가 되었다.
16) 爵(잔 작, 벼슬 작: 벼슬, 작위) / 樂(즐거울 락, 음악 악, 좋아할 요: 여기서는 '즐겁다'는 의미) /
倦(게으를 권)

: 인, 의, 충, 신을 존중하고 게으름을 피우지 않고 즐거이 선
　　　을 행한다.

인(仁), 의(義), 예(禮), 지(智), 신(信)은 중국 전통문화의 정화이다.
맹자가 보기에 인과 의와 충과 신은 하늘이 부여해준 능력이었으므
로 선을 행함을 즐거워했다. 이것은 오늘날 사회에서도 매우 중요한
귀감(龜鑑)의 의미를 가지고 있다. 정보가 홍수를 이루는 오늘날, 만
약에 바닥에 넘어져 있는 노인을 부축하여 일으킬지 말아야 할지 머
뭇거리는 사람이 있다면 이 말은 더욱 큰 의미를 가진다고 할 수 있
다. 다른 입장에서 보면, 이러한 전통문화 속의 사람들과의 좋은 관
계에 대한 전승은 중국인으로써 줄곧 잘 실천해 온 덕목으로, 특히
많은 재난 사고의 자원봉사자들과 묵묵히 많은 일들을 하고 있는 공
익 단체들이 그 좋은 사례라고 할 수 있을 것이다.
　거시적 시각에서 볼 때 중국은 국제 관계에서도 항상 믿음과 다른
나라와의 우호관계의 원칙을 지켜나가고 있다.

나가고 들어오면서 서로 벗하고,
지키고 바라보면서 서로를 돕는다.

(出入相友, 守望相助)

출전 : 『맹자 · 등문공상(孟子 · 滕文公上)』

원문 : 鄕田同井, 出入相友, 守望相助, 疾病相扶持.[17]

향전은 함께 경작하고, 나가고 들어올 땐 서로 벗하며, 지키고 바라볼 때는 서로 돕고, 질병이 들면 서로를 부축해 준다.

풀이 : 밖에 나가 일을 하고, 집에 돌아와 휴식을 취할 때는 모두가 동료이니, 마땅히 서로 돕고 화목하게 지내야 한다. 침입한 적이나 의외의 재앙에 대처하기 위하여 가까운 마을이 서로 경계하고 서로 도와야 한다.

좋은 스승과 유익한 벗과의 사귐은 인생의 큰 복이다. 교류를 통하여 벗들 간에 식견을 늘릴 수도 있고, 성정을 도야할 수 있으며, 품행을 닦아 나갈 수 있다. 그렇기 때문에 한 사람이 어려서부터 어른

---

17) 鄕(고을 향) / 助(도울 조) / 扶(도울 부) / 持(가질 지: 유지하다, 지키다, 보전하다)

이 되기까지 어떤 친구를 택하고, 어떻게 우정을 쌓아나갈 것인가 하는 문제는 시종 매우 중요한 인생 과제이다. 『설문해자(說文解字)』에서는 "뜻을 같이 하면 벗이 된다.(同志爲友)"라고 했는데, 그 의미는 같은 뜻과 의기투합이 바로 벗이 될 수 있는 전제조건이라는 말이다. 친구 사이에 같은 취향 이외에도 또한 상호 존중이 필요하다. 세계에서 완전히 똑같은 두 나뭇잎은 없으며, 또한 어떤 특성이 완전히 똑같은 두 사람인 경우는 있을 수 없다. 상대방의 개성을 상호 존중하는 것이 오랜 우정을 지켜나갈 수 있는 기초이다. 친구 사이에는 또한 상대방에 대한 관심이 있어야 하며, 서로 도와줄 수 있어야 한다. 특히 인생의 난관에 부딪혔을 때 진정한 우정은 너무나도 소중한 것이다. 그렇기 때문에 옛 사람들이 "어려울 때의 사귐은 잊어서는 안 된다.(患難之交不可忘)"라고 했던 것이다.

충만하여 가득 찬 것을 아름답다고 하고,
가득차서 빛이 나는 것을 크다고 한다.
(充實之謂美, 充實而有光輝之謂大)

출전 : 『맹자·진심하(孟子·盡心下)』

원문 : 可欲之謂善, 有諸己之謂信, 充實之謂美, 充實而有光輝之謂大,
大而化之之謂聖, 聖而不可知之之謂神.[18]

하고자 할 만한 것을 '선'이라고 하고(그러한 선을), 자기 몸에 가지고 있음을 일러 '신(믿음)'이라고 하며(선을 힘써 행하여), 자기 몸에 충만하게 채움을 일러 '미(아름다움)'이라고 하고, 가득차서 밖으로 빛이 나는 것을 일러 '대(크다)'라고 한다. 커서 저절로 변화하는 것을 일러 '성(성스러움)'이라고 하며, 성스러워 알 수 없는 것을 일러 '신(神)'이라 한다.

풀이 : 사람들이 좋아할 만한 것을 일러 '선(선인)'이라고 하며, 자기 자신에게 그러한 선이 갖추어져 있는 것을 '신(신인)'이라

---

18) 欲(하고자 할 욕, 바랄 욕: 좋아하다, 사랑하다.) / 諸(모두 제: ~에게) / 充(찰 충: 가득 차다, 채우다) / 輝(빛날 휘)

고 하며, 선으로 자신의 몸을 충만하게 채우는 것을 '미(미
인)'이라고 하며, 내면으로 가득 차 밖으로 빛이 나는 것을
'대(대인)'라고 하고, 위대하면서도 만물을 감화시키는 것을
'성(성인)'이라고 하며, 성스러움이 오묘하여 알 수 없는 것
을 '신(신인)'이라고 한다.

　맹자의 이 말은 원래는 개인의 수양에 관해서 언급한 것이다. 착함
(善), 믿음(信), 아름다움(美), 위대함(大), 성스러움(聖), 신령함(神), 이
것들은 모두 개인이 수양할 수 있는 서로 다른 경지를 설명하는 것
들이다. 만약 우리가 이러한 정의를 문예 창작 영역에 적용시킨다면,
우수한 작품이 되기 위해서는 우선 재기(才氣)가 충만해야 하고, 기초
가 튼튼해야 하며, 내용이 충실해야 한다. 위대한 작품이 되기 위해
서는 여기에 인성적인 빛남과 역사적인 관심이 있어야 한다. 조설근
(曹雪芹)은 『홍루몽(紅樓夢)』을 쓰면서 "십년 동안 연구하며, 다섯 번을
고쳤다(披閱十載, 增刪五次)"고 하였다. 플로베르(Gustave Flaubert,
1821~1880)는 『보바리 부인(Madame Bovary)』을 쓰면서 어떤 때는
"한 페이지를 5일 동안 쓰기도 하였고", "하숙집 부분은 아마도 3개
월 만에야 완성했다"고 하였다. 많은 위대한 문학예술 작품들이 모
두 이처럼 반복적인 수정작업과 기나긴 창작 과정 속에서 피땀으로
써 낸 것들이다. 예술가가 작품을 대함에 이처럼 갈고 닦는 자세는
한 개인이 자신의 일에 대해서도 마찬가지로 필요한 것이다. 2016년의
『정부업무보고』에서 전 사회적으로 "장인정신"을 함양해 나가야 한다

고 제창하였다. 무엇이 장인정신인가? 바로 수공예가가 자신의 수공예품을 만들면서 정교하게 세공하고 반복해서 다듬어서 마침내 좋은 작품을 완성하는 것을 말한다. 이는 길이 멀어야 말의 힘을 알 수 있는 것처럼, 꼼꼼함 속에서 정교한 제품이 만들어지는 것이며, 도식화된 생산이나 무차별적 모방, 웨이브 스타일식 생산 등을 반대하는 것이고, 창조력과 지혜, 심혈, 개인적 풍격 등이 응집된 것이다. 이러한 정신은 문예에만 존재하는 것일까? 전혀 그렇지 않다. 일본의 "스시의 신"은 수 십 년 동안 손으로 직접 초밥을 만들면서 마침내 자신만의 맛을 찾아냈다고 한다. 많은 중국 제품을 만드는 "대국의 장인들" 역시도 몇 십 년을 하루같이 한 가지 일에 몰두해 오고 있다. 빠르고 경박한 오늘날 중국사회에는 특히 이처럼 차분하게 견지해 나가는 것이 필요하다.

깊이 고이지 않은 물은
큰 배를 띄울 때 힘이 없다.

(水之積也不厚, 則其負大舟也, 無力)

출전 : 전국시대 장자(莊子)의 『소요유(逍遙遊)』

원문 : 其視下也, 亦若是則已矣. 且夫水之積也不厚, 則其負大舟也無力. 覆
杯水於坳堂之上, 則芥為之舟. 置杯焉則膠, 水淺而舟大也. 風之積也
不厚, 則其負大翼也無力. 故九萬里, 則風斯在下矣.[19]

그 아래를 내려다보아도 또한 이와 같을 따름이다. 물이 쌓인 것이
두텁지 않으면(고인 물이 깊지 않으면) 큰 배를 띄울 힘이 없다. 한 잔
의 물을 움푹 패인 곳에 부으면 겨자씨를 배로 삼을 수는 있으나, 잔
을 그곳에 띄우면 곧 바로 바닥에 닿아 버린다. 물이 얕고 배가 크기
때문이다. 바람의 쌓임이 두텁지 않으면, 큰 날개를 지탱할 수 없다.
그런 까닭에(붕은 단번에) 구만리를 솟구쳐 올라가 바람이(날개) 아
래에 충분히 쌓이게 하는 것이다.

---

19) 若(같을 약, 만약 약) 若是(약시: 이와 같을 따름이다.) / 積(쌓을 적) / 厚(두터울 후) / 負(질
부: 물에 뜨게 하다) / 覆(뒤집을 복: 거꾸로 쏟아 붓다) / 杯(잔 배) / 坳(움푹 패인 곳 요) 堂(집
당: 평지, 뜰) 坳堂(요당: 뜰 가운데 움푹 패인 웅덩이) / 芥(겨자 개) / 置(놓을 치) / 膠(아교 교:
땅에 달라 붙다) / 淺(얕을 천) / 翼(날개 익) / 斯(이 사: 이, 이것)

: 물이 쌓인 것이 두텁지 않으면 큰 배를 띄울 힘이 없다.

　사람 노릇이나 일을 할 때는 항상 안정이 되어 있고 굳건해야 한다. 이른바 "물의 쌓임이 두텁지 않으면 큰 배를 띄울 힘이 없다"는 말이다. 지식이 부족하고 시야가 좁으면 일을 함에 틀림없이 쉽게 어려움에 부딪히게 될 것이므로 여유는 말할 것도 없다. 일이나 생활에서도 이러한 이치는 마찬가지 이다. 선생 노릇을 예로 들어보면, 착실한 기초지식과 탄탄한 교학능력, 성실한 태도, 과학적 교수방법 등은 선생으로서의 기본 자질이다. 그 중에서 지식은 가장 기본적인 기초이다. 외국의 교육가들은 "학생들로 하여금 일정의 지식이라는 라이트 스팟을 얻게 하기 위해서 교사는 전체 빛의 바다를 빨아들여야 한다."고 말한다. 정보의 홍수시대에 좋은 선생이 되기 위해서는 자기가 알고 있는 지식을 훨씬 뛰어넘어 학생들에게 가르쳐야만 한다.

　학생들을 감당할 수 있는 전공 지식뿐만이 아니라 더 광범위한 통용적 지식과 더 넓은 포부와 시야가 필요하다. 좋은 선생님은 지혜로운 선생님이어야 하며, 그는 학습, 처세, 생활, 교육에 관한 지혜를 갖추고 있어야 한다. 즉 물고기에 대해 가르쳐야 할 뿐만 아니라 물고기를 잡는 방법도 가르쳐야 하는 것처럼 다방면에서 학생들을 도와주고 이끌어 주어야 한다. 학생들은 엄격하고 융통성 없는 선생님에 대해서는 용서하지만, 학식이 천박한 선생은 용납하지 않는다.

본 것은 아는 것만 못하고,
아는 것은 실천하는 것만 못하다.

(充見之不若知之, 知之不若行之)

출전 : 전국시대 순황(荀況)의 『순자·유효(荀子·儒效)』[20]

원문 : 不聞不若聞之, 聞之不若見之, 見之不若知之, 知之不若行之, 學至於
行之而止矣.[21]

들어보지 못한 것은 들어 본 것만 못하며, 들어 본 것은 본 것만
못하다. 본 것은 아는 것만 못하며 아는 것은 그것을 행하는 것만 못
하니, 배움은 그것을 행하는 것에 이르러야 만족된다.

---

20) 순자(荀子)(기원전 313년~기원전 228년)는 이름이 황(況)이고, 자가 경(卿)이며, 조(趙) 나라 사
람으로, 전국시대 말기의 대 유학자이다. 고서(古書)에서는 손경(孫卿)으로 일컬어지기도 한
다. 폭넓은 학식으로 유가학설을 계승하여 발전시켰으며, 또한 다른 제자백가의 사상의 장점들
을 흡수하여 유가사상에서 일파를 이루었다. 예를 들어, 순자는 성악설(性惡說)을 주장하여 같
은 유가사상인 맹자의 성선설과 첨예하게 대립하기도 하였다. 순자는 또 예를 매우 중시하였
는데, 예(禮)가 사회관계를 조정하는 측면에서 중요한 역할을 한다고 여겼으며, 그의 치리(治理)
사상에 있어서는 예와 법의 겸용, 왕도와 패도의 병중을 주장하였다. 『순자』라는 책은 서한(西
漢)시기 유향(劉向)이 편찬한 것으로 모두 32편으로 구성되어 있으며, 이를 당나라 때의 양륜
(楊淪)이 20권으로 수정하였다. 일반적으로 「권학(勸學)」, 「왕패(王霸)」, 「성악(性惡)」 등의 편
장은 모두 순자 본인의 작품으로 평가된다.
21) 若(같을 약), 不若(불약: ~만 같지 못하다, ~보다 못하다) / 止(그칠 지: 멈추다, 그만두다, 끝나
다, 만족하다.)

풀이 : 눈으로 보는 것은 그것을 이해하는 것만 못하며, 이해하는
것은 그것을 실천하는 것만 못하다.

이 말은 주로 공부를 할 때 눈을 보는 것은 더 깊이 파고 들어가
이해하는 것만 못하고, 깊이 이해하는 것은 시간을 들여 실행해 보는
것만 못하다는 말이다. 이 말은 "만권의 책이라도 읽어야 하고, 만리
의 길도 직접 걸어가 보아야 한다.(讀萬卷書, 行萬里路)"라는 말과 같은
의미이며, "실천은 진리를 검증하는 유일한 기준이다"는 말과도 일맥
상통한다. 이 말들은 모두 실천의 중요성을 강조하는 말이다.

(군자는) 선함을 보면 그것을 자신에게 옮겨오고,
잘못이 있으면 고친다.

(見善則遷, 有過則改)

출전 : 『역전·상하·익(易傳·象下·益)』²²

원문 : 風雷, 益. 君子以見善則遷, 有過則改.²³

바람과 우레는 서로 더해 주는 것이다. 군자는 이로써 선함을 보면
그것을 자신에게 옮겨오고, 잘못이 있으면 고친다.

풀이 : 좋은 점을 보게 되면 배우도록 노력하고, 잘못이 있으면 곧
바로 고친다.

---

22) 『주역(周易)』은 은주(殷周) 교체기에 편찬된 책으로, 『역경(易經)』으로도 불리며, 약칭 『역
(易)』이라고 한다. 후대에 『주역』의 일부분이라고 여겨지는 『역전(易傳)』이 전국시대에 와서
따로 책으로 만들어 졌다. "역(易)"은 '변화하여 바뀜'(변화와 조화), '간단하게 바뀜'(복잡한
것을 간단하게 바꿈), '바뀌지 않음'(상대적인 영원불변)의 세 가지 의미가 있다. 전하는 바에
의하면 주나라 문왕이 괘(卦)와 효(爻) 두 가지 부호를 중복하여 64괘, 384효를 만들었고, 괘
의 상에 근거하여 길흉을 점쳤다고 한다. 『주역』에는 세계관과 윤리학설, 그리고 풍부하고 소
박한 변증법이 포함되어 있으며 중국 철학사상 중요한 지위를 차지하고 있다. 또한 중국 문화
에도 거대한 영향을 미쳤다.
23) 雷(우레 뢰)/ 益(도울 익)/ 遷(옮길 천)/ 過(허물 과: 허물, 잘못, 과실)/ 改(고칠 개).

이 말은 '익(益)' 괘의 '대상(大象)'이다. '익'괘 아래에는 '진震(☳)'이 있고 위에는 '손巽(☴)'이 있는데, '진(☳)'은 '우레'이고 '손(☴)'은 바람이다. 그러므로 '대상(大象)'에서 말하길, "바람과 우레는 더해주는 것이다. 군자는 이로써 선함을 보면 그것을 옮겨오고, 잘못이 있으면 고친다."라고 한 것이다. 점복의 시각에서 보면 이것은 일을 도모하기에 좋은 괘로, 사업을 벌이면 형세가 안정적이겠으나, 나그네가 제약하는 힘 또한 매우 크기 때문에 주인은 반드시 적극적이고 주동적이면서도 조심하고 신중해야 한다. 그러므로 일을 벌일 때 우레와 같이 맹렬하고 바람같이 신속해야 하며, 꿋꿋이 밀고 나가야 한다. 또한 이 과정에서 끊임없이 자신을 완성시켜 나가야 한다.

자신을 완성시키는 방법에는 두 가지가 있는데, 첫 번째는 다른 사람들의 장점을 발견하고 그것을 배우는 것이고, 두 번째는 자신의 결함을 발견하여 고치는 것이다. 이것이 바로 '익'괘가 사람들에게 계시해 주는 내용이다.

진실로 용감하고 씩씩하고 언제나 굳세고 강하니
아무도 침범할 수 없다. 비록 육신은 죽어서도 정신은
혼령이 되니, 그 혼백이 굳세어 뭇 귀신들의 영웅이 되었네.
(誠旣勇兮又以武, 終剛强兮不可凌. 身旣死兮神以靈, 魂魄毅兮爲鬼雄)

出典 : 전국(戰國) 시대 굴원(屈原)[24] 의『구가·국상(九歌·國殤)』[25]

原文 : 操吳戈兮被犀甲, 車錯轂兮短兵接.[26]

　　　　旌蔽日兮敵若雲, 矢交墜兮士爭先.[27]

　　　　凌余陣兮躐餘行, 左驂殪兮右刃傷.[28]

---

24) 굴원(屈原)(대략 기원전 340년~기원전 278년)은 전국시대 초나라의 정치가로, 중국 최초의 위대
한 시인이다. 이름은 (평平)이고 자는 원(原)으로 스스로 이름을 정강(正剛), 호를 영균(靈均)
이라고 하였다. 학식이 깊어 초기에는 초나라 회왕(懷王)을 보좌하면서 삼려대부(三閭大夫),
좌도(左徒)를 지내기도 했다. 안으로는 어진 인재를 등용하고 법도를 명확하게 하고, 밖으로는
제 나라와 연합하여 진나라에 대항할 것을 주장하였다. 귀족들의 모함으로 원상(沅湘) 유역으
로 유배당하기도 했다. 그 뒤 초나라 정치의 부패로 수도인 영(郢)이 진 나라의 공격에 함락되고
더 이상 구제할 힘이 없게 되고, 또한 정치적 이상을 실현할 길이 없음을 한탄하며 멱라강(汨羅
江)에 투신자살하였다.
25) 『구가·국상』은 전국시기 초나라의 위대한 시인인 굴원의 작품으로, 이름 없이 죽어간 초나라 병
사들을 추도하는 만가시(挽歌詩)이다.
26) 操(잡을 조)/ 吳(오나라 오)/ 戈(창 과)/ 兮(어조사 혜)/ 被(입을 피)/ 犀(무소 서)/ 甲(갑옷 갑)/
車(수레 차, 수레 거)/ 錯(섞일 착)/ 轂(바퀴 곡)/ 短(짧을 단)/ 接(이을 접)
27) 旌(기 정)/ 蔽(덮을 폐: 가리다, 숨기다)/ 敵(적 적)/ 若(같을 약)/ 雲(구름 운)/ 矢(화살 시)/ 交
(사귈 교: 주고 받다, 오고 가다, 교차하다)/ 墜(떨어질 추)/ 爭(다툴 쟁)
28) 凌(업신여길 릉)/ 余(나 여)/ 陣(진 칠 진: 진, 대열)/ 躐(밟을 렵)/ 驂(곁마 참)/ 殪(쓰러질 예)/ 刃
(칼날 인)/ 傷(다칠 상)

操兩輪兮縶四馬, 援玉枹兮擊鳴鼓.[29]

天時懟兮威靈怒, 嚴殺盡兮棄原野.[30]

出不入兮往不反, 平原忽兮路超遠.[31]

帶長劍兮挾秦弓, 首身離兮心不懲.[32]

誠既勇兮又以武, 終剛強兮不可凌.[33]

身既死兮神以靈, 魂魄毅兮爲鬼雄.[34]

오나라 창 들고 무소 갑옷 입고, 전차 축이 부딪히고 단병기로
접전을 펼친다.

깃발이 해를 가리고 구름같이 몰려드는 적군, 빗발치는 화살
뚫고 병사들 앞 다투어 나아간다.

적군이 아군의 진지를 능멸하고 우리 행렬 짓밟아, 왼쪽 참마
는 죽고 오른쪽 말도 칼날에 쓰러진다.

수레의 두 바퀴 땅에 처박고 네 마리 말은 한데 묶고서, 구슬

---

29) 埋(흙비 매)/ 兩(두 양)/ 輪(바퀴 륜)/ 縶(맬 집)/ 援(도울 원: 당기다, 뽑다)/ 玉(구슬 옥)/ 枹(떡
갈나무 포, 북채 부)/ 擊(칠 격)/ 鳴(울 명)/ 鼓(북 고)
30) 天(하늘 천)/ 時(때 시)/ 懟(원망할 대)/ 威(위엄 위)/ 靈(신령 령)/ 怒(성낼 노)/ 嚴(엄할 엄)/ 殺
(죽일 살)/ 盡(다할 진)/ 棄(버릴 기)/ 原(들판 원)/ 野(들 야)
31) 往(갈 왕)/ 反(거꾸로 반: '返 돌아오다')/ 忽(갑자기 홀: 아득하다, 형체를 수 없는 모양)/ 路(길
로)/ 超(뛰어넘을 초: 멀다, 멀리 떨어지다)/ 遠(멀 원)
32) 帶(지닐 대)/ 劍(칼 검)/ 挾(낄 협)/ 秦(진나라 진) 秦弓(진궁: 좋은 활)/ 首(머리 수)/ 離(떠날
리: 가르다, 떨어지다, 잃다)/ 懲(징계할 징)
33) 誠(정성 성)/ 既(이미 기:勇(용감할 용)/ 又(또 우)/ 以(써 이: '且또 차' 의 의미)/ 武(굳셀 무: 굳세
다, 용맹스럽다)/ 終(마칠 종: '처음부터 끝까지')/ 剛(굳셀 강)/ 強(강할 강)/凌(업신여길 릉: 범
하다, 침범하다)
34) 神(귀신 신: 정신)/ 靈(신령 령: 신령, 혼령)/ 魂(넋 혼)/ 魄(넋 백)/ 毅(굳셀 의)/ 爲(할 위:~이 되
다)/ 鬼(귀신 귀)/ 雄(수컷 웅: 영웅), 鬼雄(귀웅: 귀신들의 영웅)

박힌 북채를 뽑아 들고 북을 울린다.

하늘의 도움 잃고 신령의 노여움을 사서, 참혹한 시체들 들판
에 가득 버려져 있다.

나가면 들어올 수 없고, 떠나면 돌아오지 못하니, 평원은 아득
하고 길은 멀기만 하다.

긴 칼 옆에 차고 좋은 활 끼고서, 머리와 몸 다 떨어져도 마음
은 후회 없어라.

진실로 용감하고도 씩씩하여, 언제나 굳세고 강하여 아무도
침범할 수 없네.

몸은 이미 죽어서도 그 정신은 혼령이 되었으니, 그대 혼백은
뭇 귀신의 영웅이 되리라.

풀이 : 참으로 용감하고 씩씩한 전사들, 언제나 굳세고 강하여 아
무도 침범할 수 없네.

몸은 이미 죽어서도 그 정신은 혼령이 되었으니, 그대들 혼
백은 굳세어 뭇 귀신의 영웅이 되리라.

공자의 제자 중에서 안회(顏回)는 공자가 가장 좋아하는 제자였으
나 안타깝게도 일생을 가난하게 살았다. 자신의 뜻을 도에 두었던 것
이외에는 특별히 놀랄만한 큰일을 하지는 못했다. 공자께서 늘 언급
하곤 했던 또 다른 제자는 자로子(子路)이다. 역사 기록 속의 자로는
매우 생기 넘치고 모두 좋아할 만한 인물이었다. 자로는 성격이 강직

하여 때로는 공자와 부딪히기도 하였지만, 마음속으로는 공자를 매우 존경하였다. 공자의 제자들 중에서 관직에 나간 경험이 있는 몇 안 되는 제자였는데, 결국에는 위나라의 내란으로 인해 잔혹한 죽음을 맞이하였다. 죽기 전에도 의관을 단정히 매만지는 것을 잊지 않았다고 한다. 자로의 이러한 용감하고 굳센 성격은 호협(豪俠)의 풍격을 가지고 있었다. 어떤 사람들은 중국인의 성격에 대해 개괄하면서, 많은 사람들이 역경을 참고 견디는 반면, 항쟁의식이 적다고 하기도 하고, 문약하고 겸손하게 자신을 낮추는 반면, 용맹함이나 강인함이 부족하다고 하기도 하고, 겉으로만 공손한 체 할 뿐 솔직함이나 순진함이 부족하다고 말하기도 한다. 그러나 만약 당신이 역사책을 펼쳐 본다면, 자로와 같은 인물이 적지 않음을 알 수 있을 것이다. 이 또한 중국 문화 속에 깃들어 있는 기질의 한 측면이기도 하다. 단지 천 년 동안의 집권 사회에서 억압이 너무 오래되기는 했으나 그렇다고 이런 사람들이 사라진 적은 없었다. 그것은 문화라는 거대한 강물 속의 보이지 않는 흐름과 같아서, 정권이 혼란스러워지거나 민족이 존망의 위기에 처했을 때 비로소 폭발되어 나와 모두가 영웅이 되곤 했다. 그러나 오랫동안 우리의 중국문화에 대해 이해와 연구는 송대 이후의 문인들이 만들어낸 평온함에 지나치게 국한되어짐으로써, 중국문화의 원류에 존재하고 있었던 용맹함을 잊어버리게 되었다. 그래서 어떤 사람들은 송나라 이후의 중국문화는 갈수록 내면화되고 유약해짐으로 인해 우리들의 중국문화에 대한 총체적인 인식에 지대한 영향을 미쳤다고 말하기도 하는 것이 전혀 일리가 없는 것도 아니다.

복숭아나무 오얏나무는 말을 하지 않아도
그 아래에는 저절로 길이 생긴다.

(桃李不言, 下自成蹊)

출전 : 서한(西漢) 시기 사마천(司馬遷)의 『사기·이장군열전(史記·李
將軍列傳)』

원문 : 諺曰: "桃李不言, 下自成蹊." 此言雖小, 可以諭大也.[35]

속담에 이르길, "복숭아나무나 오얏나무는 말을 하지 않아도 그 아
래에는 저절로 오솔길이 생긴다."라고 하였다. 이 말은 비록 거창한
말은 아니지만, 그 깨우침은 아주 크다.

풀이 : 복숭아나무나 오얏나무는 아무런 말을 하지 않아도 그 꽃
과 열매로 인해 사람들이 그 나무 아래로 왔다 갔다 하기
때문에 저절로 오솔길이 생기게 된다.

사마천이 경모했던 "비장군(飛將軍)" 이광(李廣)은 비록 그 용모가

---

35) 諺(상말 언: 속담, 격언) / 桃(복숭아나무 도) / 李(오얏나무 리: 자두나무) / 蹊(지름길 혜: 좁은
길, 오솔길) / 此(이 차: 지시대명사, 이, 이것) / 雖(비록 수) / 諭(깨우칠 유)

못생겼고, 말주변이 뛰어난 유창한 인물이 아니었지만, 그가 죽을 때 세상 사람들이 모두 슬퍼하였다고 한다.

왜일까? 그 이유는 그가 "충실하고 진실 되어 사대부들에게 신뢰를 받았기(忠實心誠信於士大夫也.)" 때문이었다. 이것이 이광의 개인적인 매력이자 개인적인 품성이 가지고 있는 감화력일 것이다. 좀 더 범위를 넓혀 말하자면, 많은 일들이 이와 마찬가지이다. 진정으로 사람들의 주의를 끌어당기는 사람이나 사건, 또는 어떤 도시나 국가의 경우도 꼭 말로 거창하게 선전이나 홍보가 있어야만 하는 것이 아니라 오히려 사람들은 자각적으로 스스로 다가오는 경우가 많다. 그리고 사람들의 자주적인 선택은 또한 진정한 영향력을 의미하는 것이기도 하다. 이 점을 실현시키기 위해서는 우선 스스로 "복숭아나무, 자두나무(桃李)"가 되어 꽃의 아름다움과 향기를 갖추어야 한다. 그러고 나서 사람들이 찾아와 주길 기다려야 한다. 이것은 그 어떤 선전이나 홍보가 전혀 필요가 없다거나 "술이 좋으면 골목이 아무리 깊어도 두려워할 이유가 없다(好酒不怕巷子深)"는 것이 아니라 자신의 수양과 내공을 수련하는 것이 더 중요하다는 것이다.

백리 길을 가는 사람은
90리를 반으로 여긴다.
(行百里者半九十)

출전 : 『전국책·진책오(戰國策·秦策五)』[36]

원문 : 詩云: "行百里者半於九十." 此言末路之難也.[37]

---

36) 『전국책』은 국별체(國別體: 나라별로 서술한) 역사서로, 『국책(國策)』, 『단장서(短長書)』로 불리기도 한다. 주로 전국시기의 종횡가(縱橫家)의 정치적 주장과 책략을 기술하고 있어서 전국시대의 역사를 연구하는데 중요한 문헌이다. 전체 내용은 동주(東周), 서주(西周), 진나라, 제나라, 초나라, 조나라, 위(魏)나라, 한나라, 연나라, 송나라, 위(衛)나라, 중산국(中山國) 의 순서로 국가별로 총 12책, 33권으로 엮어 놓았으며, 전체 497편의 이야기가 약 20만자로 기록되어 있는 책이다. 이 책에 기록되어 있는 역사는 위로는 기원전 490년 지백(智伯)이 범씨(範氏)를 멸망시키는 때부터 아래로는 기원전 221년 고점리(高漸離)가 축(筑: 악기의 한 종류, 거문고와 비슷한 현악기)으로 진시황제(秦始皇帝)를 공격하는 시대까지이다. 『전국책』 은 문체가 아름답고 언어가 생동적이며, 웅변과 방책의 지혜가 풍부하다. 또한 인물 묘사가 매우 생동적이고, 우언을 사용하여 도리를 설명하고 있는데, 그 중에서 가장 유명한 이야기가 "화사첨족(畵蛇添足)", "교토삼굴(狡兔三窟)", "망양보뢰(亡羊補牢)", "호가호위(狐假虎威)", "남원북철(南轅北轍)" 등이 모두 이 책에 수록되어 있다. 『전국책』 이 저자는 한 사람이 아니며, 책이 완성된 것도 어느 특정 한 시기가 아니다. 책에 수록된 글들은 대부분이 누가 지은 것인지 알 수가 없다. 서한 말기에 유향(劉向)이 이러한 이야기들을 모아 33권으로 엮은 것이며, 책의 이름도 유향 본인이 초안한 것이다. 송대에 이르러 이미 일부가 유실된 것을 증공(曾鞏)이 보완하였다. 동한 시기의 고유(高誘)의 주석본이 있었으나, 지금은 잔본만 남아 있다. 송나라의 포표(鮑彪)가 원본의 순서를 바꾸고 새로이 주석을 달았다. 현대판으로는 무문원(繆文遠)의 『전국책신주(戰國策新注)』 가 있다.

37) 詩(시 시)/ 云(이를 운)/ 行(갈 행)/ 百(일백 백)/ 里(마을 리, 거리 단위)/ 者(놈 자)/ 半(반 반)/ 於(어조사 어)/ 此(이 차)/ 言(말씀 언)/ 末(끝 말)/ 路(길 로)/ 難(어려울 난).

시경에 이르길, "백리를 가는 사람은 90리를 반으로 여긴다."라고 하였는데, 이 말은 끝마무리가 어려움을 말하는 것이다.

> **풀이** : 백리 길을 갈 때 90리 길을 왔을 때가 겨우 절반을 온 것에 불과하다는 말은 일을 함에 있어서 성공에 가까워져 갈수록 더욱 더 어려워지기 때문에 더욱 진지하게 해야 함을 비유한 것이다.

일상적으로 "어떤 일이든 시작이 어렵다"고 말하곤 한다. 사실 일상생활 속의 체험을 살펴보면 사람들 간의 처세에 있어서 시작하는 것도 어렵지만 끝까지 잘 마무리하기는 더욱 어렵다는 사실을 알 수 있다. "백리 길을 가는 사람은 90리를 반으로 여긴다"는 이 말이 바로 이 이치를 말하고 있는 것이다. 예를 들어 책 한권을 읽는다고 하자, 그러면 처음에는 매우 재미가 있지만, 후반부로 갈수록 단서들도 많아지고 눈도 침침해지면서 결국에는 책을 내려놓게 되고, 그 결과 어린 아이들이 항상 말하는 것처럼 "책은 반 정도만 읽고, 밥은 반 그릇만 먹는다."는 "반반(半半) 즉 중도포기"이 되기 십상이다.

일을 할 때도 마찬가지이고, 사람의 됨됨이도 마찬가지이다. 많은 사람들이 막 사회에 발을 들여 놓았을 때는 깨끗한 사람, 청렴한 관리, 사회를 바꾸고 사람들에게 행복을 전하겠다는 이런 저런 포부들을 가지고 있고, 일정 기간 동안은 이러한 것을 잘 지켜나간다. 그러나 사회적 지위가 높아져 가면서 여러 가지 유혹도 더 많아지게 되면

서 점점 자신을 통제하기가 어려워지고, 결국에는 규칙을 어기게 되고, 범죄행위를 저지르고는 감옥으로 가는 결과를 맞이하곤 한다. 이러한 교훈은 매우 심각한 것이지만, 관건은 이상과 신념을 잃어버리고 의지력이 충분하지 못했다는 점이다. 그렇기 때문에 인생의 가치관은 "첫 번째 단추"도 잘 채워야 하지만, 단추들마다 세심하게 각각의 위치에 잘 채워나가야 하는 것이다. "아홉 길 높이의 산을 쌓는데 한 삼태기의 흙이 모자라서 다 쌓지 못하는(爲山九仞, 功虧一簣)" 상황이 일어나서는 결코 안 되는 것이다.

세 자 두께의 얼음은 하루만의 추위에
얼어붙은 것이 아니다.

(氷凍三尺, 非一日之寒)

`출전` : 동한(東漢) 시기 왕충 (王充)의『논형·장류편(論衡·壯留篇)』**38**

---

38) 『논형(論衡)』은 동한 시기의 왕충이 편찬한 책이다. 왕충(王充)(27년~97년)은 자가 중임(仲任)으로, 회계(會稽)의 상우(上虞)(지금의 저장성 사오싱) 사람이지만 본적은 위군(魏郡) 원성(元城)(지금의 하북성 한단(邯鄲)이다. 어릴 때 고아가 되었고, 훗날 경사(京師, 즉 수도, 서울)에서 유학하였고, 반표(班彪)의 문하에서 수학하였다. 여러 책들을 두루 섭렵하였고, 한 번 보면 잊지 않는 천부적인 기억력을 가지고 있기도 했다. 일생동안 관직생활은 그다지 순탄하지 못했는데, 군현의 하급 관료만을 몇 차례 지냈을 뿐이었다. 동한 시기에는 유가사상이 의식형태 영역에서 통치적인 지위를 차지하고 있었지만, 한나라 때의 유학은 점차 신비주의와 미신적 색채를 띤 참위(讖緯: 도참과 위서)로 발전하게 되었다. 그 대표가 바로 동중서(董仲舒)의 "천인감응(天人感應)"설과 반고(班固)의『백호통의(白虎通義)』등으로, 신비화된 음양오행설을 기초로 자연과 윤리, 사회생활 등을 대조적으로 해석하면서, 인간 세상사는 항상 "하늘(天)"과 신비한 힘에 의해 지배된다고 말하고 있다. 소박한 유물주의 사상을 담고 있는 무신론 저서인『논형』은 바로 이러한 사상을 반대했던 성과라고 할 수 있다. 도가 사상을 종지로 하여 "기(氣)"를 핵심적 범주로 삼아 우주생성 모델을 만들어내면서, 삶과 죽음의 자연성을 주장하며 검소한 장례(薄葬)를 제창했으며, "미혹한 마음을 깨우쳐 텅 빔과 가득참의 차이를 알게(冀悟迷惑之心, 使知虛實之分)" 하고자 노력하였다.『논형』에서는 이러한 한 대 유학에 대한 비판 이외에도 선진 시대 이후의 사상 유파에 대해서도 비판하였다. 예법(禮法)이나 귀신(鬼神), 성명(性命), 성선설, 성악설 등에 대해서도 상당히 높은 식견을 서술하고 있어서 가히 중국 철학사에 있어서 한 시대의 획을 긋는 걸작이라고 할 수 있다. 원숭(袁崧)의 『후한서(後漢書)』에서는 "채옹이 오나라 땅으로 들어가 처음으로『논형』을 보고서는 화제 거리라고 여겼다. 화제 거리라고 한 말은 이 책을 너무나 잘 이해한 것이다. 그 논에서 '적절하다' 라고 하였다. 이 책이 공격하는 사람들이 많지만, 또한 좋아하는 사람도 끊이질 않는다. (蔡邕入吳, 始見之, 以爲談助. 談助之言, 可以了此書矣. 其論可云 '允愜' 此所以攻之者衆, 而好之者終不絶歟)" 라고 기록하고 있다.

원문 : 故夫河氷結合, 非一日之寒. 積土成山, 非斯須之作.[39]

무릇 강의 얼음이 하루의 추위로 인해 얼어붙은 것은 아니기 때문에, 흙이 쌓여 산이 되는 것도 찰나에 만들어진 것은 아니다.

풀이 : 표면적인 의미는 세 자 두께의 얼음이 하루의 추위로 인해 얼어붙은 것이 아니라는 말이다. 이 말은 어떤 상황이 만들어지는 것은 오랜 시간이 쌓이고 무르익어서 만들어진다는 뜻이다. 어떤 사건이 일어날 때에는 항상 그 잠재기가 있기 마련이고, 오랫동안 존재해온 요소들이 있기 마련이며, 결코 갑자기 만들어진 것이 아니라는 말이다.

노력을 쌓아가는 이치에 대해서는 고대 철학자들이 이야기를 너무 많이 하였다. 노자는 "구층의 누대도 한 줌 흙더미에서부터 시작되며, 천리 길도 발아래서 시작된다.(九層之臺起於累土, 千里之行始於足下)"고 하였으며, 순자(荀子)도 "한 걸음 한 걸음이 쌓이지 않으면 천리 길을 다다를 수가 없다. 조그마한 물줄기가 쌓이지 않는다면 강이나 바다가 이루어질 수 없다.(不積跬步, 無以致千里. 不積小流, 無以成江海)"라고 하였다. 왕충의 위의 말도 바로 이런 의미이다.

---

39) 故(옛 고, 까닭 고: 그러므로) / 夫(지아비 부, 무릇 부: 무릇, 대저) / 氷(얼음 빙) / 結(맺을 결) / 寒(찰 한: 추위) / 積(쌓을 적) / 斯(이 사: 지시대명사, 이, 이것) / 須(모름지기 수), 斯須(사수: 잠시, 잠깐, 찰나) / 作(지을 작: 짓다, 만들다)

세상사 모든 일은 양적인 변화에서 질적인 변화로 바뀌는 과정을 거쳐야만 하며, 이것이 객관적 규칙이다. 한 입에 풍보가 되었다는 생각을 하지 마라. 또 많은 사회적 고질병들도 오랜 세월 동안 누적되어 온 결과이며, 한 가닥 한 가닥 실을 뽑듯이, 누에고치를 한 층 한 층 벗겨내듯이 세밀하게 분석해야 한다. 헝클어진 실을 정리하는 일은 조급해 해서는 안 되는 것이다. 그러나 이것이 역사적 숙명론은 아니다. 사람의 주관성과 능동성은 바로 지금 이 순간을 장악할 수 있느냐 없느냐로 표현된다. 이러한 점에서 "한 세대는 그 세대 사람들이 해야 할 일이 있으며, 한 세대는 그 세대에 대한 공헌이 있어야 하고, 희생이 있어야 한다"는 말은 아주 정확한 표현이다. 우리가 모순의 책임을 이전 세대에게 미루어서는 안 되며, 또한 소극적으로 모순을 다음 세대에게 물려주어서도 안 된다. 개혁은 '이어달리기'이다. 어느 세대든 태만해도 된다는 말은 없는 것이다.

귀가 밝은 사람은 소리 없는 소리를 듣고,
눈이 밝은 사람은 형체 없는 형상을 본다.

(聰者聽於無聲, 明者見於未形)

출전 : 동한(東漢) 시기 반고(班固)의 『한서·오피전(漢書·伍被傳)』[40]

원문 : 聰者聽於無聲, 明者見於未形.[41]

귀가 밝은 사람은 소리 없는 소리를 듣고, 눈이 밝은 사람은 형체
가 없는 형상을 본다.

풀이 : 총명하고 지혜로우며, 사려가 깊고 통달한 사람은 사물이

---

40) 『한서』는 『전한서(前漢書)』로도 불리는데, 동한시기의 역사학자인 반고(班固)가 편찬한 책으
로, 중국 최초의 기전체(紀傳體) 시대별 역사서이며, "이십사사(二十四史)" 중의 하나이다. 『사
기(史記)』, 『후한서(後漢書)』, 『삼국지(三國志)』 등과 함께 "전사사(前四史)"로 일컬어진다.
전체 내용은 위로는 서한 시기 한나라 고조(高祖) 원년(기원전 206년)에서부터 아래로는 신
조(新朝) 왕망(王莽)의 지황(地皇) 4년(서기 23년) 때까지의 전체 230년간의 역사를 담고 있
다. 『한서』는 기(紀) 12편, 표(表) 8편, 지(志) 10편, 전(傳) 70편, 모두 100편이 실려 있으며, 후
대에 와서 이를 120권으로 나누었다. 전제 자수는 80만자에 달한다. 『한서』의 문장들은 장엄
하면서도 세밀하고 정제되어 있으며 대구와 고자(古字), 고어가 많이 사용되고 있으며, 언어
나 구절의 선택이 매우 전아하여 『사기』의 평이한 구어체와는 선명한 대조를 이루면서 중국
문학사에서 고전적 작품으로 평가받고 있다.
41) 聰(총명할 총, 귀밝을 총) / 聽(들을 청) / 於(어조사 어:) / 聲(소리 성) / 明(밝을 명, 눈 밝을
명) / 形(모양 형)

나 사건을 관찰하고 사고하고, 판단하고 연구하는 데 뛰어나며, 사물의 발전 법칙과 발전 방향을 파악하여 정확한 판단을 내린다. 그리하여 사물의 미래를 통찰하기 때문에 소리 없는 소리를 듣고, 형체가 없는 형상을 보기 때문에 선견지명(先見之明)을 가지게 되는 것이다.

중의학에서는 "뛰어난 의사는 병이 생기지 않았을 때 치료하고, 중간정도의 실력을 가진 의사는 병이 생기려고 할 때 치료하고, 말단의 의사는 이미 병이 생기고 나서 치료한다.(上醫治未病, 中醫治欲病, 下醫治已病)"라고 말한다. 사물의 발전은 항상 단계성을 가지고 있는데, 고명한 의사는 더 장기적인 시점에서 인체의 성장 규칙을 파악하기 때문에 질병을 예방할 수 있다는 말이다. 그러나 보통의 의사들은 피동적으로 질병이 생겨야만 치료를 할 수 있다는 말이다.

이것은 또한 우리가 늘 말하는 역사의 발전법칙과 대세의 이치를 파악해야만 "소리가 나지 않는 곳에서 우레 소리를 들을 수 있는" 것이며, 이것이야말로 진정한 큰 지혜인 것이다.

개인이든 아니면 국가의 통치자이든 상관없이 장기적인 역사적 안목을 길러야 함은 틀림이 없다. 모든 사람들은 거대한 역사의 흐름 속에서 살아가고 있다. 역사의 소용돌이에 휘말리기도 하고 새로운 역사를 창조하기도 한다. 그러나 이러한 역사가 "긍정적인 역사"인지 아니면 "부정적인 역사"인지, 역사의 전진을 밀고 나갈 것인지 아니면 역사의 흐름을 방해할 것인지, 이와 관련하여 역사 속에는 많은 성공

사례를 찾아 볼 수 있기도 하지만, 뼈아픈 교훈이 더 많다. 그러나 모든 역사의 전환점에서 선지(先知)와 후지(後知)가 반드시 부합해야 하는 것은 아니다. 심지어는 선지자가 어리석은 후지자의 희생이 되기도 한다. 역사는 이처럼 냉혹하고 기괴한 방식으로 한 단락 한 단락의 황당함을 써내려가기도 하니, 가히 한탄스러울 때도 있는 것이다.

뜻이 있는 사람은 궁극적으로
성공을 거둘 수 있다.

(有志者事竟成)

출전 : 남조(南朝) 시대 범엽(範曄)의 『후한서 · 경엄전(後漢書 · 耿弇 傳)』[42]

원문 : "將軍前在南陽, 建此大策, 常以爲落落難合, 有志者事竟成也."[43]

"장군이 전에 남양에서 천하를 얻을 큰 계책을 건의할 때는 아득하여 실현 가능성이 없는 것으로 여겼는데, 뜻이 있는 자는 마침내 성공하게 되는 구나."

풀이 : 뜻이 있는 사람은 결국에는 성공을 거두게 된다.

---

42) 『후한서』는 중국 남조의 송나라 때의 역사학자였던 범화가 편찬한, 동한의 역사를 기록한 기전체 역사서이다. 전체 내용은 10편의 기(紀), 80편의 열전(列傳), 8편의 지(志) 사마표(司馬彪의 속 작)로 구성되어 있으며, 시기는 위로는 동한 광무제(光武帝)의 건무(建武) 원년(서기 25년)에서부터 아래로는 한나라 헌제(獻帝)의 건안(建安) 25년(서기 220년)까지, 전체 195년의 역사를 담고 있다.

43) 將(장수 장)/ 軍(군사 군)/ 前(앞 전)/ 在(있을 재)/ 南(남녘 남)/ 陽(볕 양)/ 建(세울 건)/ 此(이 차)/ 大(클 대)/ 策(채찍 책)/ 常(항상 상)/ 以(로써 이)/ 爲(위할 위)/ 落(떨어질 락)/ 難(어려울 난)/ 合(합할 합)/ 有(있을 유)/ 志(뜻 지)/ 者(놈 자)/ 事(일 사)/ 竟(마침내 경) / 成(이룰 성)/ 也(어조사 야)

이 고사 성어에 대해서는 "뜻이 있는 사람은 결국에는 성공을 거두게 되는 것이, 항우는 솥을 부수고 배를 침몰시키면서 결사 항전하여 102개 진나라의 관문을 함락시켰다. 열심히 노력하는 사람은 하늘이 저버리지 않으니, 월왕 구천은 장작 위에 누워 쓰디 쓴 간을 먹으며 견디어 삼천 월나라 군사들이 오나라를 삼켰다.(有志者事竟成, 破釜沉舟, 百二秦關終屬楚. 苦心人天不負, 臥薪嘗膽, 三千越甲可吞吳)"라고 스스로를 격려하면서 했던 포송령(蒲松齡)의 이야기가 사람들에게 더 많이 알려져 있다. 역사속의 인물들은 우리에게 반드시 먼저 큰 뜻을 세우고 이것을 목표로 삼아 방향을 설정하게 되면 길을 잘못 드는 일이 없을 것이라는 사실을 알려준다.

포부가 크고 작음의 차이가 있고, 세운 뜻은 높고 낮음의 차이가 있으니, 만약 성공을 바란다면 더 멀리 내다보고 더 큰 뜻을 세워야 한다. 아직 일을 벌이지 않아서 되는대로 살아간다는 마음 자세를 가지고 있다면 평범함에 빠지고 말 것이다. 세운 뜻이 높고 멀다면 그것을 추구해 나가는 과정에서 어려움에 부딪힐 수밖에 없을 것이다. 그렇기 때문에 기초가 튼튼해야 하며, 의지가 굳어야 한다. "와신상담(臥薪嘗膽)"과 같이 참고 견디는 용기가 있어야만 처음 세운 큰 뜻을 실현할 수 있으며, 초심을 저버리지 않게 되는 것이다.

하늘과 땅을 문장의 형상 안에 가두고,
붓 끝에서 만물을 주무른다.

(籠天地於形內, 挫萬物於筆端)

出典 : 서진(西晉) 시기 육기(陸機)의 『문부(文賦)』

原文 : 罄澄心以凝思, 眇衆慮而爲言.[44]
籠天地於形內, 挫萬物於筆端.[45]
始躑躅於燥吻, 終流離於濡翰.[46]

마음을 비우고 맑게 하여 생각에 집중하며,
뭇 생각들을 다 없애고서야 말을 한다.
하늘과 땅을 문장의 형상 안에 가두고,
붓 끝에서 만물을 주무른다.
처음에는 마른 입술로 머뭇머뭇하다가,

---

44) 罄(빌 경)/ 澄(맑을 징)/ 凝(엉길 응: 한데 모으다, 집중하다)/ 思(생각 사)/ 眇(애꾸눈 묘: 다하다, 다 없애다)/ 衆(무리 중: 여럿)/ 慮(생각할 려)
45) 籠(대그릇 롱)/ 形(모양 형)/ 挫(꺾을 좌: 문지르다 주무르다)/ 萬(일만 만)/ 筆(붓 필)/ 端(끝 단: 끝, 처음, 시작)
46) 始(처음 시)/ 躑(머뭇거릴 척)/ 躅(머뭇거릴 촉)/ 燥(마를 조)/ 吻(입술 문)/ 終(마칠 종) / 流(흐를 류)/ 離(떠날 리)/ 濡(젖을 유: 적시다)/ 翰(날개 한: 글, 문장) : 濡翰(유한: 붓에 먹을 묻혀 종이에 글을 쓰거나 그림을 그리다)

마침내는 물 흐르듯이 붓을 적셔 써내려 간다.

> 풀이 : 드넓은 하늘과 땅을 형상 속에 가두고, 여러 만물들을 붓
> 끝에서 녹여 낸다.

육기(陸機)의 이 구절은 문예창작의 경전적 표현으로, 깊은 의미를 담고 있는 구절이다. 문장이란 천지 만물을 그 가운데 품고 있어야 한다는 말이다. 중국 고전 전통에서 '문文(문장)'은 매우 높은 수준을 갖추고 있다. 개인적 수양이든 관리의 도리든 모두 이 '문'을 필요로 한다. 육기 역시도 이 '문'의 지위를 매우 높은 수준으로 끌어올리고 있다. 이것은 단순히 글재주를 부리거나 자연경물을 노래하는 사소한 감정이 아니라 천지의 도, 만물의 생명이 그 속에 품고 있는 것이다. 오늘날의 언어 환경에서 이 말을 살펴보면, 사실 그 속에서 체현되고 있는 책임감을 가장 먼저 이해해야만 한다. 문예창작이든 개인적 수양이든 그렇지 않으면 일상의 업무든 상관없이 모두 전문적인 소양과 인격적 수양, 사회적 책임감이 필요하다. 시장경제 조건 하에서 우리는 '의로움(義)'과 '이익(利)' 간의 관계를 잘 처리해야 한다. 즉, 물질적 이익을 완전히 무시할 필요도 없으며, 완전히 물질지상주의를 믿어서도 안 된다. 고도의 책임감 아래서만이 가치와 미덕을 추구할 수 있는 것이다.

상등에서 본받아야 중등이라도 될 수 있지만,
중등에서 본받으면 하등이 되고 만다.
(取法於上, 僅得爲中, 取法於中, 故爲其下)

출전 : 당나라 때 이세민(李世民)의 『제범·숭문제십이(帝範·崇文第
十二)』

원문 : 取法於上, 僅得爲中, 取法於中, 故爲其下. 自非上德, 不可效焉.[47]

상에서 취하여 본받으면 겨우 얻어 중이 될 수 있고, 중에서 취하
여 본받으면 그 아래가 된다. 스스로 높은 덕이 아니라면 본받을 수
없다.

풀이 : 상등을 기준으로 삼아야만 그래도 그 중등의 효과라도 얻
을 수 있으며, 중등을 기준으로 삼으면 하등의 효과만을 얻
을 수 있을 뿐이다.

"상에서 취하여 본받으면 중을 얻고, 중에서 취하여 본받으면 하

---

47) 取(취할 취)/ 法(법 법: 모방하다, 본받다.)/ 於(어조사 於(어조사 어: ~僅(겨우 근)/ 得(얻을 득)/
爲(할 위)/ 自(스스로 자)/ 效(본받을 효)

를 얻는다"는 이세민의 이 말은 노자(老子)의 격언에서 인용한 것으로, 무엇인가를 추구할 때 먼저 '체감(遞減: 점차 감소함)'의 이치를 말하고 있는 것이다. 기준을 높이 정하였을 때 그 효과는 중등 수준이 될 수 있지만, 만약 기준을 중등 수준으로 정하게 되면 겨우 하등의 효과만을 얻을 수 있다는 말이다. 이것은 무엇인가를 추구할 때의 실질적인 조작이다. 결국 실천과 이론은 반드시 동등한 것은 아니며, 늘 더 복잡하기 마련이다. 그래서 "뜻대로 안 되는 일이 십중팔구(不如意事常八九)"라고 하는 것이다. 그러나 반대로 생각해 보면, 이 말은 또 다른 의미를 가지고 있다. 즉, 하등의 효과를 얻고자 한다면 굳이 중등의 기준을 정할 필요가 없으며, 더욱 좋은 효과를 얻고자 한다면 더 높은 기준을 요구해야 한다는 말이기도 하다. 이세민의 이 말은 사실상은 자기 자신에게 하는 말이며, 또한 후세에 대한 요구, 즉 먼저 자기 자신에게 높은 기준을 요구함으로써 '성군(聖主)'을 본보기로 삼고, 역사 속의 본보기를 참고해야만 비로소 당시의 통치에 도움이 된다는 것이다.

이 말은 개인적 수양에 대해서도 마찬가지로 거울로 삼을 만한 의미를 가지고 있다. "위와 비교하기엔 부족하고, 아래와 비교하기엔 남음이 있다.(比上不足, 比下有餘)"는 것에 만족하지 않는다면 영원히 '상'의 경지에 도달할 수 없을 것이다. 결국 이 세상은 자신보다 재능이 뛰어나고 동시에 자신보다 더 노력하는 사람들이 아주 많다. 영원히 더욱 뛰어난 사람들을 기준으로 삼아야만 끊임없이 추구해 나갈 수 있는 원동력을 얻을 수 있는 것이다. 끊임없이 추구하고 노력해 나가는 가운데 자신의 인생 역시도 더 큰 의미를 가지게 될 것이다. 이것이 마로 우리에게 요구되는 더 높고 원대한 포부를 가져야만 "저 멀리 하늘 끝까지 이어진 길을 바라볼 수 있으며(望盡天涯路)" "어젯밤 서풍에 푸른 나무가 시드는(昨夜西風凋碧樹)" 쓸쓸함과 "홀로 높은 누대에 오르는(獨上高樓)" 적막함 이겨내야만 비로소 "옷과 허리띠 점점 더 헐렁해져도(衣帶漸寬)" "끝까지 후회하지 않는다(終不悔)"[48]는 설사 "사람이 초췌해人憔悴)"질지라도 즐거운 마음으로 할 수 있으며, 그리하여 마침내는 "많은 사람들 속에서 그를 천백번을 찾다가(衆里尋他千百度)", "불현듯 머리를 돌려보니, 그 사람은 그 자리에 서 있건만, 등불만이 가물거리네(驀然回首, 那人却在, 燈火闌珊處)"와 같은 그런 경지에 다다를 수 있다는 말이다.[49]

---

48) 오대(五代) 안수(晏殊)의 「접련화(蝶戀花)」 "어젯밤 서풍에 푸른 나무 시들었네. 홀로 높은 누대 올라, 하늘 끝 닿은 길을 가없이 바라 보내.(昨夜西風凋碧樹, 獨上高樓, 望盡天涯路.)"
49) 송대 신기질(辛棄疾)의 사(詞) 『청옥안-원석-(靑玉案-元夕)』 중의 일부. 사람들 속에서 그 사람을 이리저리 찾다가 홀연히 고개 돌려 보니, 그 사람은 등불 가물거리는 곳에 서 있네.(衆裡尋他千百度. 驀然回首. 那人却在燈火闌珊處.)

사람의 일이란 항상 바뀌는 법,

오고 가는 사이에 과거가 되고 오늘이 되네.

(人事有代謝, 往來成古今)

출전 : 당나라 맹호연(孟浩然)의 「여제자등현산(與諸子登峴山)」[50]

원문 : 人事有代謝, 往來成古今.[51]

江山留勝迹, 我輩復登臨.[52]

水落魚梁淺, 天寒夢澤深.[53]

羊公碑字在, 讀罷淚沾襟.[54]

사람의 일이란 항상 바뀌기도 하는 법,

오가는 사이에 과거와 오늘이 되었네.

강산엔 고적과 명승지 남아 있어,

오늘 우리는 다시 거길 오르네.

---

50) 「여러 사람들과 현산에 올라」
51) 代(대신할 대) / 謝(사례할 사): 代謝(대사: 신진대사의 준말, 교체되다, 바뀌다) / 往(갈 왕)
52) 留(남을 유)/ 勝(이길 승): 훌륭하다, 경치가 좋다.)/ 迹(자취 적) / 輩(무리 배: ~들, 무리)/ 復(다시 부, 회복할 복: 다시) / 登(오를 등)/ 臨(임할 임: 내려다 보다)
53) 落(떨어질 낙)/ 梁(들보 량): 魚梁(전통적 물고기 잡이 방법, 죽방렴)/ 淺(얕을 천)/ 寒(찰 한)/ 夢(꿈 몽)/ 澤(연못 택)/ 深(깊을 심).
54) 羊(양 양)/ 公(공 공)/ 碑(돌기둥 비: 비석)/ 字(글자 자)/ 在(있을 재)/ 讀(읽을 독)/ 罷(방면할 파: 그만두다 그치다)/ 淚(눈물 루)/ 沾(더할 첨, 젖을 점: 젖다, 적시다.)/ 襟(옷깃 금).

물이 줄어 죽방렴 얕게 드러나고,

날씨 추워지자 운몽택은 더 깊어 보이네.

양호장군의 비석에 글자 남아 있어,

비문 읽고 나니 눈물이 옷깃을 적시네.

풀이 : 인간 세상사는 늘 변화하는 것이니, 오고 가는 사이에 과거
와 오늘이 되어버렸네.

역사적 사유는 중국의 문화전통에 있어서 매우 중요한 사유방식이
다. 문자로 기록되기 시작한 중국의 역사는 세계에서 가장 오래된 역
사이다. 시선을 전 세계적 범위로 돌려 보면 중국인의 역사에 대한
애착이나 역사연구의 시간이나 깊이 있는 연구는 매우 드물다. 망망
대해와 같은 중국의 고전 시 속에는 독특한 제재가 있는데, 바로 '영
사(詠史)'[55]이다

역사는 현재에 어떤 영향을 미칠까? 옛 사람들은 항상 "역사를 귀
감으로 삼는다.(以史爲鑑)"라고 말하곤 했는데, 인류사회의 흥망이나
발전, 그리고 이 과정에서 출현했었던 성과나 좌절, 경험과 우여곡절
은 모두 역사가 현실에 제공해 주는 좋은 본보기이다. 역사를 잊어버
리는 것은 배반이며, 역사가 있어야만 우리 스스로가 어디에서 왔으
며, 어떠한 길을 걸어왔고, 또 앞으로 어디로 나아가게 될 지를 분명
하게 알 수 있다. 중국을 이해하고자 하는 사람이나 현재 두각을 나

---

55) 영사: 시의 형식을 빌려 역사적인 사실을 노래한 것.

타내길 희망하는 중화의 후손에게 있어서 역사는 또한 다 읽을 수 없는 두꺼운 책과 같다.

"기운이 강한 양의 날에는 경전을 읽고 기운이 부드러운 음의 날에는 역사를 읽는다.(剛日讀經, 柔日讀史)"라는 말 역시도 고대 중국 지식인들의 전형적인 습관이다.

이러한 습관은 '경전'을 통해서 사람의 됨됨이나 일을 하는 이치와 처세의 원칙, 집안과 나라와 세상을 다스리는 능력을 읽어낼 수 있지만, 이를 역사와 결합시킬 때 현재를 초월하고 고금을 종횡하는 사유를 갖출 수 있다는 사실을 우리에게 알려준다.

천 번을 일고 만 번을 거르는 일이 비록 힘들기는 하지만,
뒤섞인 모래 다 불어내야만 비로소 금을 찾을 수 있다.

(千淘萬漉雖行苦, 吹盡狂沙始到金)

출전 : 당나라 유우석(劉禹錫)의 「낭도사 9수(浪淘沙九首)」 중 제 8수

원문 : 莫道讒言如浪深, 莫言遷客似沙沉.[56]
　　　千淘萬漉雖辛苦, 吹盡狂沙始到金.[57]

비방하는 말이 거센 파도와 같다고 말하지 말고,
귀양살이 가는 사람 모래처럼 가라앉는다고 말하지 마라.
천 번을 일고 만 번을 거르는 일 비록 힘들어도
뒤섞인 모래 다 불어내고 나면 비로소 금을 볼 수 있는 것이다.

풀이 : 천 번, 만 번을 일고 거르는(여과시키는) 것이 비록 힘들기
　　　는 하지만, 모래 다 걸러내고 나서야 비로소 반짝이는 금이

---

56) 莫(없을 막:~하지 마라) / 道(길 도: 말하다) / 讒(참소할 참: 헐뜯다, 비방하다) / 言(말씀 언) /
　　如(같을 여) / 浪(물결 랑) / 深(깊을 심) / 遷(옮길 천) /客(나그네 객) : 遷客(천객: 폄적되어 귀
　　양가는 관리) / 似(같을 사) / 沙(모래 사) / 沉(가라앉을 침).
57) 淘(일 도: 쌀을 일다, 씻다) / 漉(거를 록) / 辛(매울 신: 괴롭다, 고생하다) / 苦(쓸 고: 괴롭다, 힘
　　다) / 吹(불 취) / 盡(다할 진) / 狂(미칠 광) / 到(이를 도)

나타나게 된다.

  속담에 이르길, "금은 언젠가는 반짝 반짝 빛을 내게 된다."라고
하는데, 이 말은 진짜 금덩이를 얻는 것을 전제로 한 것이다. 그래서
공자께서는 "다른 사람이 나를 알아주지 않는 것을 근심하지 말고
내가 할 수 없는 것을 걱정하라.(不患人之不己知, 患其不能也.)"라고 하였
다. 다시 말해 다른 사람이 나를 이해해주지 못하는 것을 걱정하지
말고, 나의 능력이 부족하고 수준이 이르지 못했음을 걱정하라는 말
이다. 공자는 또 "남이 나를 알아주지 않는 것을 근심하지 말고, 내
가 남을 알아주지 못하는 것을 근심하라.(不患人之不己知, 患不知人.)"라
고 하였다. 다른 사람이 나를 이해해 주지 않는 것을 걱정하지 말고,
내가 다른 사람을 잘 이해하지 못하는 것을 걱정하라는 말이다.
  이 두 구절은 사람들 사이의 상호 이해에 대해 말하고 있다. 다른
사람으로 하여금 나를 알게 하거나 아니면 내가 다른 사람을 이해한
다는 것은 모두 쉬운 일은 아니다. 침착하고 냉정한 마음가짐이 필요
할 뿐만 아니라 또한 천 번 만 번 거르고 거르는 의지도 필요하다. 핵
심은 끈기를 가지고 지속적으로 자신을 수양해 가야 한다는 점이다.
이른바 "길이 멀어야 말의 힘을 알 수 있고, 날짜가 오래되어야 사람
의 마음을 알 수 있다.(路遙知馬力, 日久見人心)"라고 하는 말이 바로 이
이치를 말하고 있는 것이다.

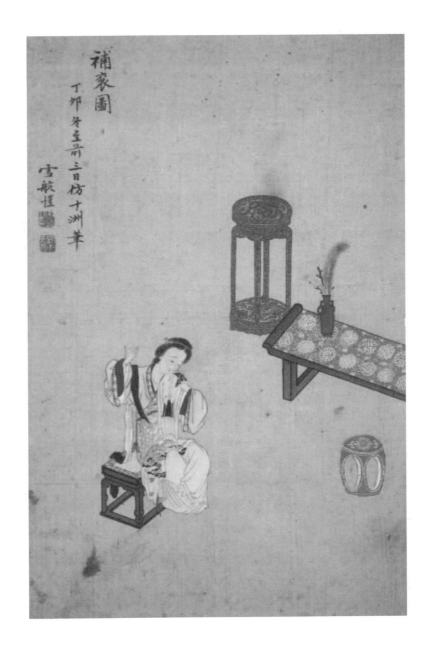

補衮圖

丁卯冬至前三日仿十洲筆

雪航謹

저 멀리 천리 밖까지 보고자 한다면 다시
한 층을 더 올라야 한다.

(欲窮千里目, 更上一層樓)

출전 : 당나라 왕지환(王之渙)의 「등관작루(登鸛雀樓)」[58]

원문 : 白日依山盡, 黃河入海流.[59]

　　　欲窮千里目, 更上一層樓.[60]

해는 산에 기대어 사라져 가고,

황하의 물줄기는 바다로 흘러드네.

멀리 천리 밖까지 보고자 한다면,

다시 한 층을 더 올라야 한다네.

풀이 : 무궁무진한 아름다운 경치를 한 눈에 보고자 한다면 응당
　　　한 층을 더 올라가야 한다. 더 많은 성공을 얻고자 한다면
　　　더 많은 노력을 쏟아 부어야 함을 비유한 것이다. 어떤 문

---

58) 「관작루에 올라」

59) 依(의지할 의: 의지하다, 기대다) / 盡(다할 진: 없어지다, 사라지다) / 流(흐를 류)

60) 欲(바랄 욕: ~을 하고자 하다, 바라다) / 窮(다할 궁) / 目(눈 목: 보다, 주시하다) / 更(다시 갱,
　　고칠 경) / 層(층 층) / 樓(다락 루)

제에서 진전을 보이고 싶다면 좀 더 높은 관점에서 그것을 주시해야하는 것이다.

　중국인은 '격조'라는 두 글자로 기개나 품성을 표현하길 좋아한다. 한 사람에게는 그 사람만의 격조가 있으며, 어떤 사람의 격조는 좁디 좁아서 사사건건 따지고 들기도 하고, 또 어떤 사람들은 격조가 넓어서 어떤 일이든 장기적으로 바라본다. 한 나라에도 그 나라만의 격조가 있기 마련인데, 쇄국정책으로 문을 걸어 잠그고서 좁은 식견으로 제 잘난 체 하다가 결국에는 역사적 대세에 자멸하기도 하는가 하면, 스스로 강해지기 위해 문호를 개방하고 마음을 비우고 다른 나라를 배우는 나라는 그 미래 또한 한 없이 밝다. 그러나 사람은 또 역사적 동물이기 때문에 역사의 큰 흐름 속에서 절대다수의 사람들은 흙이나 모래처럼 물살에 휩쓸려 내려가고 만다. 역사에서 한 개체나 국가의 발전은 개인 혹은 통치 계층의 지식과 식견의 제약을 많이 받아 왔다. 그리하여 더 중요한 것이 역사의 전환점에서 판단력일 잃는 것이다. 세계는 항해를 통한 대 발견의 시대가 도래 하였으나 중국은 오히려 '해금령(海禁令)'을 선포함으로써 공업화의 큰 물줄기가 밀려왔을 때 중국은 여전히 천년을 이어온 소농 경작에만 몰두하고 있었다. 물론 30여 년 전에 우리는 또 정보화 혁명의 기회를 부여잡고 개혁개방을 함으로써 중국의 면모를 몰라보게 할 정도로 달라지게 해놓았다. "천리를 한 눈에 보고자 한다면, 다시 한 층을 더 올라가야 한다"는 말은 많은 사람들이 눈앞의 풍경에만 빠져서 더 광활하게 펼쳐져 있는 풍경을 보지 못한다는 말로, 한 층을 더 올라가는 것 또한 용기가 있어야 하는 것이다.

저무는 황혼 인생 늦었다고 말하지 말게나,
붉은 노을이 온 하늘을 가득 물들인다네.

(莫道桑榆晚, 爲霞尚滿天)

출전 : 당나라 유우석(劉禹錫)의 「수낙천영노견시(酬樂天詠老見示)」[61]

원문 : 人誰不顧老, 老去有誰憐. 身瘦帶頻減, 髮稀冠自偏.[62]
　　　廢書緣惜眼, 多炙爲隨年. 經事還諳事, 閱人如閱川.[63]
　　　細思皆幸矣, 下此便翛然. 莫道桑榆晚, 爲霞尚滿天.[64]

누군들 늙는 것 꺼리지 않으랴, 늙으면 누가 불쌍히 여겨주랴?
몸 야위어 허리띠 자주 흘러내리고, 머리카락 드물어져 갓 저

61) 「백낙천의 영로시에 답하여」
62) 誰(누구 수)/ 顧(되돌아볼 고)/ 憐(불쌍히 여길 련)/ 瘦(야윌 수)/ 帶(띠 대: 허리띠)/ 頻(자주 빈)/ 減(덜 감: 덜다, 빼다, 줄이다.)/ 髮(터럭 발: 머리카락)/ 稀(드물 희: 적다, 희박하다)/ 冠(갓 관)/ 偏(치우칠 편: 치우치다, 기울다)
63) 廢(폐할 폐: 그만두다)/ 書(책 서)/ 緣(인연 연: 까닭, 이유)/ 惜(아낄 석: 아쉬워 하다, 안타까워 하다.)/ 眼(눈 안)/ 炙(구울 적: 뜸, 뜸질)/ 隨(따를 수)/ 經(지날 경, 글 경: 지나다, 경험하다.)/ 事(일 사)/ 還(돌아올 환, 돌 선)/ 諳(외울 암)/ 事(일 사): 諳事(암사: 사리를 알다, 철들다)/ 閱(볼 열, 검열할 열: 가리다, 분간하다. 읽다.)/ 川(내 천).
64) 細(가늘 세: 세세하다, 자세하다)/ 思(생각 사)/ 皆(모두 개)/ 幸(다행 행)/ 矣(어조사 의)/ 下(아래 하: 다음, 다음 번)/ 便(편할 편, 똥오줌 변: 곧, (翛(날개 찢어질 소)/ 然(그러할 연)/ 莫(말다 막: ~하지 마라)/ 道(길 도: 말하다)/ 桑(뽕나무 상)/ 榆(느릅나무 유): 桑榆(상유: 해질 무렵, 만년, 노년)/ 晚(늦을 만)/ 霞(노을 하)/ 尚(일찌기 상)/ 滿(가득찰 만).

절로 기우네.

책읽기 그만 둔 것은 눈이 안보여서 이고, 해가 갈수록 뜸뜨는 일이 많아지네.

일은 겪고 나니 돌고 돌아 익숙해지고, 사람 분간함은 냇물 분간하듯 훤하네.

자세히 생각해 보니 모든 것이 다행스러우니, 다음 번엔 편안히 얽매이지 않으리라.

저무는 황혼 인생 늦었다고 말하지 말게나, 붉은 노을이 되어 저 하늘 더욱 가득 물들이리니.

풀이 : 황혼이 이미 늦었다고 말하지 말라, 저무는 황혼이라도 아직은 온 하늘을 붉게 물들인다. 활달하고 낙관적인 인생의 태도를 비유한 말이다.

중국 공산당은 항상 나이 많은 동지를 공경하고 중시한다. 그들이 과거에 혁명과 개혁 과정에서 많은 업적을 세웠기 때문에 존중 받을 가치가 있어서 만은 아니다. 나이 많은 동지들의 풍부한 경험이 오늘날의 개혁과 발전에 있어서도 고귀한 자산이기 때문이다.

과거의 영광스러운 역사로 나이 많은 동지들을 소중히 해야 할 필요가 있다. 그들의 영광스러운 전통과 우수한 기풍은 나이 많은 동지들이 계속해서 빛내야 하며, 그들이 몸소 모범을 보여야 한다. 사회 전반에서 나이 많은 동지들을 존중하고 보살피고 배워나간다면 나이 많은 동지들도 응당 활달하고 낙관적인 인생태도로 계속해서 "두 개의 백년"이라는 목표를 실현하기 위해, 중화민족의 위대한 부흥인 "중국의 꿈(中國夢)"을 실현하기 위해 적극적인 공헌을 할 수 있는 것이다.

스승이란 도를 전하고 학업을 가르치고
의혹을 풀어주는 사람이다.

(師者, 所以傳道授業解惑也)

출전 : 당(唐)나라 때 한유(韓愈)의 「사설(師說)」

원문 : 古之學者必有師. 師者, 所以傳道授業解惑也.[65]

옛날에 공부를 하는 사람에겐 반드시 스승이 있었다. 스승이란 도를 전하고 학업을 가르치고 의혹을 풀어주는 사람이다.

풀이 : 스승이란 도를 전수해 주고 공부를 가르치며 어려운 문제를 해결해주는 사람이다.

당나라의 한유는 "스승이란 도를 전하고 학업을 가르쳐주고 의혹을 풀어주는 사람이다"라고 하였다. 스승으로써 첫 번째 임무는 "도를 전하는 것"이며, 그 다음이 학업을 가르치는 것이고, 의문에 답하

---

65) 古(옛 고)/ 之(갈지: ~의)/ 學(배울 학)/ 者(놈 자: ~하는 것, ~하는 사람)/ 必(반드시 필)/ 師(스승 사)/ 所(바 소)/ 以(써 이)/ 傳(전할 전)/ 道(길 도)/ 授(줄 수)/ 業(일 업: 학업)/ 解(풀 해: 풀이하다 해석하다, 해결하다)/ 惑(미혹할 혹)/ 也(어조사 야).

고 의혹을 풀어주는 것이다. "도를 전한다는 것"은 우선 "이상과 신념"을 전하는 것이다. 좋은 스승이 되고자 하면 이상과 신념이 있어야 한다. 정확한 이상과 신념이 없는 사람이 좋은 스승이 될 수 있다는 것은 상상도 할 수 없는 일이다. 타오싱즈(陶行知) 선생은 스승은 "천번 만번을 가르치고 학생들이 진리를 추구하도록 가르치며(千學萬學, 學人求眞)" 학생은 "천번 만번을 배우고 참된 사람이 되는 법을 배운다(千學萬學, 學做眞人)"고 하였다.

개인적인 추구도 이와 마찬가지로, 우선 먼저 이상과 신념이 있어야 하며, 그 다음이 업무에 정통해야 하며 의혹이 없어야 한다. 공자께서는 "나는 15세에 학문에 뜻을 두고, 30세가 되어 홀로 서게 되었으며, 40세가 되어서는 의혹이 없게 되었고, 50세에는 천명을 알게 되었으며, 60세가 되어서는 귀에 거슬림이 없게 되었고, 70세에는 마음이 하고자 하는 바를 따라도 법도에 어긋남이 없게 되었다.(吾十有五而志於學, 三十而立, 四十而不惑, 五十而知天命, 六十而耳順, 七十而從心所欲不踰矩)"고 하였다. 순서대로 보면, "뜻을 세우는 것"이 가장 먼저이고, 그 다음이 "홀로 서는 것"이며, 그 다음은 "의혹이 없어야 하는 것"이다.

경전을 가르치는 선생은 쉽게 구할 수 있으나
사람의 스승은 얻기가 어렵다.

(經師易求, 人師難得)

출전 : 당(唐)나라 때 영호덕분(令狐德棻), 잠문본(岑文本), 최인사(崔仁師) 등 편찬, 『북주서·노탄전(北周西·盧誕傳)』

원문 : 魏帝詔曰: "經師易求, 人師難得. 朕諸兒稍長, 欲令卿爲師.[66]

위나라 황제(위나라 문제)가 조서를 내려 말하길, "경전을 가르칠 스승은 찾기가 쉬워도, 사람됨을 가르친 스승은 구하기 어렵다. 짐의 자식들이 점차 자라감에 그대를 스승으로 삼고자 한다.

풀이 : 깊이 있는 전문적 지식을 다른 사람에게 가르쳐줄 수 있는 사람은 구하기 어렵지 않으나 깊고 넓은 학식과 고상한 인격 수양으로 어떤 사람이 되어야 할 것인지를 가르칠 수 있

---

66) 魏(나라 이름 위) 帝(황제 제): 魏帝: 위나라 문제/ 詔(고할 조: 조서)/ 經師易(쉬울 이, 바꿀 역)/ 求(구할 구: 구하다, 찾다)/ 難(어려울 난)/ 得(얻을 득)/ 朕(나 짐: 황제가 자신을 이르는 호칭)/ 諸(여러 제)/ 兒(아이 아)/ 稍(점점 초, 끝 초, 구실 소: 점점, 점차)/ 長(길 장: 자라다 성장하다)/ 欲(바랄 욕)/ 令(하여금 령: 부리다, 일을 시키다, ~하게 하다.)/ 卿(벼슬 경: 2인칭으로 '그대')

는 사람은 찾기가 어렵다.

옛 사람들이 "경전 선생은 구하기 쉬워도 사람됨을 가르칠 스승은 찾기 어렵다"라고 하였다. 이 말은 학생에게 학문을 가르칠 수 있는 스승은 찾기 쉽지만 학생에게 인간의 됨됨이를 가르칠 수 있는 선생은 찾기가 어렵다는 말이다. 뛰어난 스승은 "경전 스승(經師)"과 "인성 스승(人師)"을 통일 시켜야 한다. 즉, "학업 전수(授業)"나 "의혹 해소(解惑)"에도 뛰어나야 하지만 "도의 전수(傳道)"를 책임과 사명으로 삼아야 한다는 것이다. 좋은 스승은 마음속에 국가와 민족이 있어야 하며, 어깨에 짊어진 국가적 사명과 사회적 책임을 명확하게 인식하고 있어야 한다. 마찬가지 이치로 한 개인 역시도 업무와 관련한 전문 기술이 있어야 하지만 동시에 이상과 신념도 가지고 있어야 한다.

관료에게 있어서는 덕과 재능을 겸비해야 하며, 덕을 우선으로 해야 한다. 국가를 잘 다스릴 수 있어야 할 뿐만 아니라 자기 본분의 일도 잘 관리해야 하며, 또한 처세 면에서도 본보기가 되어야 한다.

넓게 보고 요점만을 취하며,
두텁게 쌓되 적게 드러낸다.

(博觀而約取, 厚積而薄發)

출전 : 북송(北宋)시기 소식(蘇軾) 「가설송장호(稼說送張琥)」**67**

원문 : 嗚呼, 吾子其去此而務學也哉. 博觀而約取, 厚積而薄發.
吾告子止於此矣.**68**

아! 그대는 이곳으로 가서 배우는 데 힘쓰게나. 두루 넓게 보되 요
점만 취하고 두텁게 쌓되 적게 드러내시게. 내가 그대에게 해 줄 수
있는 말은 이것이라네.

풀이 : 넓게 보고 두루 알아야만 그 정수만을 취할 수 있고, 두텁
게 쌓아야만 비로소 마음대로 나를 위해 쓸 수가 있다.

---

67) 「농사에 대한 글을 지어 장호에게 보내다」
68) 嗚(슬플 오, 탄식소리 오)/ 呼(부를 호): 嗚呼(감탄사, '아아!')/ 吾(나 오: 1인칭)/ 吾子(고대 2
인칭 존칭)/ 務(힘쓸 무)/ 博(넓을 박)/ 觀(볼 관)/ 約(묶을 약: 검소하다, 아끼다, 대략) 取(취할
취)/ 厚(두터울 후)/ 積(쌓을 적)/ 薄(얇을 박)/ 發(필 발: 드러내다, 나타내다). 告(아뢸 고)/ 止
(그칠 지: 멈추다, 그만두다)/ 於(어조사 어: ~에)

중화민족은 그 옛날부터 배움을 중요시하였는데, 배움에는 알맞은 방법이 있음을 줄곧 강조해 왔다. "두루 넓게 보되 요점만 취하고, 두텁게 쌓되 적게 드러낼" 것을 강조하였으며, 또한 "세 사람이 길을 걸어가면 그 가운데에는 반드시 내가 배울만한 사람이 있다. 착한 사람을 골라 그 착한 점을 따르고, 착하지 않는 사람을 골라서는 그 나쁜 점을 고친다.(三人行, 必有我師焉. 擇其善者而從之, 其不善者而改之.)"라고 강조하면서, "두루 배우고, 깊이 따져 묻고, 신중하게 생각하고, 명확하게 구분하고, 독실하게 실천(博學之, 審問之, 愼思之, 明辨之, 篤行之)" 할 것을 제창하였다. 개인적으로 필요할 뿐만 아니라 집권당도 마찬가지로 필요하다. 중국공산당은 역대로 전 당원, 특히 지도층 간부의 학습을 중요하게 여겼는데, 이것은 당과 인민의 사업이 발전하는데 성공적인 경험을 확산케 하는 방법이었다. 공부를 할 때는 이끄는 사람이 필요한데, 매달 한번 중앙정치국에서 집단 학습을 조직하였다.

배움을 좋아해야 발전이 가능한 것이다. 배움에는 흥미가 필요하다. "아는 사람은 좋아하는 사람만 못하고, 좋아하는 것은 즐기는 사람만 못하다.(知之者不如好之者, 好之者不如樂之者.)" 이 밖에도 공부는 문제의식이 필요하며, 이 문제의식을 잘 이끌어 나가야 한다. 그래서 "배우고 사색하지 않으면 망하며, 생각만 하고 배우지 않으면 나태해진다.(學而不思則罔, 思而不學則殆)"라고 하였다. 물론 배움에는 시간을 투자해야 한다. 중국공산당 중앙에서는 업무 기풍의 전환을 강조하면서 더 많이 배우고 더 많이 사색해야 하며, 의미 없는 접대나 형식주의적인 것들을 줄일 것을 강조하였다. 이것 역시도 업무 기풍의 전환에 있어서 매우 중요한 내용이다. "지도자급 간부들은 반드시 배움을 가장 중요한 자리에 두어야 한다. 배움을 목말라해야 한다. 적어도 하루에 반시간이라도 시간을 내서 단 몇 페이지라도 책을 읽어야 한다. 이렇게 하는 것을 견지해 나가게 되면 틀림없이 티끌모아 태산이 될 것이며, 한 걸음이 천리 길이 될 것이다.

(한유의) 문장은 팔대의 쇠락한 문풍을 다시 일으켜 세웠고,
그의 유학의 도는 물에 빠진 세상을 구하였다.

(文起八代之衰, 而道濟天下之溺)

출전 : 북송시기 소식의 「조주한문공묘비(潮州韓文公廟碑)」

원문 : 文起八代之衰, 而道濟天下之溺.[69]

　　　　忠犯人主之怒, 而勇奪三軍之帥.[70]

　　　　此豈非參天地, 關盛衰, 浩然而獨存者乎.[71]

　(한유의) 문장은 8대의 쇠락한 문풍을 다시 일으켜 세웠으며, (한
유의) 도는 물에 빠진 천하를 구제하였다. (그의) 충성은 황제의 분노
를 사기도 했지만, 용기는 삼군의 장수들을 굴복시켰다. 이것이 어찌
하늘과 땅과 함께 나란히 흥망성쇠에 관여하여 마음이 넓고 뜻이 커
서 홀로 존재한 자가 아니겠는가!

---

69) 文(글월 문: 문장, 문풍)/ 起(일어날 기: 일으키다, 진흥시키다.)/八代(팔대: 동한(東漢), 위(魏),
　　진(晉), 송(宋), 제(齊), 양(梁), 진(陳), 수(隋)의 여덟 조대)/ 衰(쇠할 쇠)/ 而(말 이을 이)/ 道(길
　　도: 유학의 도)/ 濟(건널 제: 돕다, 구제하다)/ 溺(빠질 익)
70) 忠(충성 충)/ 犯(범할 범: 거스르다, 어기다)/ 怒(성낼 노)/ 勇(용감할 용)/ 奪(빼앗을 탈)/ 帥(장
　　수 수)
71) 豈(어찌 기)/ 非(아닐 비)/ 參(간여할 참: 나란히 하다)/ 關(관계할 관)/ 盛(성할 성)/ 浩(넓을
　　호) 然(그러할 연)/ 獨(홀로 독)/ 存(있을 존) 乎(어조사 호).

풀이 : 한유의 문장은 팔대 이후의 쇠락한 문풍을 진흥시켰으며, 그의 유학의 도는 물에 빠진 천하를 구제하였다.

이 글은 소식이 한유에 대해 극찬했던 사(詞)의 한 구절로, 한유가 이끌었던 '고문운동(古文運動)'의 문학사적 공헌을 칭송하고 있다. '고문운동'은 한유가 유종원과 함께 변려문(騈儷文)⁷²이 주도하던 당대의 상황을 겨냥하여 문풍(文風)을 전환시키기 위해 진한(秦漢) 시기의 우수한 산문 전통으로 돌아가자고 주장했던 운동이다. '고문운동'의 문학사적 공헌은 현대에 있어서도 귀감이 될 만하다. 오늘날 우리가 글을 쓸 때도 마찬가지이다. 하나의 사건이나 하나의 이치를 설명하고자 할 때 최대한으로 알기 쉽게, 최대한 독자들이 적은 노력으로 작자가 전달하고자 하는 정보를 받아들일 수 있게 글을 써야 한다.

---

72) 변려문 : 4언구와 6언구를 기본으로 하여 대구만으로 문장을 구성한 한문문체로 화려한 미문의 식(美文意識)을 높이는데 중점을 두었던 문장 작법.

백 길 장대 끝에 서서 다시
한 걸음을 나아간다.

(百尺竿頭, 更進一步)

출전 : 북송(北宋) 시기 석도원(釋道原)의 『경덕전등록(景德傳燈錄)』[73]

원문 : 示一偈曰 : "百尺竿頭不動人, 雖然得入未爲眞. 百尺竿頭須進步, 十方世界是全身.[74]

게송 한수를 보이며 말씀하시길, "백 길의 장대 끝에 서서 움직임이 없는 사람이라면 비록 입도의 경지에 이르렀으나 아직 진실로 깨달은 것은 아니고, 백 길의 장대 끝에서도 다시 한 걸음을 더 나아갈 수 있으면 시방 세계가 모두 제 몸이 된다."

---

73) 『경덕전등록(景德傳燈錄)』은 송나라 진종眞宗 연간의 석도원이 편찬한 선종등사(禪宗燈史)이다. 이 책에는 과거 칠불(七佛) 때부터 역대 선종 오가(五家)의 52세대에 걸친 조사들 총 1701분의 전등 법통을 수록해 놓고 있다. 이 책이 편찬된 이후에 도원은 궁에 들어가 황제에게 보였고, 송 진종은 양억(楊億) 등에게 교정하게 하고는 대장경에 편입시켜 유통하도록 하였다. 『경덕전등록』은 송나라, 원나라, 명나라 각 시대에 널리 유행하였는데, 특히 송나라 때 종교계와 문단에 많은 영향을 끼치기도 하였다.

74) 示(보일 시)/ 偈(게송 게)/ 尺(자 척)/ 竿(장대 간)/ 頭(머리 두: 꼭대기)/ 動(움직일 동)/ 雖(비록 수)/ 然(그러할 연)/ 得(얻을 득)/ 眞(참 진)/ 須(모름지기 수)/ 進(나아갈 진)/ 步(발걸음 보)/ 十方(십방: 시방: 사방, 사우, 상하를 통틀어 이르는 말)/ 世(세상 세)/ 界(지경 계)/ 全(온전할 전)/ 身(몸 신).

풀이 : 수행이 백척간두 꼭대기에서도 여전히 해이해지거나 자만하지 않고, 또한 절대로 포기하지 않아야만 비로소 더 큰 발전을 얻을 수 있는 것이다.

발전에는 한계가 없지만 나태해지면 반드시 퇴보하게 된다. 이른바 "백 길의 장대 꼭대기에서 다시 한 걸음을 나아간다."는 말에서 백척간두는 백길 높이의 장대로, 불교에서는 불도의 수행이 매우 높은 수준에 이르렀음을 비유하며, '백장간두(百丈竿頭)'라고 하기도 한다. 학문이나 성취 등이 '백척간두'의 높이 이르는 매우 높은 수준에 이르게 된 후에도 계속해서 증진해 나가야 한다는 말이다.

이러한 진취적인 정신은 개인 측면에서만 필요한 것이 아니라 국가에 있어서도 마찬가지이다. 중국의 경제발전 추세는 매우 양호하지만, 중국은 여전히 강한 위기의식을 가지고 있어야 한다. 그래야만 그런 가운데서도 계속해서 문제를 찾아낼 수 있다. 즉 "경제의 뉴노멀(經濟新常態)", "공급측 구조조정(供給側結構性調整)" 등의 개념을 제기하면서 각 영역에서의 개혁을 끊임없이 진행하게 되는 것이다.

외교 분야에 있어서도 중국은 중국의 평화발전 노선을 지속적으로 설명하면서 중국과 우호국 간의 협력을 강조함으로써 백 길 장대 꼭대기에서 한 걸음을 더 나아간다는 말은 함께 더 아름다운 미래를 개척해 나가고, 평화와 안정과 번영의 새로운 역사의 페이지를 함께 써내려가야 한다는 것이다.

아무리 좋은 옥이라도 다듬지 않으면 좋은 그릇이 될 수
없고, 사람은 배우지 않으면 떳떳함을 알지 못한다.
(玉不琢, 不成器. 人不學, 不知義)

출전 : 『삼자경(三字經)』[75]

원문 : 玉不琢, 不成器. 人不學, 不知義[76]

옥은 다듬지 않으면 그릇이 되지 못하며, 사람은 배우지 아니하면
의를 알지 못하게 된다.

풀이 : 옥은 다듬고 새기지 않으면 아름다운 그릇이 될 수 없고,
사람은 공부를 하지 않으면 "의(義 : 정의, 부끄러움이 없는
떳떳함)"의 참 뜻을 알지 못하게 된다.

---

75) 『삼자경』은 중국의 전통적 계몽 교재이다. 중국의 고대 경전 중에서 『삼자경』은 가장 이해
하기 쉬운 어린이용 교재 중의 하나로, 『백가성(百家姓)』, 『천자문(千字文)』 등과 함께 중국
전통 계몽학의 3대 교재로 일컬어지며, 이 셋을 묶어서 "삼백천(三百千)"이락 부르기도 한
다. 『삼자경』의 핵심 사상은 "인(仁), 의(義), 성(誠), 경(敬), 효(孝)" 등의 내용을 포함하고 있
다.
76) 玉(구슬 옥)/ 不(아닐 불, 아닐 부)/ 琢(쫄 탁: 다듬다), 器(그릇 기), 學(배울 학), 義(뜻 의: 떳떳
함,

옛 사람들이 말하길, 군자는 옥처럼 따뜻하고 윤기가 나야 한다고 하였다. 옥은 아름다운 보석이고 군자는 고상한 인품을 갖춘 사람이다. 옥은 보잘 것 없는 바위 속에 감추어져 있기 때문에 갈고 다듬지 않으면 좋은 옥이 될 수 없을 뿐만 아니라 사람들이 좋아하는 보석이 될 수도 없다. 마찬가지로 군자 역시도 하늘에서 뚝 떨어지는 것이 아니라 끊임없는 배움을 통해서 의의 참뜻을 이해해야만 비로소 군자가 만들어지게 되는 것이다. 공자 이후로 군자와 소인배의 구분을 중요하게 여기며, 시종 군자의 개념으로 고귀한 혈통이 아니라 고상한 도덕성을 강조하였다. 무엇이 군자의 고상한 도덕성인가? 바로 '의'의 이치를 이해하고, '의'의 가르침을 실천하는 것이다. 여기서 말하는 '의'는 또한 시대와 함께 나아가는 개념으로 본질적으로는 한 시대의 핵심적 가치관을 말한다. 오늘날의 우리에게 있어서 지속과 반복을 통하여 사회주의의 핵심 가치관을 깊이 학습하고 실천해 나감으로써 오늘날의 '군자'가 되고, "애국(愛國), 경업(敬業), 성신(誠信), 우선(友善)"을 중시하는 대국의 국민이 되어야 하는 것이다.

열심히 노력하기만 하면 쇠절구공이라도
바늘로 만들 수 있다.

(只要功夫深, 鐵杵磨成針)[77]

出典 :『방여승람·미주·마침계(方輿勝覽·眉州·磨針溪)』[78]

原文 : 世傳李白讀書象耳山中, 學業未成, 即棄去, "過是溪,
逢老嫗方磨鐵杵, 問之, 曰：'欲作針'. 太白感其意, 還卒業."[79]

　　세상에 전하는 이야기에 따르면 이백이 상이산에서 글공부를 하고
있었는데, 학업이 이루어지지 않아 포기하려고 하였다. 그러던 중 개
울가를 지나다 노파가 쇠절구공이를 갈고 있기에 무엇을 하는 것인지
물으니, 대답하길, "바늘을 만들려고 한다."고 하였다. (이에) 이태백
은 그 뜻에 감동을 받아 마침내 학업을 마치게 되었다고 한다.

---

77) 只(다만 지)/ 要(구할 요)/ 功(공 공)/ 夫(무릇 부)/ 深(깊을 심) 鐵(쇠 철)/ 杵(공이 저)/ 磨(갈
마)/ 成(이룰 성)/ 針(바늘 침)

78)『방여승람』은 남송 시기의 축목(祝穆)이 편찬한 지리 서적으로, 전체 70권으로 되어 있다. 남
송 시대 임안부(臨安府)의 관할지역 군의 이름과 풍속, 인물, 제영(題詠) 등의 내용이 기록되
어 있다.

79) 世(세상 세)/ 傳(전할 전)/ 讀(읽을 독)/ 書(책 서)/ 象(코끼리 상)/ 耳(귀 이)/ 山(뫼 산)/ 學(배
울 학)/ 業(일 업)/ 未(아닐 미)/ 成(이룰 성)/ 即(곧 즉)/ 棄(버릴 기)/ 去(갈 거)/ 過(지나칠 과,
허물 과)/ 是(이 시)/ 溪(시내 계)/ 逢(만날 봉)/ 老(늙을 로)/ 嫗(할미 온)/ 方(모 방)/ 問(물을
문)/ 欲(바랄 욕)/ 作(지을 작)/ 針(바늘 침)/ 太(클 태)/ 白(백 백)/ 感(느낄 감)/ 其(그 기)/ 意
(뜻 의)/ 還(돌아올 환)/ 卒(마칠 졸)/ 業(일 업).

: 결심을 하고서 노력해 나간다면 아무리 어려운 일이라도 이
룰 수 있음을 비유한 말이다.

  만약 우리들의 지혜로 볼 때 이 노파는 틀림없이 '노망'난 할머니라
고 생각할 것이다. 쇠절구공이로 다른 것도 만들 수는 있을텐 데, 왜
하필 자수바늘을 만들겠다는 것일까? 너무 많은 공을 들이고도 얻
는 것이 너무 작으니 그야말로 비합리적이다. 이 노파가 상이산 학당
의 선생이 안배해 놓은 '바람잡이'는 아니었을까? 그러나 그것은 또
다른 이야기이다. 우리는 이런 과장적인 이야기를 빌려 끝까지 노력해
야 한다는 이치를 이야기 하고자 하는 것이다.
  이치는 매우 간단하다. 어려운 것은 그것을 견지해 나가는 일이다.
중국인의 수신(修身)은 평이함을 특히 중요시한다. 물을 끓이고 땔나
무를 하고, 경전을 읽고 밥 먹는 것 어느 하나도 수행 하닌 것이 없
다. 다만 어떤 사람들은 물을 끓일 때 땔나무를 생각하고, 경전을 읽
으면서 밥 먹는 것을 생각하여 마음을 한곳에 집중하지 못하기 때문
에 많은 노력을 들이고서도 그에 합당하는 성과를 거두지 못한다. 그
러므로 많은 사람들이 중국철학을 만나고서는 말이 너무 간단하다고
생각한다. 다시 말해서 중국의 학문은 "지행합일(知行合一)"의 학문이
라는 사실을 알지 못한다는 것이다. 성인이 되고 어진 사람이 되는
것은 말(언어)로써 설득하는 모습이 아니라 행동으로 실천하는 노력
이 필요한 것이다.

황금이라도 완벽한 순금이란 없고,
사람도 완벽한 사람이란 없다.

(金無足赤, 人無完人)⁸⁰

출전 : 송나라 대복고(戴復古)의 「기흥(寄興)」

원문 : 黃金無足色, 白璧有微瑕. 求人不求備, 妾愿老君家.⁸¹

황금이라도 완벽한 순금이란 없으며, 백옥에는 흠이 있기 마련이
다. 사람을 찾는 것이지 완벽함 갖춘 사람을 찾는 것은 아니니, 소첩
은 님의 집에서 늙고 싶구나.

풀이 : 세상에는 원래 완전무결한 사람은 없는 법이고, 황금도 완
　　　벽한 순금은 없다. 사람에게는 장점도 있지만 단점도 있기
　　　마련이다. 이 말은 사람을 구할 때 결점이 없는 완벽함을
　　　요구해서는 안 된다는 것을 비유한 말이다.

---

80) 足赤(발 족, 붉을 적): 순금
81) 黃(누를 황)/ 金(쇠 금)/ 無(없을 무)/ 足(발 족: 만족하다, 충분하다), 色(빛 색): 足色(족색: 금
　　이나 은 따위의 함량이 충분한, 순수한)/ 白(흰 백)/ 璧(구슬 벽, 둥근 옥)/ 有(있을 유)/ 微(작을
　　미)/ 瑕(허물 하: 티끌, 허물, 흠집)/ 求(구할 구)/ 備(갖출 비)/ 妾(첩 첩)/ 愿(바랄 원)/ 老(늙을
　　노)/ 君(임금 군: 2인칭, 그대, 님)家.

"완벽한 사람은 없다"는 말은 두 가지 측면에서 말하는 것이다. 한 편으로는 이 세상에는 완벽한 사람이란 없으므로 다른 사람에게 너무 가혹하게 해서는 안 된다는 말이다. 이른바 "물이 너무 맑으면 물고기가 살 수 없고(水至淸則無魚)", "바다는 수많은 냇물을 받아들이니 그 포용력 때문에 크다고 하는 것(海納百川, 有容乃大)"이니, 인품이나 일 처리에 있어서 큰 기백을 보여줄 수 있는 것이 바로 포용력인 것이다. 자기와는 다른 사람들의 의견을 용인해 주고, 다른 사람의 잘못이나 실수를 용인해 줄 때, 비로소 큰 것을 쥐고 작은 것을 놓아 줄 수 있는 것이다. 다른 한편에서 보면 "완벽한 사람이란 없다"는 말은 일종의 자신에 대한 경계의 말이다.

자기 자신이 "완벽한 사람"이 될 수 없음을 분명하게 깨닫게 될 때 마음가짐을 바르게 가질 수 있으며, 다른 사람이 자신의 잘못을 지적할 때, 이성적으로 사고함으로써 자기가 옳다고 여기고서 변화를 거부하는 것이 아니라 마음을 비우고 받아들일 수 있는 것이다. 이러한 점을 분명하게 인식해야만 마음을 비우고서 끊임없이 나아갈 수 있으며, 그리하여 보다 나은 자신을 만들어 갈 수 있는 것이다.

문을 닫아 걸고 싯구 찾는 것이 시를 짓는 방법이 아니고,
그저 길을 나서면 저절로 시가 있게 되는 것이다.

(閉門覓句非詩法, 只是征行自有詩)

출전 : 송나라 양만리(楊萬里)의 「하횡산탄두망금화산(下橫山灘頭望
金華山)」[82]

원문 : 山思江情不負伊, 雨姿晴態總成奇.[83]
閉門覓句非詩法, 只是征行自有詩.[84]

강과 산의 정취는 사람을 속이지 않으니,
비 올 때나 비 갤 때나 그 자태 언제나 아름답네.
문을 걸어 닫고 시 짓는 건 옳은 방법이 아니고,
그저 길만 나서면 저절로 시가 있게 되는 것이다.

---

82) 「산 밑을 가로 질러 여울·머리에서 금화산을 바라보다」
83) 山(뫼 산)/ 思(생각 사)/ 江(강 강)/ 情(뜻 정: 정취)/ 不(아닐 불)/ 負(질 부: 저버리다, 속이다)/
伊(저 이: 지시대명사: 이, 그, 저)/ 雨(비 우)/ 姿(모양 자, 자태)/ 晴(비갤 청)/ 態(모양 태)/ 總
(다 총: 모두, 다)/ 成(이룰 성: ~이 되다)/ 奇(기이할 기: 기이하다, 뛰어나다).
84) 閉(닫을 폐)/ 門(문 문)/ 覓(찾을 멱)/ 句(글귀 구: 싯구)/ 非(아닐 비)/ 詩(시 시)/ 法(법 법: 방
법)/ 只(다만 지)/ 是(이 시, 옳을 시)/ 征(칠 정: 멀리 가다)/ 行(갈 행): 征行(정행: 먼 거리 여
행, 종군, 출정)/ 自(스스로 자: 저절로)/ 有(있을 유)

풀이 : 문을 닫아걸고서 싯구를 찾아 헤매는 것은 시를 짓는 올바른 방법이 아니고, 문 열고서 길나서면 저절로 좋은 시를 쓸 수 있다. '문 닫아걸고 수레 만든다(閉門造車)', '우물안 개구리(坐井觀天)' 등의 속담들은 모두 비슷한 의미를 가지고 있다. 밖으로 나가 더 넓은 세상을 보지 않는다면, 사회와 생활 속으로 더 깊이 파고들어가지 않는다면 시 쓰기든 다른 형식의 창작이든 모두 깊이 있는 내용을 담은 작품을 창작할 수 없다는 말이다. 그렇기 때문에 옛 사람들은 "만권의 책일 읽고, 만리 길을 걸어 보아야 한다(讀萬卷書, 行萬里路)"고 강조하였는데, 독서와 여행은 모두 중요하기는 하나 여행이 더 중요하다고 말한다. 사마천(司馬遷)에서부터 이백(李白)에 이르기까지, 다시 서하객(徐霞客)에 이르기까지 중국 문인들은 젊은 시절에 "장유壯遊(큰 뜻을 품고서 세상을 유람함)"의 전통을 가지고 있다.

즉 젊은 시절에 더 넓은 세상으로 나아가 광활한 자연을 직접 보아야만 창작이나 인격의 형성, 세계와 사물에 대한 생각을 형성하는데 아주 많은 도움이 된다는 말이다. 그럼 왜 이렇게 '장유'와 '정행(征行)'을 강조하는 것일까? 그것은 이러한 여행을 통해서 세상에 대한 관점을 새롭게 열어주기 때문이다. 한 사람에게 있어서 한 지역, 한 시대에 국한되거나 혹은 자지 자신을 자신의 세계 속에만 가두어두게 되면 삶의 차원들이 불 완정할 수밖에 없다. 그렇기 때문에 "많은 것을 보게 되면 식견이 넓어진다(見多識廣)"는 말이 바로 이 뜻이다.

자기 자신을 다른 사람들의 생활 속에 던져 넣고서 다른 풍습이나 습관을 경험하게 하는 것, 이것은 까뮈(Albert Camus: 1913~1960)

가 말한 것처럼, 하나의 도시를 보면 "그 도시에서 사람들이 어떻게 살아가고 어떻게 사랑하고 또 어떻게 죽어 가는지를 볼 수 있는데" 그래야만 비로소 인간에 대한 이해가 더욱 완벽해 질 수 있다는 말이다.

시대가 궁해지면 절개가 밖으로 나타나,

각자가 역사에 이름을 남기게 된다.

(時窮節乃見, 一一垂丹靑)

출전 : 남송(南宋) 시기 문천상(文天祥)의 「정기가(正氣歌)」

원문 : 皇路當淸夷, 含和吐明庭.[85]

時窮節乃見, 一一垂丹靑.[86]

在齊太史簡, 在晉董狐筆.[87]

국운이 맑고 번듯할 때는, 화해로움 머금고 밝음을 내뱉는 조정. 시절이 궁해지면 그 절개 드러나, 하나 하나 역사에 이름을 남긴다. 제

---

85) 皇(임금 황, 갈 왕)/ 路(길 로): 皇路(황로: 임금의 길, 나라의 명운)/ 當(마땅할 당)/ 淸(맑을 청)/ 夷(오랑캐 이): 淸夷(청이: 태평함)/ 含(머금을 함)/ 和(화할 화)/ 吐(토할 토)/ 明(밝을 명)/ 庭(뜰 정: 조정)/

86) 時(때 시)/ 窮(궁할 궁)/ 節(마디 절)/ 乃(이에 내)/ 見(볼 견, 나타날 현)/ 垂(드리울 수)/ 丹(붉을 단)/ 靑(푸를 청): 丹靑(단청: 역사, 역사책)/

87) 在(있을 재)/ 齊(가지런할 제, 나라이름 제: 제나라)/ 太(클 태)/ 史(역사 사)/ 簡(대쪽 간: 죽간): 太史簡(태사간: 제나라 태사가 최저(崔杼)가 제나라 장공(莊公)을 시해한 사실을 기록한 죽간)/ 晉(진나라 진)/ 董(감독할 동)/ 狐(여우 호)/ 筆(붓 필)

*太史簡(태사간: 제나라 태사가 최저(崔杼)가 제나라 장공(莊公)을 시해한 사실을 기록한 죽간)

*董狐筆(동호필: 진나라 태사 동호의 붓. 진나라의 조천(趙穿)이 영공(靈公)을 시해하자 태사 동호가 대부 조순趙盾이 자신의 소임을 다하지 못했다고 하여 그가 영공을 시해했다고 기록함)

나라에는 태사의 글이 있고, 진나라에는 동호의 붓이 있는 것처럼.

> 풀이 : 위험에 처하게 되면 한 사람의 절개와 재능이 드러나게 된
> 다. 그처럼 드높은 절개를 드러낸 인물은 모두 청사에 길이
> 이름을 남기게 된다.

20세기 한 시대를 풍미했던 철학유파인 존재주의의 핵심적 관점
은 어떤 한 사람이 어떤 사람인지에 대한 판단은 결정적인 순간에 하
게 되는 행동에서 찾아볼 수 있다는 것이다. 이것은 문천상(文天祥)
의 이 시구와 약속이라도 한 듯이 일치하고 있다. 태평성대에는 구호
를 외치거나 찬양하는 노래는 별것이 아니지만, 국가가 존망의 위기
에 처했을 때 용감하게 나서는 것이야말로 진정한 영웅적 행위라는
것이다. 문천상은 이 시에서 중국역사 속의 인물과 사건들을 예로 들
고 있는데, 장량(張良)이 박랑사(博浪沙)에서 진시황을 향해 던졌던 장
추(長椎)(철퇴), 대막(大漠)에서 19년 동안 양을 쳤던 소무(蘇武), 세속
에 물들지 않았던 혜강(嵇康), 출사표를 던지고 출정도 하기 전에 죽
고 만 제갈량(諸葛亮) 등이다. 그리고 그 자신은 국가 존망의 역사적
순간에 기개를 보임으로써 역사에 이름을 남기기도 하였다.

근대에 와서는 구망도존(求亡圖存)의 계몽사상에서부터 장렬했던 항
전(抗戰)에 이르기까지 독립과 해방과 자유를 쟁취하기 위해 무수한
애국지사들이 자신의 목숨을 초개같이 던지고 뜨거운 피를 쏟았다.
모든 시대마다 그 시대를 구할 영웅을 부르고 이상과 신념을 위해 목

숨을 아끼지 않는 정신을 외쳤다. 평화시대의 이러한 담론들 역시도 사치스러운 것은 아니다. 어쨌든 각 시대마다의 위대한 역사적 목표는 모든 민족 모든 사람들이 자기 자신부터 하나하나씩 몸소 실천해 나가야 하며, 실질적인 행동으로 국가의 부흥을 이끌어 나가야 하는 것이다.

길이 멀어야 말의 힘을 알 수 있고,
세월이 오래되어야 사람의 마음을 알 수 있다.

(路遙知馬力, 日久見人心)

출전 : 원(元) 나라 때의 『쟁보은(爭報恩)』[88]

원문 : 路遙知馬力, 日久見人心.[89]

길이 멀어야 말의 힘을 알 수 있고, 시간이 오래되어야 사람의 마음이 드러나게 된다.

풀이 : 길이 멀어야 말의 힘이 좋고 나쁨을 알 수 있고, 시간이 오래되어야 사람 마음의 좋고 나쁨을 알 수 있다.

옛말에 "오백년 지난 후대 사람의 결정을 기다린다(待五百年後人論定)"는 말이 있는데, 이 말은 형세를 알 수 없을 때는 기다려야 하고,

---

88) 『쟁보은』은 원나라 때 무명씨가 지은 것으로, 『삼호하산』이라고도 하며, 전체 서명은 『쟁보은 삼호하산』이다. 본 극에서는 양산의 호한(關勝), 서녕(徐寧), 화영(花榮)이 간신을 몰아내고 세상을 바로잡는 이야기를 다루고 있다.
89) 路(길 로)/ 遙(멀 요)/ 知(알 지)/ 馬(말 마)/ 力(힘 력)/ 日(날 일)/ 久(오랠 구)/ 見(볼 견, 나타날 현: 나타나다 드러나다)

한 사람의 본심을 알 수 없을 때에도 역시 기다려야 한다는 것이다. 왜냐하면 시간이 가장 좋은 검시관이기 때문이다.

공산당 간부들을 시찰할 때도 마찬가지이다. 우리가 더 많은 젊은 간부들이 기층으로 내려가 단련하고 경험을 쌓아야 한다고 강조하는 이유는 첫째로 기층의 생태는 더욱 복잡하기 때문에 이러한 복잡함 속에서 사람의 순수함을 발견할 수 있으며, 또한 사람의 능력을 발견할 수 있다. 또 다른 한편으로는 또한 간부들이 승진을 위한 궤도에 올라서게 되면 쉽게 허황되게 되고, 또 직급은 올라갔지만, 능력이 따라 올라가지 못하기도 하며, 조직의 경우도 간부의 품성이나 능력에 대해 오랜 시간 동안 세세하게 고찰할 수 없다는 점이다. 그렇기 때문에 우리는 간부를 양성하고 단련시키는 시간을 좀 더 길게 가지는 것이 좋으며, 단련시키는 플랫폼은 더 많을수록 좋은 것이다. 인재 양성은 충분한 준비가 있어야 성공할 수 있는 것이다.

뜻이 바로서지 않으면 천하에
이룰 수 있는 일은 아무것도 없다.
(志不立, 天下無可成之事)

출전 : 명(明) 나라, 왕수인(王守仁)의 「교조시양장제생(教條示龍場諸生)」[90]

원문 : 志不立, 天下無可成之事, 雖百工技藝, 未有不本於志者. 今學者曠廢隳惰, 玩歲愒時, 而百無所成, 皆由於志之未立耳.[91]

뜻이 바로서지 않으면 천하에 이룰 수 있는 일은 아무 것도 없다. 비록 백가지 교묘한 기술을 가지고 있다 하더라도 그것은 뜻에 뿌리를 두고 있는 것이 아니다. 오늘날의 학자들이 게으름과 나태함에 빠져 허송세월을 하면서 아무것도 이루지 못한 것은 모두가 뜻이 바로서지 않았기 때문이다.

---

90) 「용장의 여러 학생들에게 주는 글」
91) 志(뜻 지)/ 可(가히 가, 옳을 가)/ 雖(비록 수)/ 技(재주 기)/ 藝(재주 예, 심을 예)/ 未(아닐 미)/ 曠(밝을 광, 빌 광: 허비하다 헛되이 지내다)/ 廢(버릴 폐)/ 隳(떨어질 타: 墮)/ 惰(게으를 타)/ 玩(희롱할 완: 놀다 놀이하다)/ 歲(해 세)/ 愒(쉴 게)/ 時(때 시)/ 而(말이을 이)/ 所(바 소, 곳 소)/ 皆(모두 개)/ 由(말미암을 유: ~에서 비롯되다)/ 耳(귀 이: 어기조사)

113

풀이 : 뜻이 바로서지 않으면 세상에서 할 수 있는 일은 아무것도 없다.

뜻을 세워야 한다는 말 중에서 우리가 너무나 잘 알고 있는 왕양명 王陽明 선생의 이 두 구절의 내용은 "뜻을 세우고(立志), 열심히 공부하고(勸學), 잘못이 있으면 고치고(改過), 선행을 쌓아가는(積善)" 기초이다. 사람에겐 이상이 없어서는 안 되며, 협력에는 방향이 없어서는 안 된다. 우리가 미래를 마주하고 미래를 이끌어 나가기 위해서는 대규모 사업을 기획하고 대 국면을 만들어 나가야 한다.

개인적 입장에서 보면 뜻을 세우는 일은 또한 일을 하기 전에 명확한 목표를 정하는 것으로, 목표가 정해지고 나면 이 목표를 향해 노력해나가야만 목표를 실현할 수 있는 것이다. 그러나 자주 뜻을 세우는 것보다는 장대한 목표를 세우는 것이 낫다.

배움에는 의심하는 것이 귀중하다. 의심이 작으면 발전도 작고, 의심이 크면 발전도 크다.

(學貴知疑, 小疑則小進, 大疑則大進)

출전 : 명나라 진헌장(陳獻章)의 「백사자·여장정실(白沙子·與張廷實)」

원문 : 學貴知疑, 小疑則小進, 大疑則大進. 疑者, 覺悟之機也.[92]

배움에는 의심하는 것이 귀중한데, 의심이 작으면 발전도 작고, 의심이 크면 발전도 크다. 의심이란 깨달음의 계기가 된다.

풀이 : 배움에 있어서 귀한 것은 사고를 통해 합리적으로 의심하는 것이다. 의심이 작으면 발전도 작고, 의심이 크면 발전도 크다.

목표가 있는 사람은 일생동안 끊임없이 배운다. 그리고 그 배움의 과정에서 "죽으라고 책만 읽는(死讀書)" 방식은 낭비일 뿐이다. 이른바 "책의 내용을 다 믿는 것은 책이 아예 없는 것만 못하다.(盡信書不如無

---

92) 貴(귀할 귀: 귀중하게 여기다)/ 疑(의심할 의)/ 則(곧 즉)/ 進(나아갈 진)/ 覺(깨달을 각)/ 悟(깨달을 오)/ 機(배틀 기: 계기, 실마리)/ 也(어조사 야)

書)”라는 말은, 배움에는 자기 자신의 사고가 들어가야 한다는 말이다. “배움에서는 의심을 품는 것을 귀중하게 여긴다”에서와 같은 이런 ‘의심’은 아무 이유도 없는 의심이나 아집이 아니라 이성적인 사고를 기초로 하여 권위에 대해, 그리고 바깥의 지식에 대해서는 사변적인 태도를 견지해야 한다. “배우기만 하고 생각하지 않으면 망하게 되고, 생각만하고 배우지 않으면 나태해 진다.(學而不思則罔, 思而不學則殆)”는 말도 바로 이러한 이치이다. 개인의 업무에서든 아니면 전체 국가의 발전에 있어서도 모두 마찬가지이다.

우리는 다른 사람의 경험을 본보기로 삼아야 하고, 다른 사람의 장점을 배워야 하며, 선진적인 방법을 배워야 한다. 그러나 이러한 학습은 ‘배움’에만 머물러 있어서는 안 되며, 현재 가지고 있는 지식 만으로 만족하는 것에 머물러서는 안 된다. 의문을 가지고 사고할 때 비로소 혁신적인 점을 찾아낼 수 있고, 이전 사람들을 뛰어넘을 수 있으며, 진정으로 자신의 발전을 실현할 수 있는 것이다.

세상사 통찰하면 그 모든 것이 학문이고,
인간사 정리 통달하면 그것이 곧 문장이다.

(世事洞明皆學問, 人情練達卽文章)

출전 : 청(淸)나라 조설근(曹雪芹)의 『홍루몽·영부상방대련(紅樓夢·
寧府上房對聯)』[93]

원문 : 世事洞明皆學問, 人情練達卽文章.[94]

세상사 통찰하면 모든 것이 학문이고,
인정을 환히 꿰뚫으면 그것이 문장이다.

풀이 : 세상사 통달하면 그것이 학문이고 인간사 정리를 꿰뚫는
곳곳이 문장이다.

선충원(沈從文)은 일찍이 우리가 흔히 말하는 책인 "작은 책"도 읽

93) 『홍루몽』은 중국의 고전 4대 명저 중의 하나로, 청나라 때 작가 조설근이 창작한 장회체(章回
體) 장편소설로, 『석두기(石頭記)』, 『금옥연(金玉緣)』이라고도 한다.
94) 世(세상 세)/ 事(일 사)/ 洞(고을 동, 밝을 통)/ 明(밝을 명)/ 皆(모두 개)/ 學(배울 학)/ 問(물
을 문)/ 人(사람 인)/ 情(인정 정)/ 練(익힐 연)/ 達(통달할 달)/ 卽(곧 즉)/ 文(글월 문)/ 章(글
장).

어야 하지만, 사회라는 "큰 책"도 읽어야 한다."고 말한 적이 있다. 인성을 통찰하고 사회를 묘사하는 것은 문학창작에 있어서 매우 중요한 핵심이다. 개인적인 '수신'에 있어서 학교나 책은 지식을 학습하는 장소일 뿐만 아니라 어떻게 사람 노릇을 할 것이고, 어떻게 다른 사람과 어울릴 것이며, 어떻게 일을 처리할 것인가? 그리고 어떻게 인생의 방향을 찾을 것인가를 배우게 되는 장소이기도 하다.

개개인에게 있어서 세상사나 인정사 역시도 책 속의 지식과 마찬가지로 중요한 것이다. "인정사의 통달"은 '감성지수'를 몸으로 겪는 것이며, "세상사의 통찰"은 더 높은 수준에 이르는 것을 요구하기 위함이다. 이는 사회 역사발전의 법칙성에 대한 인식을 포함하고 있으며, 이러한 인지는 또한 인정에 대한 통달 속에서 단련되고 승화되어야 가능한 것이다.

뜻이 있는 사람은 1년을 소중하게 생각하고, 어진 사람은
하루를 소중하게 여기며, 성인은 시시각각을 소중히 여긴다.

(志士惜年, 賢人惜日, 聖人惜時)

출전 : 청(淸)나라 위원(魏源)의,[95] 『묵고·학편삼(黙觚·學篇三)』[96]

원문 : 志士惜年, 賢人惜日, 聖人惜時.[97]

뜻이 있는 사람은 1년을 소중하게 생각하고, 어진 사람은 하루를
소중하게 여기며, 성인은 시시각각을 소중히 여긴다.

---

95) 위원(魏源)(1794~1857)은 청대의 계몽 사상가이자 정치가이며, 문학가이기도 하다. 이름은 원
    달(遠達)이며, 자는 묵심(黙深)이며, 묵생(墨生), 한사(漢士)를 쓰기도 하였으며, 호는 량도
    (良圖)이다. 한족으로 호남 소양(邵陽) 출신이다. 근대 중국에서 "눈을 뜨고 세계를 바라본"
    첫 번째 지식인들의 대표이기도 하다. 그는 학문이란 응당 '경세치용(經世致用)'을 종지로 삼
    아야 한다고 여기면서, "낡은 것의 개혁이 철저하면 철저할수록 백성들은 더욱 더 이롭다(變古
    愈盡, 便民愈甚)"는 변법을 주장하면서 서양의 선진적인 과학기술을 배울 것을 제창하였다.
    또한 "오랑캐의 장점을 배워서 오랑캐를 제압해야 한다."는 주장을 제기하였으며, 세계를 이해
    하고 서양을 배워야 한다는 새로운 물결을 일으켰다
96) 『묵고(黙觚)』는 중국 근대 사상가 위원의 저작이다. 이 책에는 작가의 철학 사상이 담겨 있는
    데, 크게 「학편(學篇)」「치편(治篇)」으로 나누어져 있다. 이 『묵고』에서 위원은 많은 인재와
    관련된 관점을 제시하였다. 예를 들면 재능과 도덕의 관계에 있어서 위원은 "전적으로 재능으
    로 사람을 뽑으면 반드시 말재주만 있는 사람을 뽑는 결과를 초래할 것이고, 전적으로 덕으로
    써 사람을 뽑는다면 반드시 위선을 일삼는 자를 얻는 결과를 초래할 것이다.(專以才取人, 必
    致取利口. 專以德取人, 必致取鄕愿)"라고 하였다.
97) 志(뜻 지)/ 士(선비 사)/ 惜(아낄 석)/ 年(해 년)/ 賢(어질 현)/ 聖(성스러울 성)/ 時(때 시)

: 시간을 소중히 여기는 정도에 있어서 뜻이 있는 사람은 1년 단위로 이야기하고, 성현은 하루 단위로, 성인은 시간 단위로 소중히 여긴다.

우리는 "시간이 금이다"라는 말을 잘 알고 있다. 그러나 똑같은 재물을 서로 다른 사람에게 나누어 주어 사용하게 한다면, 그들은 제각각 다른 효과들을 얻게 되는 것과 마찬가지로 시간을 나누어 주면 사람들의 이용률 역시도 서로 다르다. 보통 사람들은 되는대로 하루하루를 살아가듯이 일상생활을 대하며, 이따금 씩 찾아오는 여가를 전혀 마음에 두고 있지 않다가 일 년 일 년 세월이 흘러가고 나서야 비로소 과거의 시간 속에서 그 어떤 가치 있는 것들을 아무것도 남기지 못했음을 발견하게 된다. 이러한 상황 속에서 "흘러가는 것이 이와 같구나!(逝者如斯夫)"라고 끊임없이 탄식한들 무슨 소용이 있겠는가? 진정으로 진보를 추구하고 이상이 있고 목표가 있는 사람이라면 시간을 쓰는 것에 매우 까다로울 것이다. 항상 "시간이 나를 기다려주지 않는다"는 긴박감을 가지고 매 1분 1초를 최대한 활용하고자 할 것이다. 이처럼 시간을 아끼는 사람에게는 시간도 그 사람에게 피드백을 줄 것이며, 그를 저버리지 않을 것이다. 더 나아가 한 국가의 발전 역시도 이러한 긴박감을 가지고 있어야 하고, 단기적인 목표와 장기적인 계획을 가지고 혁신을 추구해 나가야 하며, 또한 세계 발전의 흐름을 이끌어나가고자 하는 의식을 가지고 있어야 한다. 이렇게 해야만 비로소 진정으로 강국의 길로 나아갈 수 있는 것이다.

2
제가 齊家

오늘날의 관료들에게 있어서 이것은 반드시 갖추어야 할 과제이다. 중국공산당 제18차 당 대회 이후 반부패 업무가 전개되었고, 갈수록 늘어나는 부패사건에 대한 심판과 중앙 감찰 팀의 개혁 의견 가운데, 매우 높은 비율의 간부 가족과 자녀들이 규율을 위반한 현상을 우리는 목격하고 있다. 대부분의 고위 간부들은 자신들의 가족들을 제대로 단속하지 못했거나, 혹은 눈감아 주었기 때문에 결국에는 감옥에 수감되고 말았다. 이것은 결코 우연한 현상이 아니다.

2
제가齊家

제가(齊家)는 "수신제가치국평천하(修身齊家治國平天下)"에서 중간에 위치해 있는, 보기에 그렇게 중요하지도 또 그렇다고 전혀 중요하지 않은 것도 아니다. 그러나 가정은 사회생활의 기본 단위이기 때문에 '제가'의 역할은 아무리 강조한다고 해도 지나치지 않을 것이다.

오늘날의 관료에게 있어서 이것은 반드시 철저하게 관리를 해야 하는 과제이다. 중국공산당 제18대 전체회의 이후 반부패 정책이 공개적으로 진행이 되기 시작했고, 이에 따라 갈수록 많은 부패 사건들이 심판대에 올랐으며, 중국공산당 중앙 감찰팀의 개혁 의견 중에 매우 큰 비율을 차지하고 있는 고위 관료 친자녀의 위법 현상을 우리는 보게 되었다. 너무나 많은 고위급 간부들이 자신의 가족들을 제대로 단속하지 못하였거나 또는 눈감아주다가 결국에는 구속이 되고 말았다. 이것은 결코 우연한 현상이 아니다.

"한 사람이 관리가 되면 집안 전체가 부자가 되는" 현상의 출현은 본질적으로 고위 관료 주변의 권력에 너무 가까이 기대고 있다는 것이다. 그러나 이것이 원래부터 더 쉬운 부정부패라는 의미는 아니다. 자신 주변의 사람들을 잘 관리하는 것은 원래 권력이 정상적으로 운행되도록 하는 필수 과목이기 때문이다.

2014년 중국공상당 중앙정치국 상무위원이자 중앙 기율위원회 서기인 왕치산(王岐山)이 과거 안훼이성 통청(桐城)의 "리루츠항(六尺巷 : 여섯 자 거리)"을 방문한 적이 있었다. 이곳은 전체 길이 180미터, 폭 2미터의 골목길로, 바로 옛 사람들이 "집안 단속(齊家)"의 전형적인 모범으로 여기는 곳이다. 당시 청대의 대학자인 장영(張英)이 고향집에서 보내온 서신을 받았는데, 이웃집에서 자기집 옆의 빈 공터를 차지했다는 내용이었다. 이에 장영은 답장을 보내게 되는데, 이 답장에는 "편지가 한통 와서 보니 단지 담장 때문이라, 저쪽에 석자 땅을 양보하는 것이 무엇이 어려우랴. 만리장성이 지금까지 남아 있어도, 당년의 진시황제는 볼 수가 없구나.(一紙書來只爲墙, 讓他三尺又何妨. 長城萬里今猶在, 不見當年秦始皇)"라고 하는 천고의 절창이 적혀 있었다. 집안 사람들은 이 편지를 받고서 석자의 땅을 이웃에게 양보하였고, 그 이웃은 그의 뜻에 감명을 받고서 스스로 석자 땅을 안 받게 되었다. 그리하여 '여섯 자 거리'가 만들어지게 된 것이다.

관리에게 있어서 정상적인 가정생활은 업무를 보는데 많은 이점을 준다는 사실을 알아야 한다. 제8항의 규정과 근래의 엄정한 분위기 이전에 많은 관료들이 매일 매일의 응대에 젖어있었으니, 이는 그들이 '제가(齊家)'의 객관적 조건을 갖추고 있었다고 믿기 어렵게 하였다. 작금에 와서 공무원들의 주변 사람들에게 그들의 업무와 거리를 두도록 하고 있으며, 공무원들에게도 퇴근 후에는 정상적인 가정생활로 돌아가도록 하고 있다. 이러한 유도정책은 실제로는 서로에게 이득이 되는 상황을 만들어 주고 있다.

백성의 삶은 부지런함에 달려 있으니,

부지런하면 모자람이 없다.

(民生在勤, 勤則不匱)

출전 : 『좌전·항공십이년(左傳·恒公十二年)』[98]

원문 : 民生在勤, 勤則不匱.[99]

풀이 : 백성들의 생계는 부지런함에 달려 있으니, 부지런하면 모자
람이 없다.

---

98) 『좌전(左傳)』은 중국 편년체로 쓰여진 고대 역사서로, 유가의 "십삼경(十三經)" 중의 하나이다.
전하는 바에 따르면 춘추시대 말기에 노(魯)나라 사관 좌구명(左丘明)이 공자의 『춘추(春秋)』
를 해석하기 위해 저술한 것으로, 전체 35권으로 이루어져 있다. 『좌전』의 전체 명칭은 『춘추좌
씨전(春秋左氏傳)』이며, 원명은 『좌씨춘추(左氏春秋)』로, 한나라 이후에는 『좌전』으로 많이
지칭되어 오고 있다. 『춘추』에 주석을 단 역사책으로, 『공양전(公羊傳)』, 『곡량전(穀梁傳)』과
함께 "춘추삼전(春秋三傳)"으로 일컬어지고 있다. 이 책에 기록된 내용 대부분은 춘추시대를
배경으로 하는 사건들이긴 하지만 전체 책은 전국시대에 접어든 후에야 완성이 되었다. 『좌전』
은 노나라 은공(隱公) 원년(기원전 722년)에서부터 노나라 애공(哀公) 27년(기원전 468년)까
지 노나라의 12명의 군주를 시간 순으로 당시의 역사를 기록해 놓고 있다. 위에서 인용하고 있
는 내용은 이 책의 소공(昭公) 7년(기원전 535년)의 일을 기록해 놓은 것이다. 개별 단락 이외
에 이 책에서는 모두 3인칭으로 서술해 놓고 있는데, 책 전체의 시각이 매우 넓으며, 역순이나
삽입 등의 여러 가지 다양한 수법들이 운용되었다. 이 책은 후대의 역사학에 큰 영향을 끼쳤을
뿐만 아니라 또한 문학 예술적 가치도 높은 평가를 얻고 있기도 하다.
99) 民(백성 민)/ 生(날 생: 생활)/ 在(있을 재)/ 勤(부지런할 근)/則(곧 즉)/ 不(아닐 불)/ 匱(상자 궤,
다할 궤: 다하다, 탕진하다, 모자라다, 결핍하다)

노동의 의의에 대해서는 5천년의 유구한 역사 속에서 여러 차례 반복적으로 증명해 왔다. 두 손이 있었기에 사람들이 해방될 수 있었고 근현대 이래에 끊임없이 계발되어 왔다. 노동이 영광이었던 시대에 노동자는 존중받았고 존경받았으며, 시대를 창조하고 이끌었다.

매년 노동절이 되면 표창을 하거나 각양각색의 장려정책으로 전 사회적으로 노동자를 격려해 주고 있다. 그렇게 함으로써 노동이 우리 사회에서 자연스러운 발전의 원동력이 되게 하고 있다. 「중국의 꿈(中國夢)」이라는 위대한 장정으로 나아가는 길에서 선조들의 노동 정신, 그리고 이 시대에 더욱 빛을 발했던 노동 정신에 대한 계승은 우리가 분투하는데 힘을 실어주고 든든한 보장이 되어 주고 있다.

좋은 약은 입에는 쓰나 병에 이롭고,

진심어린 말은 귀에는 거슬리나 행실에는 이로운 것이다.

(良藥苦口利於病, 忠言逆耳利於行)

출전 : 『공자가어(孔子家語)』[100]

원문 : 良藥苦口利於病, 忠言逆耳利於行.[101]

좋은 약은 입에는 쓰나 병에 이롭고, 진심어린 말은 귀에는 거슬리나 행실에는 이롭다.

풀이 : 좋은 약은 대부분 쓴 맛을 가지고 있지만 병을 고치는 데는 도움이 되며, 사람이 착하게 되도록 하는 말은 대체로 귀에는 듣기 좋지 않지만, 잘못을 고치는 데에는 도움이 된다. 사람들을 교육함에 있어서 다른 사람들의 의견이나 비

---

100) 『공자가어(孔子家語)』는 『공씨가어(孔氏家語)』라고도 하며 약칭 『가어(家語)』라고 하는 유가의 저서이다. 원래는 27권이었으나 지금은 10권이 전하며, 전체 44편으로 이루어져 있다. 공자와 그 제자들의 사상과 언행을 기록하고 있다. 지금 전하는 『공자가어』는 전체 10권 44편으로, 위나라 왕숙이 주해하였으며, 책의 말미에 왕숙의 서문과 「후서」가 실려 있다.

101) 良(어질 양: 어질다, 좋다, 착하다)/ 藥(약 약)/ 苦(쓸 고)/ 口(입 구)/ 利(이로울 이)/ 於(어조사 어: ~에)/ 病(병 병)/ 忠(충성 충: 진심, 참마음, 진실)/ 言(말씀 언)/ 逆(거스를 역)/ 耳(귀 이)/ 行(행할 행: 행위, 행실, 행동)

판에 정확하게 대처해야 한다는 말이다.

하나의 부서, 특히 하나의 팀에는 적으면 3~5명, 많으면 2~30명이 서로 조화를 이루며 협력하면서 함께 창업하고 발전해 감에 있어서 서로 부족한 점을 지적하기도 하고 자기 자신을 반성하는 일들은 피할 수 없을 것이다. 이 또한 우리가 항상 말하는 "비판과 자아비판"으로, 중국 공산당의 '3대 법보' 중의 하나이다. 『공자가어』 중의 이 말은 비판의 도리에 대해 이야기 하고 있다. 우선 비판은 두 가지 측면을 담고 있다. 먼저 비판은 일방이 아니라 비판하는 측과 비판을 받는 측, 쌍방이 존재한다는 것이다. 그 다음은 이 쌍방의 태도에 대한 요구조건이 다르다는 것이다. 비판은 반드시 문제점을 언급하게 될 수밖에 없으며, 심지어는 영혼적인 것도 건드리게 된다.

비판은 단지 수박 겉핥기식이나 건성으로 하는 것이 아니다. 비판은 귀에 거슬려서 들리지 않기도 하고 비판 대상의 상황을 제대로 살피지 못하기도 한다. 그러나 비판하는 사람은 그렇다고 해서 비판을 멈춰서는 안 된다. 비판 받는 사람은 비판하는 사람에게 단정한 태도로 들어야 하고, 비판을 하는 사람은 동료를 아끼는 마음으로 하여 이를 서로 간에 선의로 받아들여야지 그것을 마음에 두고 앙심을 품거나 앙갚음을 해서는 안 된다. 마지막으로 비판의 목적은 마오쩌둥이 「당의 작풍을 바로잡자(整頓黨的作風)」라는 글에서 말한 것처럼, "이전의 과오를 뒷날의 경계로 삼고", "병을 치료하고 사람을 구하는 것"이어야 한다. 이것이 또한 『공자가어』에서 "좋은 약은 입에 쓰다(良

藥苦口)"라는 말을 통해 "진심어린 말은 귀에 거슬린다(忠言逆耳)"고 비유한 이유이기도 하다.

이익 때문에 친구를 사귀게 되면, 이익을 다 얻었을 때는 우정도 흩어지고 만다. 권세로 사람을 사귀게 되면 권세가 없어졌을 때 친분도 기울어지고 만다. 오로지 마음으로 사귀어야만 그 우정이 오랫동안 유지되는 것이다.

(以利相交, 利盡則散: 以勢相交, 勢去則傾: 惟以心相交, 方成其久遠)

출전 : 수(隋)나라 왕통(王通)의 『중설·예악편(中說·禮樂篇)』[102]

원문 : 以勢交者, 勢傾則絶;以利交者, 利窮則散.[103]

권세로 사귄 사람은 권세가 기울면 관계가 끊어지게 되고, 이익으로 사귄 사람은 이익이 다하면 곧 흩어지고 만다.

102) 왕통(王通)(580~617)은 자가 중엄(仲淹)이며, 하동(河東) 용문(龍文)지금의 산시성(山西省) 완롱(萬榮) 사람이다. 유학자 관료집안에서 태어났으며, 수나라 때 촉군(蜀郡)의 사호서좌(司戶書佐)를 지냈으며, 수나라 대업(大業) 말년에는 관직을 버리고 고향으로 돌아가 온마음로 책을 쓰고 강학을 하여 하서(河西) 지역의 큰 유학자가 되었다. 설수(薛收), 두엄(杜淹), 온언박(溫彦博) 등 수나라 당나라 교체기의 많은 명신(名臣)들이 그의 문하 출신이기도 하다. 세상을 떠난 후 제자들이 "중문자(中文子)" 라는 시호를 부여했다. 왕통의 저서 중에서 후대에 비교적 큰 영향을 미친 것으로는 『중설(中說)』이 있다. 『중설』은 왕통의 사상을 보여주는 중요한 저작으로, 그 제자들이 모아서 편찬했을 것으로 본다. 이 책은 『논어』를 모방하여 왕통이 자신의 제자들과 벗과 주고받은 말들을 기록해 놓고 있는데, 유가학설에 대해 비교적 체계적으로 설명하고 있다. 또한 남북조 시기에서부터 수나라 때까지의 현실에 대해 새로운 견해와 인식을 제시하고 있다.
103) 以(써 이:~로써, ~를 가지고, ~를 근거로)/ 勢(형세 세)/ 交(사귈 교)/ 者(놈 자: ~하는 사람)/ 傾(기울 경)/ 則(곧 즉, 법칙 칙)/ 絶(끊을 절)/ 利(이로울 이: 이익)/ 窮(다할 궁)/ 散(흩어질 산)

풀이 : 권세를 준거로 삼아 벗을 사귀게 되면 그 권세가 사라지고 나면 우정도 함께 끊어지고 만다. 이익을 기준으로 벗을 사귀게 되면 이익이 다하고 나서는 우정 역시도 끝나고 만다.

중국인은 친구를 사귈 때 가장 싫어하는 것이 '세리안(勢利眼 : 권세나 재물을 따지는 속물근성)'이다. 이러한 사람들의 마음속에는 친구를 사귀는 것이 모두 "쓸모가 있느냐 없느냐"를 선택 기준으로 삼는다. 이른바 "이익이 다하면 흩어지고 권세가 없어지고 나면 친분이 기울어지고 만다"는 것이다. 이러한 인간관계의 냉담함이나 따뜻함은 중국인의 문학예술에서 가장 적나라하게 표현되고 있다.

동시에 중국에서는 백아(伯牙)와 종자기(鍾子期) 같은 "지음의 사귐(知音之交)"이나 염파(廉頗)와 인상여(藺相如) 같은 "목숨을 건 사귐(刎頸之交)"도 있고, 또 왕자유(王子猷)와 대안도(戴安道)와 같은 "군자의 사귐(君子之交)"도, 유비와 관유와 장비 세 사람의 "생사의 사귐(生死之交)"도 있다. 이러한 친구 간의 우정과 관련된 이야기가 천년의 세월 동안 전해져 오게 된 것은 '이익'이나 '권세'가 아니라 "마음의 사귐"이기 때문이다. 혹은 공통의 애호로, 혹은 공통의 심경으로, 혹은 공통의 추구로 우정을 키웠다. 우리는 이것을 "군자의 사귐"이라고 할 수 있다. 사람과 사람 사이의 교류도 마찬가지이고, 국가 관계의 발전도 마찬가지이다. 국민들 간에도 마음이 통하고 뜻이 맞아야 하는 것이다. 만약 정치나 경제, 안보 협력이 국가 관계의 발전을 추진하는 하드 파워라고 한다면, 인문 교류는 민중들이 감정을 강화하고 마음을 소통케 하는 소프트 파워라고 할 수 있다. 이 두 가지 힘이 서로 융합되어질 때 비로소 각국이 더욱 서로를 진심으로 대하고 서로를 포용할 수 있게 되는 것이다.

하늘은 아득히 넓기만 한데,
고향에 대한 그리움은 절절하기만 하여라.

(悠悠天宇曠, 切切故鄕情)

출전 : 당(唐) 나라 장구령(張九齡)의 「서강야행(西江夜行)」

원문 : 遙夜人何在, 澄潭月里行. 悠悠天宇曠, 切切故鄕情.[104]

길고 긴 밤, 그 사람은 어디에 있을까?
맑은 연못 달빛 아래 떠가는 배 한 척.
아득한 하늘 밝기만 한데,
고향의 그리움 절절하기만 하여라.

풀이 : 맑은 연못에 내리 비치고 있는 달빛 아래에서 떠가는 배,
아득한 하늘 밝기만 한데, 고향을 그리워하는 마음 절절하
기만 하구나.

---

104) 遙(멀 요)/ 夜(밤 야)/ 人(사람 인)/ 何(어찌 하: 의문사: 어디)/ 在(있을 재)/ 澄(맑을 징)/ 潭
(연못 담)/ 月(달 월)/ 里(마을 리)/ 行(갈 행)/ 悠(멀 유), 悠悠(유유: 아득히 먼 모양)/ 天(하늘
천)/ 宇(집 우), 天宇(천우: 하늘)/ 曠(밝을 광)/ 切(끊을 절, 온통 체), 切切(절절: 몹시 간절한
모양)/ 故(옛 고)/ 鄕(시골 향)/ 情(뜻 정: 감정, 정감).

가족이나 고향은 중국문화에서 언제나 끊을 수 없는 '은근함'의 핵심 파트이다. 청명절, 중추절, 춘절(설)이 되면 아무리 궂은 날씨라도 고향을 찾아가는 사람들은 중국인의 내면속에 품고 있는 가장 부드럽고 가장 핵심적인 정서이다. 도시화의 과정이 떠들썩하고 갈수록 지구촌으로 변해가는 이 시대에 '향수(鄕愁 : 고향에 대한 그리움)'는 많은 사람들에게 마지막 정신적 고향인 것이다. 외지를 떠도는 방랑자가 고향을 그리워하며, 해외로 나간 나그네는 조국을 그리워한다. 위광중(余光中)은 '향수시인'이라는 명호(名號)를 가지고 있는데' 그 이유는 바로 그의 시구가 대륙과 대만의 향수를 콕 집어 노래하고 있기 때문이다. "산을 보고, 물을 보며, 향수에 젖어든다(看得見山, 望得見水, 留得住鄕愁)"라고 하는 말은 새로운 도시화 과정에서 생각해 두어야 할 이념이다. 그리고 그것은 또한 과거를 회상하고 고향을 생각하는 정감만을 말하는 것은 아니다. 왜냐하면 이러한 정감의 뒤에는 "차등적 질서구조(差序格局)"의 지인사회나 상부상조하는 이웃문화, 청산녹수의 생태환경, 그리고 발전기회의 공유 등과 같은 전체적인 문화가 자리하고 있기 때문이다. 오늘날 더욱 더 많은 사람들은 고향을 등지고 대도시로 나오고 있으며, 또한 갈수록 더 많은 사람들이 외국으로 나가고 있다. 인구의 흐름 그 뒤에는 자신을 위한 더 나은 발전에 대한 추구가 숨겨져 있다. 위정자가 고려해야 할 것은 "사람들을 어떻게 고향에 머물러 있게 할 수 있을 것인가?" 하는 것이다. 자신들의 고향에 충분한 발전 공간과 기회가 있다고 한다면, 그 흡인력은 특히 젊은 세대들에 대한 흡인력은 더욱 강해질 것이다.

천하를 호령하던 영웅의 기개는 천 년이
지나도 여전히 늠름하여라.

(天地英雄氣, 千秋尙凜然)

출전 : 당나라 유우석(劉禹錫)의 「촉선생묘(蜀先生廟)」

원문 : 天地英雄氣, 千秋尙凜然. 勢分三足鼎, 業復五銖錢.[105]
　　　得相能開國, 生兒不象賢. 淒涼蜀故妓, 來舞魏宮前.[106]

　천하를 호령하던 영웅의 기기여, 천년이 지나도 여전히 늠름하구
나. 형세는 삼국으로 갈라졌으나, 업적은 다시 한나라 오수전을 회복
하였다. 훌륭한 재상 얻어 나라 열었으나, 태어난 아들은 성현을 닮
지 못했네. 처량하다, 촉나라의 옛 기녀들이여! 위나라 궁전 앞에서
춤을 추고 있으니.

---

105) 天(하늘 천)/ 地(땅 지)/ 英(꽃 부리 영, 빼어날 영)/ 雄(수컷 웅)/ 氣(기운 기)/ 千(일천 천)/ 秋
　　(가을 추: 세월, 해, 1년): 千秋(천추: 천년)/ 尙(오히려 상: 여전히)/ 凜(늠름할 름)/ 然(그러할
　　연): 凜然(늠연: 늠름한 모양)/ 勢(형세 세)/ 分(나물 분)/ 三(석 삼), 足(발 족), 鼎(솥 정): 三足
　　鼎(삼족정: 세발 솥)/ 業(일 업)/ 復(다시 부, 회복할 복)/ 五(다섯 오), 銖(저울눈 수) 錢(돈 전):
　　五銖錢(오수전: 한나라 무제때 주조, 유통되었던 화폐)
106) 得(얻을 득)/ 相(서로 상: 재상)/ 能(능할 능: 능히 ~할 수 있다.)/ 開(열 개)/ 國(나라 국)/ 生(날
　　생)/ 兒(아이 아)/ 不(아닐 불/불)/ 象(코끼리 상: 본뜨다, 본받다, 닮다)/ 賢(어질 현)/ 淒(쓸쓸할
　　처), 涼(서늘할 량): 淒涼(처량: 처량하다, 쓸쓸하다)/ 蜀(나라이름 초)/ 故(옛 고)/ 妓(기생 기)/
　　來(올 래)/ 舞(춤출 무)/ 魏(나라 이름 위)/ 宮(집 궁: 궁전, 대궐)/ 前(앞 전)

: 유비의 영웅적 기개는 온 세상을 가득 메우고, 천추만대에
이어져 지금도 경건함에 옷깃을 여미게 한다.

중화민족은 수많은 영웅들을 배출한 민족이며, 영웅을 존중하고
숭상하며 영웅의 업적을 기리는 민족이기도 하다. 영웅은 여러 가지
측면에서 그 진면목을 보여주었다. 역사적으로 전장에서 생활하던
장군을 영웅이라고 할 수 있을 것이며, 목숨을 걸고 간언을 하고 사
실만을 기록하는 문인들 역시도 영웅이라고 할 수 있다. 오늘날에서
볼 때 떨어지는 아이를 구했던 택배원 역시도 영웅이며, 환자의 병원
비를 절감시켜주기 위해 기계가 아니라 직접 손으로 몇 시간 동안 한
땀 한 땀 봉합을 했던 의사 역시도 영웅이라고 할 수 있다.

바꾸어 말하면, 어떤 한 사람이 영웅이냐 아니냐를 판단함에 있어
서 대 사건 앞에서의 영웅적 행동은 쉽게 구분할 수 있지만, 평화로
운 시대에는 용감하게 나서거나 선량함을 지켜 나가는 것 역시 마찬
가지 영웅의 자태이다. 영웅의 기준은 얼마나 떠들썩한 일들을 해내
느냐에 있는 것이 아니라 정의감, 민족, 양심, 인성에 대한 신념, 추악
함, 사악함, 삐뚤어진 풍습 등에 대한 투쟁과 추방 등과 같은 "영웅
적 기개"를 더욱 중요시 한다.

사람들은 사회란 염색을 위한 염료 항아리라고 말하기도 한다. 그
러나 이러한 복잡한 염료 항아리 속에서 침전되어서도 물들지 않고,
종신토록 일념을 지켜나갈 수 있는 사람은 바로 영웅적 기개를 가지
고 있는 사람이다. "금전주의", "이익주의"가 만연해 있는 오늘날, 우

리는 영웅적 기개가 살아있는 사회를 그리워하고 또 건설해나가길 바
랄 뿐이다.

참된 우정은 그 귀중함이 황금과 같다.

(交情鄭重金相似)

출전 : 당나라 백거이(白居易)의 「계지상서자여뱅래기유비일, 우몽
람취음선생(繼之尙書自余病来寄遺非一, 又蒙覽醉吟先生)」[107]

원문 : 交情鄭重金相似, 詩韻淸鏘玉不如.[108]

참된 사귐의 정은 소중하기가 황금과 같고, 시의 운율은 맑은 소리
가 옥보다 낫다.

풀이 : 사람과 사람 사이의 우정의 소중함은 황금과 같다.

이 시는 의미심장하면서도 꾸밈없이 우정의 소중함과 벗에 대한 그
리움을 노래하고 있다. 중국 전통문화에서 벗은 오륜의 하나로, 예부
터 지금까지 무수한 문학작품에서 우정의 아름다움을 소리높이 노래

---

107) 「내가 병에 걸리자 상서 양사부(楊嗣復: 자가 계지(繼之)이다.) 여러 차례 선물을 보내왔는
데, 또 '취음선생' 시를 받음」
108) 交(사귈 교)/ 情(뜻 정)/ 鄭(나라이름 정)/ 重(무거울 중)/ 金(쇠 금)/ 相(서로 상)/ 似(같을 사
)/ 詩(시 시)/ 韻(운 운): 詩韻(시운: 시의 운율)/ 淸(맑을 청)/ 鏘(금옥 소리 장)/ 玉(구슬 옥)/
不(아닐 불)/ 如(같을 여): 不如(불여: ~보다 낫다).

해 왔다. 이로써 중국인들에게 있어서 우정이 얼마나 중요한 의미를 가지고 있는 지를 잘 알 수 있다. 황금은 고대에는 아주 귀중한 물품으로, "그 소중함이 황금과 같다"고 말한 것은 우정이 가지는 의미를 잘 알 수 있다. 그만큼 큰 의미를 가지고 있는 만큼 벗을 사귈 때는 반드시 깊이 사귀어야 하고, 또 신중하게 대해야 하는 것이다.

나무와 같은 천성을 잘 따르면,
그 본성은 지극하게 한다.
(順木之天, 以致其性)

출전 : 당나라 유종원(柳宗元)의 「종수곽탁타전(種樹郭橐駝傳)」

원문 : 能順木之天以致其性焉爾.[109]

능히 나무의 타고난 성질을 잘 따르면 그 본성이 잘 나타나게 한다.

풀이 : 나무의 타고난 성질에 맞추어 본성대로 생장하게 된다.

인간의 성장은 단계성을 가지고 있는데, 아이들의 교육문제에 있어서는 매우 중요한 원칙 중 하나가 아이 자신의 성장단계에 순응해야지 억지로 강제하거나 곡식이 싹을 뽑아 당겨서 자라게 하는 방식으로 해서는 안 된다는 것이다. 세상의 부모들은 모두 자신들의 아이들이 우수한 사람으로 성장하길 바라지만, 교육의 전제 조건은 아이

---

109) 能(능할 능)/ 順(순할 순: 따르다, 거스르지 않다)/ 木(나무 목)/ 之(갈 지, 어조사 지: ~의)/ 天(하늘 천: 천성, 타고난 성품)/ 以(로써 이: ~로써)/ 致(보낼 치: 이르다 다다르다)/ 其(그 기)/ 性(성품 성: 본성)/ 焉(어조사 언)/ 爾(어조사 이)

의 천성을 존중하는 것이다. 국가에서 사회에 쓸모 있는 인재를 양성하고자 한다면 마찬가지로 교육의 원칙을 존중해야 하며, 교육이념을 개혁함으로써 자신의 천성을 진정으로 이해하고 발전할 수 있도록 해야 한다. 인재의 양성은 하루아침에 이루어지는 일이 아니다.

창조성이 풍부한 국가, 창의성이 뛰어난 민족은 반드시 교육을 중시해야 한다. 좋은 교육시스템을 구축함으로써 아이들, 학부모, 학교, 교사, 그리고 사회 전체의 교육관과 교육제도 등이 내적으로 협력해야 한다. 이는 장기적인 노력이 필요하기 때문에 더욱 반복적으로 교육의 중요성에 대해 강조하고, 되도록 빠른 시기에 국가의 교육시스템을 개선시켜 나갈 때 국가의 인재양성은 더욱 큰 효과를 거둘 수 있는 것이다.

자상한 어머니 실 꿴 바늘 드시고, 먼 길 떠나는 아들 옷을 짓는다. 길 떠나기 전 한 땀 한 땀 꿰매시며, 돌아올 날 늦어질까 걱정하시네. 누가 그랬던가 한 마디 초심이,[110] 봄날 받은 햇살을 갚는 것이라고.

(慈母手中線, 游子身上衣. 臨行密密縫, 意恐遲遲歸.

誰言寸草心, 報得三春暉)

출전 : 당나라 맹교(孟郊)의 「유자음(遊子吟)」

원문 : 慈母手中線, 游子身上衣.[111]

臨行密密縫, 意恐遲遲歸.[112]

誰言寸草心, 報得三春暉.[113]

풀이 : 자상한 어머니 손에 들린 실과 바늘, 먼 길 떠나는 아들을 위해 옷을 지으시네. 아들이 길 떠나기 전 어머니는 한 땀

---

110) 초심 : 은혜를 입지 않고 갚는 마음.
111) 慈(사랑할 자)/ 母(어머니 모)/ 手(손 수)/ 中(가운데 중)/ 線(실 선)/ 遊(놀 유)/ 子(아들 자): 遊子(유자: 길을 떠나는 자식)/ 身(몸 신)/ 上(위 상)/ 衣(옷 의)
112) 臨(임할 임)/ 行(갈 행)/ 密(빽빽할 밀)/ 縫(꿰맬 봉)/ 意(뜻 의)/ 恐(두려울 공: 걱정하다, 근심하다)/ 遲(늦을지)/ 歸(돌아갈 귀).
113) 誰(누구 수)/ 言(말씀 언)/ 寸(마디 촌)/ 草(풀 초)/ 心(마음 심)/ 報(갚을 보)/ 得(얻을 득)/ 三(석 삼)/ 春(봄 춘): 三春(삼춘: 석달 동안의 봄날, 즉 상춘上春 또는 맹춘孟春, 중춘仲春, 하춘下春 또는 계춘季春) / 暉(빛 휘).

한 땀 옷을 기우시며, 행여 돌아오는 길 늦어질까 걱정하시네. 누가 말했던가, 어린 풀 같이 여린 자식의 효심은 봄날의 햇살처럼 어머니의 은혜를 갚고자 하는 것이라고.

부모에 대한 효는 중화민족의 우수한 전통이며, 또한 모든 감정 중에서 가장 따뜻한 감정이다. 중국인의 가정에 대한 심후한 정감 구조는 몇 천 년 동안 발전해 오는 과정에서 문화적 의미뿐만 아니라 사회구조적으로도 매우 중요한 구성요소로 자리매김했다.

최근 몇 년 동안 '가풍家風'이나 '가훈'에 대한 논쟁이든 인터넷 상의 혈육의 정에 대한 토론이든 이 모든 것들이 중국인이 얼마나 가정과 가정의 화목을 중요시하는 것인지를 잘 보여주는 것들이라고 할 수 있다.

'젊어서 하는 노력은 평생의 사업에 도움이 되니,
총총히 흘러가는 세월 앞에서 노력을 아끼지 말라.

(少年辛苦終身事, 莫向光陰惰寸功)

출전 : 당나라 두순학(杜荀鶴)의 「제제질서당(題弟侄書堂)」

원문 : 何事居窮道不窮, 亂時還與靜時同.[114]
家山雖在干戈地, 弟侄常修禮樂風.[115]
窗竹影搖書案上, 野泉聲入硯池中.[116]
少年辛苦終身事, 莫向光陰惰寸功.[117]

집은 초라하지만 지식은 줄어들지 않았고, 밖은 전쟁 통에 혼란스
럽지만 난 예전처럼 고요하네. 고향은 여전히 전쟁 중이지만, 아우는
변함없이 유가의 가르침을 배우네. 창문 밖 대나무 그림자는 아직도

---

114) 何(어찌 하: 의문사)/ 事(일 사)/ 居(살 거: 살다, 거주하다)/ 窮(다할 궁)/ 道(길 도)/ 不(아닐
불)/ 亂(어지러울 난)/ 時(때 시)/ 還(돌아올 환)/ 與(함께 여)/ 靜(고요할 정)/ 同(같을 동).
115) 家(집 가)/ 山(뫼 산)/ 雖(비록 수)/ 在(있을 재)/ 干(방패 간)/ 戈(창 과): 干戈(간과: 무기의 총
칭, 전쟁, 싸움)/ 地(땅 지)/ 弟(아우 제)/ 侄(어리석을 질, 조카 질)/ 常(항상 상)/ 修(닦을 수)/
禮(예절 예)/ 樂(즐거울 락)/ 風(바람 풍)
116) 窗(창 창: 창문)/ 竹(대나무 죽)/ 影(그림자 영)/ 搖(흔들릴 요)/ 書(책 서)/ 案(책상 안)/ 上(위
상)/ 野(들 야)/ 泉(샘 천)/ 聲(소리 성)/ 入(들 입)/ 硯(벼루 연)/ 池(연못 지)/ 中(가운데 중)
117) 少(어릴 소)/ 年(해 년: 나이)/ 辛(매울 신)/ 苦(쓸 고): 辛苦(신고: 고생)/ 終(마침내 종)/ 身(몸
신)/ 事(일 사)/ 莫(없을 막)/ 向(향할 향)/ 光(빛 광)/ 陰(그늘 음): 光陰(광음: 시간, 세월)/ 惰
(게으를 타)/ 寸(마디 촌)/ 功(공 공)

143

책상 위에서 흔들리고, 벼루에 담긴 먹물은 샘물처럼 똑똑 소리를 내네. 젊어서 하는 노력은 4평생의 사업에 도움이 되니, 총총히 흘러가는 세월 앞에서 노력을 아끼지 말아야지

> 풀이 : 젊은 시절의 고생은 한 평생의 일에 도움이 되는 것이니, 게으름 속에서 세월을 낭비하지 말지어다.

부모로서 어떻게 아이들을 가르칠 것인가 하는 문제는 영원한 숙제일 것이다. 특히 오늘날 아이들은 더욱 소중한 존재이며, 물질적 조건 역시도 과거보다 훨씬 좋기 때문에 부모들은 자신의 자녀들에게 고생을 시키고 싶어 하지 않는다.

그러나 옛 사람들은 첫째로는 인간의 성장에 있어서 가장 필요한 것이 바로 고난과 역경이라고 보았기 때문에 "보검의 칼날은 연마해서 만들어진 것이고, 매화의 향기는 추위를 견뎌서 나오는 것이다.(寶劍鋒從磨礪出, 梅花香自苦寒来)"라고 하였다. 두 번째로는 소년 시절의 글공부나 무예 수련이 비록 힘들기는 하지만, 그러나 의지와 품성을 길러주고 또한 몸과 학문의 기초를 다져주기 때문에 일생을 살아감에 있어서 많은 도움이 된다는 것이다. 세 번째로는 젊은 시절에 고난을 경험해 보아야 객관적 조건의 차이가 있다고 하더라도 도전할 이유를 찾을 수 있는 것이다.

옛날의 겨울에는 눈에 반사된 달빛으로, 여름에는 반딧불을 모아 글공부를 했다(映雪囊螢)는 이야기나 벽을 뚫어 빛을 훔쳤다(鑿壁偸光)

고 하는 이야기들은 모두가 이러한 사상들을 반영하고 있다. 두순학
(杜荀鶴)의 이 시는 오늘날의 학부모들이 깊이 새겨볼 만하다.

젊고 건장할 때 노력하지 않으면,
나이가 들어서 슬퍼한들 부질없는 일이다.

(少壯不努力, 老大徒傷悲)

출전 : 한나라 『악부시집·장가행(樂府詩集·長歌行)』[118]

원문 : 青青園中葵, 朝露待日晞. 陽春佈德澤, 萬物生光輝.[119]
　　　常恐秋節至, 焜黃華葉衰. 百川東到海, 何時復西歸?[120]
　　　少壯不努力, 老大徒傷悲.[121]

---

118) 『악부시집(樂府詩集)』은 『시경·풍(詩經·風)』 이후 중국 고대 악부가사 총집으로, 북송(北
宋) 시기의 곽무천(郭茂倩)이 편찬하였다. 현전하는 100권은 가장 완전한 악부가사 수집본
이다. 『악부가사』는 한 대, 위진 남북조 시대 민가의 정화를 수집해 놓고 있다. 그 내용이 매
우 풍부하며, 매우 광범위한 사회 생활상을 반영하고 있다. 주로 한나라 위나라 시대부터 당
나라 오대에까지 이르는 시기의 악부가사와 선진부터 당대 말기까지의 가요 등 총 5천 여 수
가 수록되어 있다.

119) 青(푸를 청)/ 園(동산 원)/ 中(가운데 중)/ 葵(해바라기 규)/ 朝(아침 조)/ 露(이슬 로)/ 待(기
다릴 대)/ 日(날 일, 해 일)/ 晞(마를 희)/ 陽(볕 양)/ 春(봄 춘)/ 佈(펼 포)/ 德(덕 덕)/ 澤(못
택: 윤택하게 하다, 윤택, 은혜, 은덕)/ 萬(일만 만)/ 物(만물 물)/ 生(날 생)/ 光(빛 광)/ 輝(빛
날 휘)

120) 常(항상 상)/ 恐(두려워할 공)/ 秋(가을 처)/ 節(마디 절: 계절)/ 至(이를지)/ 焜(빛날 곤)/ 黃
(누를 황)/ 華(꽃 화)/ 葉(잎 엽)/ 衰(쇠할 쇠). 百(백 백)/ 川(내 천)/ 東(동녘 동)/ 到(이를 도:
도착하다, 다다르다)/ 海(바다 해)/ 何(어찌 하)/ 時(때 시): 何時(하시: 언제, 어느 때에)/ 復
(다시 부, 회복할 복)/ 西(서녘 서)/ 歸(돌아갈 귀)

121) 少(어릴 소)/ 壯(씩씩할 장)/ 不(아닐 불, 부)/ 努(힘쓸 노)/ 力(힘 력)/ 老(늙을 로)/ 大(클 대)/
徒(무리 도: 헛되이, 보람없이)/ 傷(다칠 상)/ 悲(슬플 비).

파릇파릇한 채소밭의 해바라기는, 아침 이슬을 해가 나와 말려주
길 기다리네. 따스한 봄은 은택을 널리 펴니, 만물에 생기가 돈다네.
언제나 두려운 것은 가을이 되어, 누렇게 꽃과 잎이 시드는 것. 모든
강물은 동으로 흘러 바다에 이르니, 언제 다시 서쪽으로 돌아가리오.
젊고 건장할 때 노력하지 않으면, 늙어서는 슬퍼한들 부질없는 짓이
거늘.

> 풀이 : 나이가 젊고 건장할 때 발분 노력하여 강해지지 못하면, 나
> 이가 들고 나서 깨우쳐도 늦으며, 슬퍼하고 힘들어하는 것
> 조차도 헛된 것이 되고 만다.

이 시 구절은 언뜻 보기에는 젊은 시절에 뜻을 세우라는 말 같으
나 사실은 스승이 소년을 경계시키는 말로, 일종의 인생을 먼저 살아
온 사람의 경험담이다. 왜냐하면 "늙어서 슬퍼하는 것도 부질없다."라
는 체험은 소년 시절에는 경험할 수 없는 것이기 때문에 소년은 "젊
은 시절에는 근심걱정의 맛을 모른다.(少年不識愁滋味)", "새 노래를 짓
느라 억지로 시름겹다고 말한다.(爲賦新詞强說愁)" 그렇기 때문에 이 시
구의 훈계는 젊은이의 이해와 상상력을 시험하는 것임과 동시에 학
부모들의 교화와 전달능력을 시험하는 것이다. 학부모들이 청소년들
에게 전달하고자 하는 핵심은 사실은 일종의 시대적인 관념인 것이
다. 인생의 고난은 짧고 또한 기억력이 좋고 학습효과가 좋은 시절이
바로 청소년 시기이기 때문에 이 시기에 게임에 빠지거나 빈둥대거나

잠만 자거나 또는 여러 감정들에 휘말려서 열심히 공부하지 않고 시간을 보내게 되면, 가장 좋은 시절을 허송세월로 보내는 것이기에 반드시 시간에 대한 초조함이 더 깊어져 자신의 인생에 큰 상처를 안겨다 주게 됨을 말하는 것이다.

믿음이란 벗 사귐의 근본이다.

(信者, 交友之本)

출전 : 남송(南宋) 때 류순(劉荀)의 『명본석(明本釋)』

원문 : 信者, 交友之本.¹²²

믿음이란 벗 사귐의 근본이다.

풀이 : 믿음이란 벗을 사귀는 데 있어서 가장 기본적인 것이다.

믿음은 예부터 중국문화에서 추종해온 것으로, 친구 간 사귐의 기초가 될 뿐만 아니라 사람 됨됨이의 근본이기도 하다. 믿음은 크다면 크고 작다면 작은 것이다. 작다는 측면에서 보면 한 개인에게 있어서 "사람은 믿음이 없으면 홀로 설 수 없다.(人無誠信不立)"는 뜻으로 사람들 간의 사교는 모두가 믿음을 기초로 한다는 말이다. 믿음이 없으면 벗도 없는 것이다. 크다는 측면에서 볼 때 한 국가의 통치에 있어서 관리는 백성들에게 믿음을 주어야 한다는 것이다. 그렇지 않으면 백성들의 신임과 지지와 옹호를 얻을 수가 없게 된다. 국제관계에 있어

---

122) 信(믿을 신)/ 者(놈 자)/ 交(사귈 교)/ 友(벗 우)/ 之(어조사 지)/ 本(뿌리 본)

서도 한 국가가 "아침에 내린 명을 저녁에 바꾸거나(朝令夕改)", "이랬다 저랬다" 할 경우 다른 나라는 그 나라에 대한 믿음을 가질 수 없을 것이고, 더 나아가서는 안심하고 교류하거나 협력을 강화해 나갈 수 없는 것이다.

무릇 세상에 전해지는 문장을 짓고자 한다면 먼저
세상에 전해질 수 있는 마음이 있어야 한다.

(凡作傳世之文者, 必先有可以傳世之心)

출전 : 청(淸)나라 때 이어(李漁)의 『한정우기 · 사곡(閑情偶寄 · 詞曲)』[123]

원문 : 凡作偉世之文者, 必先有可以傳世之心, 而後鬼神效靈, 予以生花之筆,
　　　　撰爲倒峽之詞, 使人人讚美, 百世流芳.[124]

　　무릇 세상에 위대한 문장을 지으려고 한다면 먼저 세세손손 전할
수 있는 마음이 있어야 하며, 그런 다음에 귀신이 영험함을 드러내
고, 내가 꽃을 피우는 붓으로 골짜기를 무너뜨릴 기세의 글을 지으면

---

123) 청대 사람 이어(李漁)가 편찬한 『한정우기(閑情偶寄)』는 「사곡부(詞曲部)」, 「연습부(演習部)」, 「성용부(聲容部)」, 「거실부(居室部)」, 「기완부(器玩部)」, 「음찬부(飮饌部)」, 「종식부(種植部)」, 「이양부(頤養部)」 등 총 8개 부분으로 되어 있는데, 사곡과 가무, 복식, 몸 단장, 정원, 건축, 화훼, 기물이나 골동품, 양생, 음식 등 예술과 생활 속의 각종 현상들에 대해 서술하면서, 자신의 주장을 설명하고 있는, 그 내용이 아주 풍부한 저술이다.

124) 凡(무릇 범)/ 作(지을 작)/ 偉(클 위)/ 世(세상 세)/ 必(반드시 필)/ 先(먼저 선), 有(있을 유): 先有(선유: 먼저 ~이 있다)/ 可(가히 가, 옳을 가)/ 以(로써 이)/ 傳(전할 전), 而(말이을 이)/ 後(뒤후)/ 鬼(귀신 귀)/ 神(귀신 신)/ 效(본받을 효: 나타내다, 드러내다, 밝히다)/ 靈(신령 령)/ 予(나여)/ 生(날 생)/ 花(꽃 화)/ 筆(붓 필): 生花之筆(생화지필: 꽃을 피우는 붓, 즉 문학적 재능이 뛰어남을 말함)/ 撰(지을 찬)/ 爲(할 위)/ 倒(넘어질 도: 뒤집다)/ 峽(골짜기 협)/ 詞(말씀 사): 倒峽之詞(도협지사: 골짜기를 무너뜨릴 기세의 글)/ 使(부릴 사: ~로 하여금 ~하게 하다/시키다)/ 讚(기릴 찬)/ 美(아름다울 미)/ 百(일백 백)/ 流(흐를 류)/ 芳(향기 방): 百世流芳(백세류방: 향기가 백대에 걸쳐 흐름이란 뜻으로, '꽃다운 이름이 후세에 길이 전해짐'의 뜻)

사람들마다 찬미하여 나의 이름이 백세에 길이 전해지게 될 것이다.

> 풀이 : 세상에 전해질 위대한 문장을 짓고자 한다면 먼저 세상에
> 전해질 수 있는 마음의 결심이 반드시 있어야만 한다.

옛 사람들은 "뜻이 붓보다 먼저(意在筆先)"라고 말하곤 하였는데, 이 말은 붓을 들기 전에 마음속에 먼저 '뜻'을 세워야 한다는 의미이다. 글쓰기도 마찬가지이고 그림이나 서예의 이치도 마찬가지이다. 그렇기 때문에 "가슴 속에서 완성된 대나무가 있는(胸有成竹)" 사람이 자신이 추구하는 경지를 창작할 수 있다는 것이다.

이 말을 더 넓게 적용해 보면 문학 이외에 많은 일들 또한 마찬가지 이치이다. "세상에 전하고자 하는" 경지에 대한 추구가 없다면 진정으로 "세상에 전해질"만한 효과에 도달하기가 어려우며, 일을 시작하기도 전에 이미 "평범한 수준으로 떨어져(落了下乘)" 버리고 만다. 이러한 효과를 달성할 수 있느냐 없느냐는 타고난 능력과 노력의 문제이긴 하지만, 그러나 가장 중요한 것은 신념이다. 바로 옛 사람들이 말했던 "수신, 제가, 치국, 평천하"의 국면 속에서 만약에 바른 마음과 성실함이 없다면, 자기 수양이나 가정을 대표로 하는 사회적 질서와 화합이 국가와 세상을 태평성대로 만들겠다는 신념이 없다면 한 걸음 한 걸음 앞으로 나아가 이러한 경지에 도달하기는 매우 어려운 것이다.

3
치국治國

우리가 옛 사람들의 명언을 배우고 옛 선조들의 치국에 대한 지혜를
배우는 것은 그 글자의 의미만을 익히는 것으로는 부족하다. 명언 구
절들은 우리에게 과거와 소통할 수 있는 창구를 열어 주는 것이며,
우리는 이 창구를 통해 진실된 역사와 만나고, 역사 흐름의 현실적
논리를 이해할 때 비로소 오늘날의 치국과 정치 실천에 유익한 도움
을 얻을 수 있는 것이다.

3
치국治國

옛 사람들의 말 속에는 깊은 이치가 함축되어 있다. 국가를 다스리는 지혜는 종종 문자로 기록된 몇 구절 속에 감추어져 있곤 한다.

옛 사람들의 나라를 다스리는 지혜를 창조적으로 계승해 나가기 위해서는 우선 이러한 말들 속의 깊은 의미들을 제대로 이해해야만 한다. "옛 사람들은 왜 이런 말들을 했을까?" 그들이 그런 말을 한 데는 분명 전후 맥락이 존재하고 있다. "어떤 현실 문제들에 대해 이야기를 하고 있는 것일까?" "이런 말들을 하는 이론적인 근거는 무엇이고, 또 현실적인 근거는 어떤 것들일까?" 그리고 "그들은 자신의 말을 통해 어떤 문제를 해결하고자 했던 것일까?" 이러한 내용들을 정확하게 이해해야만 한다.

예를 들어, "총명한 사람은 시간의 흐름에 따라 변하고, 지혜로운 사람은 일에 따라 방법을 만든다.(明者因時而變, 知者隨事而制.)"라는 이 말은 이치상으로는 이해하기가 아주 쉽다. 지혜로운 관리자는 시대적 조건의 변화에 근거하여, 또 사물의 발전단계에 따라 개혁을 진행해 나가고, 효과적인 관리 방법을 제정해 나간다는 말이다. 그러나 좀 더 깊이 들어가 보면 우리는 『염철론(鹽鐵論)』[125] 에 나오는 이 구절의 배경에는 통치자의 개혁적 사고와 보수적 사고가 첨예하게 만나고 있으며, 또한 구체적인 경제정책과 국방정책에 있어서 서로 다른 의견들이 첨예하게 대립하고 있으며, 더 나아가서는 당시의 서로 다른 이익집단의 정책의 책략이 존재하고 있음을 알 수 있다. 이 구절을 문자적 의미로만 이해하는 것은 그다지 어렵지가 않다. 정작 어려운 것은 이 구절에서부터 당시의 역사적 사실을 파고들어가 이해하고, 당시에 누구의 정책 주장이 우위를 차지하고 있었는지를 이해하는 것이다. 이러한 정책 주장이 당시의 경제와 사회발전에 힘을 실어주었는지, 이러한 정책주장이 또한 어떻게 표현되고 집행이 되었는지를 이해하는 것이 더 어렵다.

그렇기 때문에 우리가 옛 사람들의 명언이나 경구를 배우고, 옛 사람들의 정치의 지혜를 배우는 것은 단지 문자적인 의미를 배우는 것만으로는 너무 부족하다. 그러한 구절들이 우리에게 작은 창문을 하나 제공해주고 있을 뿐이며, 이 창문을 통해서 진실 된 역사를 보게 되고, 역사가 굴러가는 현실적 논리들을 알 수 있게 될 때, 비로소 오늘날의 치국이정(治國理政, 국가 통치와 정책 운용)을 실천하는데 유익한 본보기가 될 수 있는 것이다.

---

125) 《염철론(鹽鐵論)》은 기원전 81년 중국 전한(前漢) 조정에서 있었던 논쟁을 기록한 책으로, 10권 60책이며, 저자는 환관(桓寬)이다. 염철론이 저술되기 전의 황제인 한무제는 철과 소금을 국가에서 독점하는 염철전매(鹽鐵專賣) 정책을 펼쳤는데, 이 정책을 계속할 것인지가 논쟁의 주제였다. 무제가 죽고 나서 소제를 섭정했던 곽광은 전국의 학자들을 수도 장안으로 불러 모아 경제정책에 대한 토론을 하게 했다.

주나라가 비록 오래된 나라이긴 하나,
그가 받았던 천명은 항상 새롭다.

(周雖舊邦, 其命維新)

출전 : 『시경·대아·문왕(詩經·大雅·文王)』[126]

원문 : 文王在上, 於昭于天. 周雖舊邦, 其命維新.[127]

문왕이 위에 있어 하늘에서 빛나는구나. 주나라가 오래된 나라이
긴 하나 그 천명은 항상 새롭다.

---

126) 『시경』은 중국 최초의 시가 총집으로, 선진시기 전적 중에서는 『詩』라고 했는데, 한나라 이
후로는 유교의 경전으로 받들어지면서 『시경』으로 불리게 되었다. 이 책에는 서주 초기부터
춘추 시대 중기까지의 대략 500여 년의 작품 305편이 수록되어 있는데, 크게 「풍(風)」, 「아
(雅)」, 「송(頌)」의 세 부류로 나누어 진다. 「아」는 다시 「대아(大雅)」와 「소아(小雅)」로 나
뉘는데, 「대아」는 대부분이 귀족들의 작품이고, 「소아」 중에는 귀족의 작품도 있고 민가도 있
다. 『모시서(毛詩序)』에서는 " 「소아」는 대부가 유왕을 풍자한 것이다.(『小』, 大夫刺幽王
也)" 라고 하였는데, 이에 대해 정현의 주소본에서는 "응당 여왕을 풍자한 것(當爲刺厲王)"
이라고 정정하였다. 주희는 『시집전(詩集傳)』에서 어떤 왕을 풍자한 것인지 명확하게 말하
지 않고서 단지 "대부가 왕이 간하한 계책에 빠져들어 능히 착함을 따라서 판단하지 않음으
로써 이 시를 지었다.(大夫以王惑於邪謀, 不能斷以從善而作此詩.)" 라고만 하였다.
127) 文(글월 문)/ 王(임금 왕) : 文王(문왕: 주나라의 문왕)/ 在(있을 재)/ 上(위 상)/ 於(어조사
어)/ 昭(밝을 소)/ 于(어조사 우)/ 天(하늘 천)/ 周(두루 주, 나라이름 주: 주나라)/ 雖(비록
수)/ 舊(옛 구)/ 邦(나라 방)/ 其(그 기)/ 命(목숨 명)/ 維(벼리 유: 오직)/ 新(새로울 신)

풀이 : 주나라가 오래된 나라이기는 하지만 그 사명은 혁신에 있었다.

어떤 사람은 중국 문화가 수구적인 문화라고 말하기도 하는데, 사실은 매우 편협한 견해이다. 중국문화의 가장 핵심적 철학은 『역경(易經)』에 기초하고 있는데, 이 책은 '변화'에 대해 이야기하고 있다. 유가의 원전에서 '새로움(新)'은 매우 중요한 철학 명제 중의 하나이다. 『대학』에서는 "실로 날마다 새로워지고, 날마다 새로워지며, 또 날로 새로워져야 한다.(苟日新, 日日新, 又日新)", "새로워진 백성(作新民)"을 언급하고 있으며, 개인이든 사회든 아니면 국가든 간에 모두 시간의 거대한 흐름 속에서 끊임없이 형세에 적응해가면사 날마다 그 덕을 새롭게 닦으며 끊임없이 새롭게 거듭나야 한다는 말이다.

그렇기 때문에 중국문화에서 변혁은 한 번도 거역된 적이 없으며, 적어도 우리 이념의 근원에서는 한 번도 변혁을 거절한 적이 없다. 하지만 실제 정치에서는 권력을 장악하고 있는 사람은 보수가 되기 쉽고 자신의 이익을 지키기 위해 변혁의 장애물이 되어버리기도 한다. 수백 년 동안 정치권력은 사회의 곳곳에 스며들었고, 권력의 타성 역시도 중국문화에 크나큰 영향을 줌으로써 중국의 문화는 내향적이고 보수적으로 변하면서 한 차례, 두 차례 변화의 기회를 잃어버리고 말았다. 이른바 '오래된 나라'란 문화적 의미에서의 전승을 말하는 것으로, 중국은 세계에서 몇 안 되는 천년 동안 문화를 이어온 나라이다. 그러나 동시에 우리는 또한 지속적으로 인류문명이 발전해온 발자취를 추적해 나가야 하며, 옛 것들이 새로운 빛을 발할 수 있게 노력해야 한다. "오랜 나라가 새로운 운명을 드러내도록 하는 것(闡舊邦以賦新命)", 이것이 옛 것을 계승하고 혁신해 나가야 하는 이 시대의 과제인 것이다.

처시작은 누구나 잘 하지만,
마무리를 잘 할 수 있는 사람은 드물다.

(靡不有初, 鮮克有終)

출전 : 『시경·대아(詩經·大雅)』

원문 : 蕩蕩上帝, 下民之辟. 疾威上帝, 其命多辟. 天生蒸民, 其命匪諶. 靡不
有初, 鮮克有終.[128]

관대하신 상제님은 땅위의 모든 사람들의 우두머리신데. 백성을 미
워하고 으르는 지금의 상제님은, 내리시는 명령마다 허물이 많아서,
하늘이 낳은 모든 백성들이 상제님의 명령을 따르지 아니하네. 모든
상제님들이 처음에는 잘 다스렸으나 끝까지 잘 다스리는 상제님은 참
드물구나.

풀이 : 모든 일에는 처음(시작)이 있기 마련이지만, 유종의 미를 거

---

128) 蕩(방탕할 탕: 광대하다, 넓고 크다)/ 上帝(상제: 옥황상제)/ 下民(하민: 백성)/ 辟(임금 벽)/ 疾
(병 질: 괴롭히다, 해치다, 미워하다)/ 威(위엄 위: 구박하다, 해치다, 협박하다): 疾威(질위: 포악
하다)/ 其(그 기)/ 命(목숨 명)/ 多(많을 다: 낫다, 더 좋다, 뛰어나다)蒸(찔 증: 백성): 蒸民(증
민: 백성)/ 匪(비적 비: 非~이 아니다, 없다.)/ 諶(믿을 심)/ 靡(쓰러질 미)/ 初(처음 초)/ 鮮(고울
선: 적다, 드물다)/ 克(이길 극: 능할 극: 능히)/ 終(마칠 종)/ 有終(유종: 끝이 있다, 유종의 미를
거두다.)

두기는 쉽지가 않다.

　중국의 역사를 되돌아보면, 한 왕조가 처음 세워졌을 때 시조와 시조 이후의 몇 세대 임금은 정치를 함에 근면하고 또한 청렴함을 유지하며 부지런히 일하였다. 그리하여 다스리는 나라에는 또한 명신(名臣)들이 나오고, 백성들은 평안하게 생활하게 된다. 그러나 왕조의 중, 후기로 갈수록 임금은 궁궐 깊은 곳에 기거하면서 정치에 소홀하게 되고, 외척과 환관, 권신(權臣)과 붕당이 일어나 서로 권력을 잡으려고 싸우고, 그로 인해 조정의 기상이 무너지고 혼란에 빠지며, 백성들은 말로 할 수 없는 큰 고통에 시달리게 된다. 주나라, 상나라 이후 사람들 역시도 상나라 주왕(紂王)과 같은 폭군들은 집정 초기부터 이러했을 뿐만 아니라 개국 당시에는 현명한 군주로 일컬어지던 상나라 탕왕까지 거슬러 갈 필요도 없음을 개탄한다.

　왜 그럴까? "처음이 있지 않은 것은 없으나 유종의 미를 거두는 경우는 드물다"는 평가는 한 사람의 관성과 의지를 말하는 것일 것이다. 그러나 한 왕조나 한 국가에게 있어서도 이러한 "역사의 법칙"은 매우 깊은 의미를 가지고 있다. 한 왕조를 연 시조들의 경우 어떤 이는 들판에서 시작하기도 하였고, 또 어떤 이는 관리에서 일약에 황제가 되기도 하였는데, 그들이 겪었던 경험들은 분투의 역사였다. 그들이 마주해야 했던 적수는 부패한 옛 왕조였는데, 이는 훌륭한 반면교사가 되어 역사의 경종을 울려주었다. 그러나 장기 집정 후 후대의 황제들은 본래는 궁궐출신으로 견문이 한계가 있을 수밖에 없었다.

좋은 옷에 맛있는 음식과 모든 사람들이 받드는 생활은 그들로 하여금 편안함 속에서 위기를 대비해야 한다는 사실을 잊게 하였고, 그리하여 백성들에게 "어찌 고기를 먹지 않느냐?"고 묻는 지경에 이르게 하였다. 어떻게 해야 이러한 역사의 법칙에서 벗어날 수 있을까? 마오쩌둥은 당시 황옌페(黃炎培)이가 제기했던 문제에 대해 인민들로 하여금 집정당을 감독케 해야 하며, 항상 감독하고 항상 개선해 나가야 한다. 그래야만 역사의 법칙을 뛰어넘을 수 있다고 대답하였다.

집권당에 있어서 "은나라의 본보기"는 언제나 가까이에 있는 것이며, 모든 경계하라는 역사적 교훈대로 안 되려면 응당 피하도록 해야 할 것이다. 항상 조심해서 몸을 사리며 살얼음판을 걷는 듯한 마음가짐을 가져야 한다.

많은 훌륭한 선비가, 이 왕국에서 나도다.
왕국이 능히 낳았으니, 오직 주나라의 기둥이로세.
훌륭한 많은 선비들, 문왕은 이로써 평안하여라.
(思皇多士, 生此王國. 王國克生, 維周之楨. 濟濟多士, 文王以寧.)

출전 : 『시경·대아·문왕(詩經·大雅·文王)』

원문 : 世之不顯, 厥猶翼翼. 思皇多士, 生此王國.
王國克生, 維周之楨. 濟濟多士, 文王以寧.[129]

세대로 드러나지 아니하랴. 그 계책이 힘쓰고 공경하도다. 아름다운 많은 선비들이 이 왕국에 태어났도다. 왕국에서 능히 나오니 오직 주나라의 줄기가 되리로다. 많고 많은 선비여, 문왕이 이에 편안하셨다.

풀이 : 세상의 많은 뛰어난 인재들이 이 왕국에서 태어났다. 그들

---

129) 世(세상 세)/ 之(갈 지: ~의)/ 不(아닐 불)/ 顯(나타날 현)/ 厥(그 궐)/ 猶(같을 유: 더욱)/ 翼(날개 익)/ 翼翼(익익: 조심하는 모양, 근신하는 모양)/ 思(생각 사: 접두사)/ 皇(임금 황: 아름답다, 훌륭하다)/ 多(많을 다)/ 士(선비 사)/ 生(날 생: 태어나다)/ 此(이 차)/. 克(이길 극: 능히)/ 生(낳을 생: 낳다)/ 維(오직 유)/ 周(나라이름 주)/ 楨(광나무 정: 기둥)/ 濟(건널 제): 濟濟(제제: 많은 모양)/ 文王(문왕: 주나라 문왕)/ 以(로써 이)/ 寧(편안할 녕)

은 주나라의 성장과 발전에 기둥이 되는 신하였다. 많은 인재들이 있어 문왕은 평안하였다.

이 말은 『시경』에 나오는 말로, 주나라 문왕 시대에 주나라 왕이 능히 어진 선비들을 공경하고 예로 대하여 많은 인재들이 보필함으로써 일시에 국가에 인재들이 넘쳐나게 되고 국력이 강성해졌음을 이야기하고 있다. 이른바 천년대업의 기초는 인재가 최우선이라는 말이다. 중화민족의 위대한 부흥을 실현할 중국의 꿈은 인재가 많으면 많을수록 좋고 그들의 능력이 클수록 좋다.

중국에는 13억에 달하는 사람들이 살고 있으니, 인력자원이 가장 풍부한 나라라고 할 수 있다. 그러나 그와 함께 많은 구조적 모순도 존재하고 있다. 우리가 더 많은 첨단 인재들을 양성하기 위해서는 국제적인 라벨에 있어서 "스마트 강국"이 추가되어야 한다. 13억이 넘는 노동력은 가히 대단한 것이고, 13억이 넘는 두뇌 속에 감추어져 있는 지혜의 자원은 더욱 귀중한 자산이다.

오늘날의 세계경쟁 속에서 앞서 나가기 위해서는 끊임없이 인재를 양성하고, 인재를 끌어들이고, 인재를 모으고 인재들의 역량을 응축시켜나가야 한다.

법은 세상의 준칙이다.

(法者, 天下之準繩也)

출전 : 춘추시대 문자(文子)의 『문자(文子)』[130]

원문 : 夫法者, 天下之準繩也, 人主之度量也.[131]

무릇 법이란 것은 천하의 준칙이며, 군주의 도량이다.

풀이 : 법률은 세상 사람들이 공통으로 따라야 하는 것이며, 또한
통치자가 시시비비를 재는 근본적인 근거이다.

"규와 구가 없으면 네모나 원을 만들 수 없다.(無規矩不成方圓)"고 하
였다. 수신(修身)도 마찬가지이고 제가(齊家)도 마찬가지이며, 치국(治
國)도, 평천하(平天下)도 또한 마찬가지이다. 정해진 규칙을 따르는 것

---

130) 문자(文子)는 성이 신(辛) 씨이고, 호는 계연(計然)이다. 생졸년은 알려져 있지 않으며, 도가의
조사 중 한명으로, 공자와 같은 시대 인물로,『문자』(『통현진경 通玄眞經』)의 저자이다.『문
자』는 노자의 말을 풀이한 책으로, 노자 사상을 설명하면서 도가의 "도(道)" 학설을 계승, 발
전시켰다. 명나라 때의 송렴(宋濂)은 "문자가 일찍이 그 말을 고찰해 보니, 1대 조사 노담(老
聃)의 말로, 대개 도덕경의 의미를 풀이한 것이다.(子甞考其言, 一祖老聃, 大槪道德經之義
疏爾)" 라고 하였으며, 원나라 때의 오금절(吳金節) 역시도 "문자는 도덕경의 전인이다.(文子,
道德經之傳也)" 라고 하였다. 이 말들은 모두 『문자』의 핵심 내용을 잘 설명해주고 있다.
131) 夫(무릇 부)/ 法者, 天下之準繩也, 人主之度量也.

은 집단이 존재할 수 있는 기초이며, 또한 집단 속 개인의 기본적인 소양이다. 그러나 법의 존재는 종종 권력의 도전을 받기도 한다. 권력 역시도 인류사회에 기본적으로 존재하고 있는 것으로, 집단에는 필연적으로 차별이 존재하기 마련이며, 차별은 권력의 기초인 것이다. 그러나 권력이 인성에 깊이 뿌리를 내리고 있으며, 선과 악이라는 인성의 양 끝에서 권력은 항상 악과의 상호 협력 관계를 선택하게 된다. 만약 규칙이 없다면 권력과 악한 인성의 상호 작용은 집단 이익에 대해 공공의 적이 되고 말 것이다.

우리는 최근 몇 년 동안의 반부패척결 속에서 이러한 점을 분명하게 보아왔다. 법률이나 규칙을 통한 구속이 없다면 권력은 우리를 탈출한 맹수가 될 것이다. 그렇기 때문에 권력을 우리 속에 가두어 넣어야 하는 것이다. 이 기간 동안 반드시 세 단계를 거쳐야 한다. 감히 부패를 저질러서는 안 되며, 부패를 금지하고, 부패를 생각해서도 안 된다. 감히 부패를 저질러서는 안 된다는 말은 부패에 대해서는 맹렬히 공격하여 두려움을 갖게 한다는 말이다.

부패를 금지한다는 말은 제도와 규정을 마련하여 장기적인 규칙을 제정해 나가야 한다는 말이며, 부패를 생각해도 안 된다는 말은 권력을 장악한 사람의 마음속에 준법 의식을 확고하게 수립해 나가야 한다는 것이다.

나라의 날카로운 무기는
사람들에게 보여주어서는 안 된다.

(國之利器, 不可以示人)

출전 : 춘추 시대 노자의 『도덕경(道德經)』

원문 : 魚不可脫於淵, 國之利器不可以示人.[132]

물고기가 연못을 벗어나서는 안 되는 것처럼 나라의 날카로운 무기
는 사람들에게 보여주어서는 안 되는 것이다.

풀이 : 국가의 이익을 지키는 도구는 함부로 사람들에게 보여주어
서는 안 된다.

모든 국가들은 자기 나라마다의 이익이 있게 마련이고, 또한 그 국
가의 이익을 지키기 위한 "국가의 날카로운 무기"가 있기 마련이다.
"국가의 날카로운 무기"는 국가의 근본 토대이자 핵심 경쟁력을 말하

---

132) 魚(고기 어)/ 不(아닐 불)/ 可(가히 가)/ 脫(벗을 탈: 벗어나다)/ 於(어조사 어:~에)/ 淵(못 연)/
國(나라 국)/ 之(어조사 지:~의)/ 利(이로울 이, 날카로울 리)/ 器(그릇 기)/ 以(로써 이)/ 示(보
일 시)/ 人(사람 인)

는 것이다. 현재 세계적인 다변화의 시대에 한 국가가 자신만의 "비장
의 무기", 즉 강력한 과학기술의 혁신 능력을 갖추고 있어야만 한다.

　동시에 이 한 "국가의 날카로운 무기"는 그 나라가 세계무대에서 경
쟁력을 갖추도록 해줄 뿐만 아니라 또한 자주적인 혁신과 창조의식
을 갖춰주는 것이기도 하다. 국가의 날카로운 무기는 "사람들에게 보
여줘서는 안 되는" 것이기도 하지만 다른 사람이 배워서 가지게 해서
도 안 되는 것이다. 자신의 창조의식을 강화해 나가고 창조적인 인재
를 배양해나갈 때에만 비로소 자기 나라만의 깨트릴 수 없는 견고한
"날카로운 무기"를 만들어낼 수 있는 것이다.

군자는 의로움에 밝아야 한다.

(君子喻於義.)

출전 : 『논어·이인(論語·里仁)』

원문 : 君子喻於義, 小人喻於利.[133]

군자는 의로움에 밝고, 소인은 이익에 밝다.

풀이 : 군자의 재능은 도의에 밝다.

『논어』에서 공자는 항상 군자와 소인배를 대비시키고 있다. 군자는 도덕적으로 고상한 사람이며, 소인배는 세속적인 사람으로, 꼭 '나쁜 사람'을 말하는 것이 아니라 '속물'을 말하는 것이다. 군자와 소인배는 모두 사회 속에 객관적으로 존재하는 인물들로, 이 둘은 '의로움' 과 '이익'으로 구별된다. 같은 『논어·이인』편에서는 다음과 같은 구절로 군자와 소인배를 대비시키고 있다. "공자께서 이르길, 군자는 덕을

---

133) 君(임금 군)/ 子(아들 자: 사람을 나타내는 접미사): 君子(군자)/ 喻(깨우칠 유: 밝다. 잘 알다)/ 於(어조사 어:~에)/ 義(뜻 의: 의리)/ 小(작을 소)/ 人(사람 인): 小人(소인: 소인배)/ 利(이로울 이: 이익)

생각하고, 소인배는 땅을 행각한다. 군자는 형벌을 생각하고, 소인배는 혜택을 생각한다.(子曰, 君子懷德, 小人懷土. 君子懷刑, 小人懷惠.)" 이 구절 역시도 '의로움'과 '이익'으로 나누어 군자와 소인배를 말하고 있다. 군자가 중시하는 것은 도의(道義)이며, 그렇기 때문에 군자에 대해서는 "덕과 형벌"을 말하고 있다. 즉 군자는 무엇을 해야 하고 무엇을 하지 말아야 하는지를 알고 있는 것이다. 그러나 소인배나 또는 일반적인 세속적인 사람은 눈앞의 이익과 삶의 터전 또는 일굴 땅만을 생각하기 때문에 실질적인 혜택만을 보고 중요시 한다.

이는 오늘날의 국가와 사회의 통치에 있어서 시사하는 바가 매우 크다. 즉, 사회에서 숭고한 도덕적 이상을 수립할 수 있도록 격려하고, 합리적인 이익의 유도 시스템을 만들어가야 하며, 그럴 때에만 비로소 행정을 펼쳐나갈 수 있고 사로 다른 사회 집단의 적극성을 이끌어 냄으로써 우리의 '운명 공동체'를 함께 건설해 나갈 수 있는 것이다.

덕이 있는 사람은 외롭지 않으니,
반드시 이웃이 있다.

(德不孤，必有隣)

출전 : 『논어·이인(論語·里仁)』

원문 : 德不孤，必有隣.[134]

덕이 있는 사람은 외롭지 않으니, 반드시 이웃이 있다.

풀이 : 덕이 있는 사람은 외롭지 않으니, 반드시 뜻을 같이하는 사람이 함께 하기 마련이다.

오늘날의 사회에서는 확실히 갖가지 기괴한 현상들이 존재한다. 예를 들어, 길을 걸어가고 있는데, 노인이 쓰러졌는데도 노인에게 기만을 당할까 두려워서 아무도 감히 가서 부축해주질 않는다. 또 예를 들면, 버스에서 소매치기가 다른 사람의 지갑을 훔치는 장면을 보고서도 불똥이 자신에게 튈까봐 무서워서 어느 누구도 관여하지 않는다. 또 직장에서 열심히 일하는 사람이 상사나 아랫사람에게 빌붙길

---

134) 德(덕 덕)/ 不(아닐 불)/ 孤(외로울 고)/ 必(반드시 필)/ 有(있을 유)/ 隣(이웃 린).

일삼는 사람보다 좋은 대우를 받지 못하기도 한다. 이러한 현상들은 보편적인 현상이라고 할 수는 없지만, 그러나 뉴스 매체의 보도나 여론을 통해 사람들에게 부정적인 영향을 야기하게 된다. 사람들에게 사회에서나 직장에서 좋은 사람이나 고상한 도덕적 품격을 갖춘 사람일수록 "리스크를 가지고 있다"는 인상을 심어주게 되는 것이다.

만약에 모두가 그렇게 생각한다면, 사회전체의 도덕은 "악화가 양화를 구축하는" 악성순환을 만들어내게 된다. 일찍이 공자님 시대에 이러한 현상에 대해 "덕이 있는 사람은 외롭지 않으니, 반드시 이웃이 있게 마련이다."라고 소리쳤던 것이다. 공자님은 정직한 사람이 용감하게 자신의 도덕성을 실천하고, 자신의 고상한 언행을 통해 다른 사람을 감화시키고 사회에 영향을 끼칠 수 있도록 고무하고자 하였다. 그러나 국가나 사회의 통치자들의 입장에서 생각해 보면, 여론전에서부터 고상한 도덕성을 고취시켜야 할 뿐만 아니라 더욱 중요한 점은 정책적으로나 이익에 있어서 고상한 사람이 그에 합당한 보답을 받을 수 있도록 해 주고, 야비한 사람에게는 '통행증'이 주어지지 않도록 해야 한다는 점이다. 그럴 때에만 진정으로 시범적 효과를 이끌어 낼 수 있는 것이며, 고상한 도덕성이 사회를 따뜻하게 해 줄 수 있으며, 좋은 사회적 풍습이 일어나게 할 수 있을 것이다.

예를 행하는 데에는
화합이 가장 귀중하다.
(禮之用, 和爲貴)

출전 : 『논어·학이제일(論語·學而第一)』

원문 : 子曰: "禮之用, 和爲貴. 先王之道, 斯爲美. 小大由之. 有所不行,

知和而和, 不以禮節之, 亦不可行也."[135]

공자께서 이르길, 예를 행하는 데에는 화합이 가장 귀중하다. 선대의 통치자들이 세상을 다스린 도리는 이렇게 하는 것을 뛰어나다고 여겨서, 작은 일이나 큰일이나 모두 화합을 이뤄야 한다는 이 도리에 따랐지만, 화합을 행하는 것만으로 안 되는 경우가 있다. 이는 화합이 어떤 것인지를 알아내서 화합을 이루려고만 했을 뿐이니, 예도로써 이것을 조절하고 절제하지 않으면, 역시 모든 것이 잘 이루어질 수 없는 것이다.

풀이 : 예를 행하는 데에는 조화로움이 가장 귀중하다.

---

135) 子曰: "禮之用, 和爲貴. 先王之道, 斯爲美. 小大由之. 有所不行, 知和而和, 不以禮節之,
亦不可行也."

예의의 쓰임은 결과적으로 예로써 조화로움을 추구하고, 예의와 질서를 통하여 사람과 사람 사이의 관계를 조화롭게 하는 것이다.

　우리 중화민족은 "예의의 민족"이라고 말하곤 하는데, 사실 예의규범은 외재적 형식이며, 진정한 내적으로 조화로움이라는 목적을 추구하고자 하는 것으로, 이것이 바로 "조화로움을 귀하게 여긴다."는 정신의 핵심이다. 국가 통치의 시각에서 보면, 각자가 자신의 자리를 지키고 자신의 본분을 지키는 것을 말한다. 국제관계로 그 범위를 확대하여도 국가와 국가 간의 교류도 마찬가지로 적용된다.

세상의 눈으로 보면 보이지 않는 것이 없고,
세상의 귀로 들으면 들리지 않는 것이 없으며, 세상의 마음으
로 생각하면 알지 못하는 것이 없다.
(以天下之目視, 則無不見也, 以天下之耳聽,
則無不聞也. 以天下之心慮, 則無不知也)

출전 : 춘추시대 관중(管仲)의 『관자·구수(管子·九守)』

원문 : 目貴明, 耳貴聰, 心貴智. 以天下之目視, 則無不見也. 以天下之耳聽,
則無不聞也. 以天下之心慮, 則無不知也. 輻輳幷進, 則明不蔽矣.[136]

눈은 밝음을 귀하게 여기고, 귀는 영민함을 귀하게 여기며, 마음은
지혜를 귀하게 여긴다. 세상의 눈으로 보면 보이지 않는 것이 없고,
세상의 귀로 들으면 들리지 않는 것이 없으며, 세상의 마음으로 생각
하면 알지 못하는 것이 없다. 바퀴살들이 축에 모여서 함께 나아가게
되면 밝음이 가려지는 일이 없을 것이다.

---

136) 目(눈 목)/ 貴(귀할 귀)/ 明(눈 밝을 명)/ 耳(귀 이)/ 聰(귀밝을 총) 心(마음 심)/ 智(지혜 지)/
以(로써 이)/ 天下(천하: 온 세상)/ 視(볼 시)/ 則(곧 즉)/ 無(없을 무)/ 不(아닐 부):無不(무불: ~
하지 않는 것이 없다, ~하지 못할 것이 없다.)/ 見(볼 견)/ 也(어조사 야)/ 聽(들을 청), 聞(들을
문)/ 慮(생각할 려)/ 知(알지)/ 輻(바퀴살 복)/ 輳(모일 주)/ 幷(어우를 병), 進(나아갈 진)/ 蔽
(가릴 폐)/ 矣(어조사 의)

풀이 : 세상 사람들의 눈으로 관찰하면 보지 못할 것이 없을 것이
고, 세상 사람들의 귀로 귀 기울여 듣는다면, 듣지 못할 소
리가 없을 것이다. 세상 사람들의 마음의 지혜로 생각한다
면, 그 어떤 일도 이해하지 못할 것이 없을 것이다.

언로(言路)를 활짝 열어놓고 대중들의 지혜를 두루 채택하면 그 어
떤 일이든 모두 함께 생각하고 함께 힘써나가게 된다. 창업을 하거나
국가의 안녕과 단결을 공고히 하는 정치적 목적을 전제로 한다면, 당
정관계와 민족관계, 종교관계, 계층관계, 해외 동포 관계 등의 화합
과 발전을 촉진해 나갈 수 있을 것이다.

중국에서 민주주의를 실행한다는 것은 전 국민이 그 속에 참여함
으로써 민주집중제가 제대로 역할을 할 수 있도록 해 줌을 의미하는
것이다. 우리는 훌륭한 제도를 확립하고, 제대로 관철시켜 나가야 하
며, 모든 의견들이 반영되고 모든 입장들이 고려될 수 있도록 노력해
야 하며, 이러한 기초 위에서 정책 결정이 이루어 질 때, 비로소 진정
으로 절대다수의 이익에 부합하게 될 것이다.

무릇 나라를 다스린다는 궁극적 길은 반드시
백성을 부유하게 만드 것을 가장 우선으로 해야 한다.

(凡治國之道, 必先富民)

출전 : 춘추시대 관중의 『관자·치국제사십팔(管子·治國第四十八)』

원문 : 凡治國之道, 必先富民. 民富則易治也, 民貧則難治也.[137]

무릇 나라를 다스리는 도란 반드시 백성을 부유하게 만드는 것을
가장 우선시 해야 한다. 백성들이 부유하면 다스리기가 쉽고, 백성들
이 가난하면 다스리기가 어렵다.

풀이 : 무릇 나라를 다스리는 방법에 있어서 반드시 백성들을 부
유하게 만드는 것을 최우선으로 삼아야 한다.

나라가 부강하면 국민들이 평안하고, 백성들이 부유하면 나라가
부강해 진다. 나라를 다스리는 데에는 안정적인 사회질서가 필요하

---

137) 凡(무릇 범)/ 治(다스릴 치)/ 國(나라 국)/ 之(어조사 지)/ 道(길 도: 도리, 이치)/ 必(반드시 필)/
先(먼저 선: 우선으로 하다, 먼저하다)/ 富(부유할 부)/ 民(백성민)/ 則(곧 즉. 법칙 칙)/ 易(쉬울
이. 바꿀 역)/ 也(어조사 야)/ 貧(가난할 빈)/ 難(어려울 난).

다. 일단 개개인의 가장 기초적안 수준인 입고 먹는 문제도 해결할 수 없다면, 그 사회는 혼란의 위험에 처하게 되고 말 것이다. 사회적 안정의 유지는 반드시 경제와 정치, 그리고 도덕을 기초로 해야 하는 것이다. 경제적 기초는 상부구조를 결정한다. 경제적 기초를 어떻게 보장할 것인가? 첫 번째가 일정한 경제발전 수준을 유지하는 것이고, 두 번째가 기본적인 경제적 공평성을 유지하는 것이다.

그렇기 때문에 국가 통치의 입장에서 볼 때, "발전의 최종 목적은 국민들을 부유하게 하는 것으로, 반드시 발전의 성과들이 전 국민에게 돌아갈 수 있도록 해야 한다." 개혁개방 초기에 덩샤오핑은 "일부의 사람들이 먼저 부자가 되도록 고무하라"고 제창했다. 제 18차 공산당대회 이후 중국에서는 "맞춤형 빈곤구제(精準扶貧)"을 제기하였는데 이는 모두 '부국강민'을 실현하기 위한 것이었다.

일 년의 계획은 곡식을 심는 것보다 좋은 것이 없고, 십년의
계획으로는 나무를 심는 것보다 좋은 것이 없으며,
평생의 계획으로는 사람을 기르는 것보다 좋은 것이 없다.
(一年之計, 莫如樹穀. 十年之計, 莫如樹木. 終身之計, 莫如樹人)

출전 : 춘추시대 관중의 『관자·권수(管子·權修)』

원문 : 一年之計, 莫如樹穀. 十年之計, 莫如樹木. 終身之計, 莫如樹人.[138]

1년의 계획은 곡식을 심는 것보다 좋은 것이 없고, 10년의 계획으
로는 나무를 심는 것보다 좋은 것이 없으며, 평생의 계획으로는 사람
을 기르는 것보다 좋은 것이 없다.

풀이 : 1년 내에 이익을 얻고자 한다면 곡식을 심는 것이 가장 낫
고, 10년 내에 성과를 내고자 한다면 나무를 심는 것이 가
장 나으며, 한 평생에 이익을 얻고자 한다면 인재를 양성하
는 것보다 나은 것이 없다.

---

138) 一(한 일)/ 年(해 년)/ 之(어조사 지)/ 計(꾀 계: 계획)/ 莫(없을 막)/ 如(같을 여): 莫如(막여: ~
만 같은 것이 없다)/ 樹(나무 수: 심다, 기르다)/ 穀(곡식 곡)/ 十(열 십)/ 木(나무 목)/ 終(마칠
종)/ 身(몸 신)/ 人(사람 인)

오늘의 시대에 국가 간의 경쟁은 결과적으로는 인재 경쟁이다. 한 나라 발전의 무한한 동력은 혁신에서 비롯되며, 혁신 중에서 첫 번째가 바로 인재이다. 어느 국가에서 인재를 보유하고 있다는 것은 미래를 보장하는 것이다. 중화민족의 위대한 부흥을 실현하기 위해서는 인재는 많을수록 좋고, 능력은 클수록 좋다. 그러므로 어떻게 좋은 시스템을 구축하여 인재를 양성해 나갈 것인가 하는 문제는 치국이정(治國理政)의 측면에서 무시할 수 없는 문제가 된다.

중국이 과학기술의 혁신이라는 측면에서 세계에서 선두가 되기 위해서는 혁신하고 실천하는 과정에서 인재를 발굴하고 혁신활동 과정에서 인재를 육성해 나가고 혁신사업에서 인재들을 결집해 나가야하며, 대대적인 규모와 합리적인 구조에서 자질이 우수한 혁신적 과학기술 인재 양성에 힘을 쏟아야 한다. 교육에 대한 투자를 확대해야 하고, 합리적인 인재육성 시스템을 구축해야 하며, 인재의 육성, 영입, 활용 등의 시스템을 개혁해야 하며, 인재에 대한 체제적 구속을 타파하고, 인재의 유동성 등을 강화해 나가야 한다. 이렇게 할 때에만 비로소 국가 미래 발전의 기초를 굳건히 할 수 있는 것이다.

나라는 이익을 이롭게 여기지 않고,
의로움을 이롭게 여긴다.

(國不以利爲利, 以義爲利也)

出전 : 『대학(大學)』

원문 : 孟獻子曰: "畜馬乘, 不察於鷄豚. 伐氷之家, 不畜牛羊. 百乘之家, 不
畜聚斂之臣. 與其有聚斂之臣, 寧有盜臣." 此謂國不以利爲利, 以義爲
利也.[139]

　맹헌자가 말하길, "수레에 매는 마필을 기를 정도의 집안이라면 닭
이나 돼지를 키워 이익을 얻으려는 일을 넘보지 않으며, 얼음을 베어
다 쓸 수 있는 정도의 집안이라면 소나 양을 키워 이익을 얻으려는

---

139) 孟(맏 맹, 성씨 맹)/ 獻(드릴 헌)/ 子(아들 자): 孟獻子(맹헌자: 노魯 나라의 대부로, 성은 중손
仲孫이고, 이름은 멸蔑이다.)/ 曰(말씀 왈)/ 畜(짐승 축, 기를 휵: 기르다)/ 馬(말 마)/ 乘(탈 승,
수레 승: 수레 단위: 4필의 말이 끄는 수레): 畜馬乘(휵마승: 사士가 대부大夫의 대우를 받음)/
不(아닐 불)/ 察(살필 찰: 살피다, 관심을 두다)/ 於(어조사 어)/ 鷄(닭 계)/ 豚(돼지 돈)/ 伐(칠
벌)/ 氷(얼음 빙)/ 家(집 가): 伐氷之家(벌빙지가: 장례를 지낼 때 시체를 얼음으로 보존하는 재
력 있는 집, 고위직의 대우)/ 牛(소 우)/ 羊(양 양)/ 百(일백 백): 百乘之家(백승지가: 봉지가 있
는 제후諸侯 아래의 경卿으로, 실력자)/ 聚(모을 취)/ 斂(거둘 렴)/ 臣(신하 신)/ 與(더불어 여:
~ 보다)/ 其(그 기)/ 有(있을 유)/ 臣(신하 신)/ 寧(편안할 녕: 차라리 ~ 하겠다)/ 盜(도둑 도)/
此(이 차: 지시대명사)/ 謂(말할 위)/ 以A爲B(A를 B라고 여기다)/ 利(이로울 이: 이익, 이롭다):
以利爲利(이리위리: 이익을 이롭다고 여기다)/ 義(뜻 의: 의로움): 以義爲利(이의위리: 의로움
을 이롭다고 여기다).

일은 넘보지 않으며, 네 필의 말이 끄는 마차 백 대를 동원할 수 있는 정도의 집안이라면 백성의 재물을 무자비하게 긁어모으는 신하를 두지 않는 법이니, 백성의 재물을 무자비하게 긁어모으는 신하를 두느니 차라리 도둑질하는 신하를 두겠다."고 하였다. 이 말은 "나라는 이익을 이롭게 여기지 않고, 의로움을 이롭게 여긴다는 것을 말한 것이다.

> 풀이 : 나라를 다스림에 있어서는 재물이나 부귀(財富)를 이롭다고 여기지 않고, 인자함이나 의로움(仁義)를 이롭다고 여겨야 한다.

"의로움(義)"과 "이익(利)"는 중국인의 도덕관에 있어서 가장 기본적인 두 개념으로, 하나는 도덕적 이성을, 다른 하나는 공리주의적 이성을 가리킨다. 전통적 유가에서는 '의로움'과 '이익'은 모두 인성적 본능적으로 사람마다 이익을 쫓고 싶은 충동을 가지고 있으며, 동시에 도덕의식이 꿈틀거리기도 한다. 다만 가치 판단에 있어서 '의로움'은 '이익'보다는 고상한 것이며, 또한 '의로움'으로 '이익'의 충동을 제약하고 인도하게 된다. 이것이 바로 인간이 짐승과 구별되는 특징인 것이다. 이러한 관념은 오랜 세월 동안 중국인의 국가관을 주도해 왔다. 국가는 물질적 재부의 국가가 아니라 문화적 국가, 도덕적 국가여야 한다는 것이다. "국가적 부"에 대한 의식의 결여는 크게 중국의 물질 추구의 충동을 크게 제한해 왔다. 이러한 '의로움'으로 '이익'을 억누른 결과에 대해서 우리는 또한 언급을 회피할 필요는 없다.

　그러나 시간이 흐르면서 중국은 이미 세계 제2의 경제체로 성장하였고, "국가적 부"는 이미 두말할 나위도 없지만, 그와 함께 찾아온 빈부 격차의 확대, 환경오염, 도시·농촌간의 격차 등 문제 역시도 우리를 근심스럽게 하고 있다. 돈이 많으면 무엇을 하고 싶을까? 만약 개혁개방을 통해 쌓아온 방대한 부가 소수의 기득권 집단에 의해 독식되고, 개혁의 이익이 더 많은 국민들에게 돌아갈 수 없다면 우리의 개혁은 그 의미를 상실하고 만 것이다.

　개혁은 반드시 윈-윈 사유가 확립되어야만 오랫동안 지속될 수가 있다. 의로움과 이익을 함께 고려해야만 의로움과 이익을 모두 얻을 수 있으며, 의로움과 이익이 평형을 이룰 때에 비로소 의로움과 이익의 윈-윈을 성공시킬 수 있는 것이다.

다하면 변해야 하고, 변하면 통하게 되며,
통하게 되면 오래 지속된다.

(窮則變, 變則通, 通則久)

출전 : 『주역·계사하(周易·繫辭下)』[140]

원문 : 窮則變, 變則通, 通則久.[141]

다하면 변하고, 변하면 통하고, 통하면 오래 지속된다.

풀이 : 사물의 발전이 극에 달하게 되면 변화가 일어나게 되고, 변
화가 일어나면 비로소 사물의 발전이 아무런 걸림이 없게
되며, 사물은 비로소 끊임없이 발전하게 된다.

---

140) 『계사』는 일반적으로『역전(易傳)·계사』또는『주역·계사』를 가리키며, 상, 하로 나뉘어져 있
다.『계사』는 금본(今本)『역전』의 네 번째로,『역경』의 대의를 개괄하고 있는데, 전하는 바
에 의하면 공자가 7편을 지어『주역』의 논지를 개괄하고 설명하였다고 한다. 통상적으로 말
하는『역전』,『계사』는 이 7편의 논술 중에서 사상적 수준이 가장 높은 작품들로,『계사』에
서는 많은 공자의 논술이 인용되고 있어서 공자 이후의 유학자들의 정리를 거쳤다고 보아야
할 것이다.『계사』는 선진 유가의 인식론과 방법론의 집대성이라고 할 수 있다.
141) 窮(궁할 궁, 다할 궁)/ 則(곧 즉)/ 變(변할 변)/ 通(통할 통)/ 久(오랠 구).

'네 가지 전면(四個全面)'¹⁴²은 지금의 중국에서 가장 핵심적인 통치용어 중의 하나이다. 그 두 번째 '전면'이 바로 "개혁의 전면적 심화"이다. 사실 이미 개혁개방의 결정은 오늘날 중국의 운명을 결정지은 신의 한수였음이 증명되었으며, 또한 중화민족의 위대한 부흥을 실현시켜 줄 결정적 한 수이기도 하다. 옛 선조들이 통치자에게 "다하면 변해야 되고, 변하면 통하게 되며, 통하면 오래 지속 된다"고 가르쳤다. 누가 이 법칙을 어기게 되면 그 사람은 곧 도태되고 말 것이다.

근대에 이르러 중국이 쇠락하게 된 가장 중요한 원인은 바로 봉건 통치자들이 자기 잘난 척만 하고 옛 것만을 지키고 따르며, 변화를 두려워하면서 낡은 것만을 고집하고 혁신을 하지 않음으로써 세계의 발전 추세를 따라가지 못했기 때문이었다. 오늘날 앞으로 발전해 나가는 길에서 우린 반드시 개혁의 전면적 심화를 견지해 나가야 한다. 개혁은 어려운 일이며, 특히 지금의 중국은 마지막 '막중한 임무'를 실천해야 할 시기이다. 이것은 통치자들이 반드시 더 많은 정치적 용기를 가지고 개혁개방을 추진해 나가야 하며, 막중한 임무를 책임지고서 난관을 뚫고 나감으로써 중국의 발전에 강력한 동력을 제공해 주여야 한다.

---

142) 네 가지 전면 : 시진핑 주석이 취임한 후 점차 중국정치의 목표로 자리 잡은 것이 이 네가지 전면이다. 2012년 11월 제18대 당대회에서 "전면적인 소강사회의 건설"이 제시되었고, 2013년 11월 제18대 3중전회에서 "전면적인 개혁의 심화"가 제창되었으며, 2014년 10월 4중전회에서 "전면적인 의법치국의 추진"이 강조되었다. 이어서 비슷한 시기에 시 주석의 군중노선 교육실천 활동에서 '반부패'라는 정치적 상황과 연계되어 "전면적인 엄격한 당 운영"을 주장했는데, 이 네가지 전면을 말한다.

다하게 되면 변해야 하고,
변하게 되면 통하게 된다.

(窮則變, 變則通)

출전 :『주역·계사하(周易·繫辭下)』

원문 : 窮則變, 變則通, 通則久.[143]

다하게 되면 변해야 하고, 변하게 되면 통하게 되며, 통하게 되면 오래 지속하게 된다.

풀이 : 사물의 발전이 극에 달하게 되면 변화가 일어나게 되고, 변화가 일어나면 비로소 사물의 발전이 아무런 걸림이 없게 되며, 사물은 비로소 끊임없이 발전하게 된다.

무술변법 이전에 청나라 조정의 보수파는 변법(變法)을 반대하였다. 그 이유는 바로 "조상의 법은 바꿀 수 없으며(祖宗之法不能變)", "하늘이 바뀌지 않으면 도 역시도 바뀌지 않는다(天不變, 道亦不變)"는 것이었다. 이로써 '변화'와 '불변'에 대한 중국의 전통은 많은 시기에 매우

---

143) 窮(궁할 궁, 다할 궁)/ 則(곧 즉)/ 變(변할 변)/ 通(통할 통)

보수적이었음을 알 수 있다. 상앙(商鞅), 왕안석(王安石), 장거정(張居正) 등의 위대한 개혁가들은 그 당시와 후대의 역사서에서 종종 비판을 받거나 풍자의 대상이 되기도 하면서 "각박하고 은혜를 베풀 줄모른다.(刻薄寡恩)", "소인배(小人是也)" 등의 평가를 받곤 했다. 기나긴역사 속에서 '변화'는 아주 적었던 반면 '보수'가 훨씬 더 많았다.

그러나 근대 이후 "수 천 년 동안 있지 않았던 대변혁"의 충격 속에서 사람들은 눈을 세계로 돌리기 시작하면서 자신들의 문명 전통이이미 변화하지 않으면 안 되는 때에 이르러 있음을 깨닫게 되었고, '난신적자(亂臣賊子)'로 여겨졌던 '개혁'이란 단어 역시도 거역할 수 없는 정치적 정확성을 가지기 시작했다. 왜 그리된 것일까? 『주역』의 설명에 따르면, '변화'야 말로 항상(恒常)이기 때문이다. 한 국가나 한 민족에게 있어서 오랜 시기 동안의 안녕 속에는 위기가 도사리고 있다.

결국 한 사회나 국가는 완전무결할 수 없는 것이고, 그렇기 때문에변혁과 개선의 여지가 언제나 있기 마련이다. 편안할 때 위기를 생각하고, 성세 속에서 위기감을 볼 수 있어야 하며, 치세(治世) 속에서 구멍을 읽어낼 수 있어야 하며, 끊임없이 되돌아보고 개선시켜 나갈 수있는 사고를 갖추어야만 비로소 긴 시간 동안 확고한 기초 위에 설수 있는 것이다. 국제적 경쟁력이 갈수록 심화되어 가고 있는 오늘날, 한 국가가 시대와 발맞추어 나아갈 수 있느냐 없느냐의 여부는 항상변화를 염두에 두고 있느냐에 달려 있으며, 이는 미래를 결정하는 중요한 요소이기도 하다.

아무리 가까운 길이라도 가지 않으면 다다를 수 없고,
아무리 작은 일이라도 하지 않으면 이룰 수 없다.

(道雖邇. 不行不至. 事雖小, 不爲不成)

출전 : 전국(戰國) 시대 순황(荀況)의 『순자·수신(荀子·修身)』

원문 : 道雖邇, 不行不至. 事雖小, 不爲不成. 其爲人也多暇日者,
其出入不遠矣.**144**

아무리 가까운 길이라도 가지 않으면 다다를 수 없고, 아무도 작은
일이라도 하지 않으면 이룰 수 없다. 그 사람 됨됨이에 여가가 많은
사람은 그(학문에) 나아가고 들어감이 원대하지 못하다.

풀이 : 길이 아무리 가깝다 해도 걸어가지 않으면 목적지에 도착할
수 없다. 일이 아무리 작다 해도 하지 않으면 성공할 수 없
는 것이다.

---

144) 道(길 도)/ 雖(비록 수)/ 邇(가까울 이)/ 不(아닐 불)/ 行(갈 행)/ 至(이를지)/ 事(일 사)/ 小(작을
소)/ 爲(할 위)/ 成(이룰 성)/ 其(그 기)/ 爲人(위인: 사람됨)/ 也(어조사 야)/ 多(많을 다)/ 暇(겨
를 가)/ 日(날 일)/ 者(놈 자:~하는 사람)/ 出(날 출)/ 入(들 입)/ 遠(멀 원)/ 矣(어조사 의)

천리 길도 발아래로부터 시작된다. 길이 멀든 가깝든 반드시 걸어
가야만 종점에 도착할 수 있는 것이다. 이 말은 실행과 실천의 중요
성을 강조한 것이다.

국가 통치의 측면에서 볼 때, 어떤 정책이든 실행하고 집행하지 않
는다면 결국은 탁상공론에 그치고 만다. 실행하고 집행해야만 비로
소 정책을 제정한 목표를 실현할 수 있으며, 최종 목적을 달성할 수
있는 것이다.

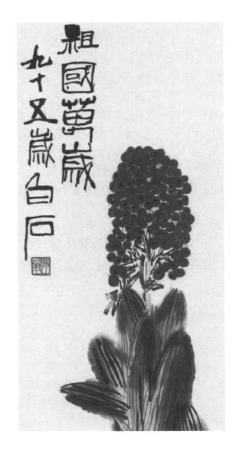

만물은 제각각 그 조화를 얻어 생겨나고, 제각각 그 양분을 얻어 성장한다.

(萬物各得其和以生, 各得其養以成)

출전 : 전국 시대 순황(荀況)의『순자·천론(荀子·天論)』

원문 : 列星隨旋, 日月遞炤, 日時代御, 陰陽大化, 風雨博施, 萬物各得其和
以生, 各得其養以成. 不見其事, 而見其功, 夫是之謂神.[145]

많은 별들이 일정하게 돌고, 해와 달은 번갈아가며 비추고, 사계절
은 번갈아 날씨를 다스리며, 음과 양은 크게 변화하여 만물을 생성시
키고, 비바람은 널리 혜택을 베풀어 만물은 제각각 그 조화를 얻어
생겨나게 되며, 제각각 그 기름을 얻어 성장하게 된다. 그러나 그러한
일들을 드러내 보이지 않으면서 그 공적만을 드러낸다. 이를 일러 신
묘하다고 한다.

---

145) 列(벌일 열: 벌이다, 늘어서다)/ 星(별 성)/ 隨(따를 수)/ 旋(돌 선)/ 遞(갈릴 체)/ 炤(밝을 소, 비
출 조)/ 日(날 일)/ 時(때 시)/ 代(대신할 대)/ 御(거느릴 어, 막을 어, 맞을 아)/ 陰(그늘 음)/ 陽
(볕 양)/ 大(클 대)/ 化(될 화)/ 風(바람 풍)/ 雨(비 우)/ 博(넓을 박)/ 施(베풀 시)/ 萬(일만 만)/
物(물건 물)/ 各(각각 각)/ 得(얻을 득)/ 其(그 기)/ 和(화할 화)/ 以(로써 이)/ 生(날 생)/ 得(얻
을 득)/ 養(기를 양)/ 成(이룰 성)/ 見(볼 견, 나타날 현)/ 事(일 사)/ 而(말 이을 이), 功(공 공)/
夫(지아비 부, 무릇 부)/ 是(이 시, 옳을 시)/ 謂(이를 위)/ 神(귀신 신)

풀이 : 만물이 각각 하늘과 땅, 해와 달이 만든 조화로운 기운을
       얻어 태어나고, 제각각 사계절과 비와 바람의 자양을 얻어
       자라난다.

　중국의 전통문화에서는 천인합일(天人合一)을 강조하며 자연의 발전
방식을 존중하기 때문에 자연의 이치에 순응해야 한다고 강조한다.
현대사회에서 보더라도 이러한 관점은 그렇게 시대에 뒤떨어진 것이
라고만 치부할 수 없다. 오히려 오늘날에도 많은 시사적 의미를 가진
사상이라고 하겠다. 오늘날의 발전단계에서 단편적으로 경제적 이익
만을 추구하게 되면 뒤처지게 된다.
　자원을 존중하고 만물의 성장 법칙에 순응하는 것을 바탕으로 할
때, 지속가능한 이익을 얻을 수 있다. 이럴 때에만 비로소 미래사회
에서 인간과 자연의 조화로운 발전이라는 현대화의 길을 개척해 나갈
수 있다. 그렇기 때문에 "5대 발전이념(혁신, 조율, 녹색, 개방, 공유)"
중에서 '녹색성장'은 중요한 위치를 차지하고 있는 것이다. 또한 그렇
기 때문에 중국은 생태문명 건설을 "제13차 5개년 발전계획"에 포함
시켜 놓고 있는 것이다.

어진 사람은 다른 사람을 사랑한다.
(仁者愛人)

출전 : 『맹자·이루하(孟子·離婁下)』

원문 : 孟子曰: "君子所以異於人者, 以其存心也. 君子以仁存心, 以禮存心. 仁者愛人, 有禮者敬人. 愛人者, 人恒愛之. 敬人者, 人恒敬之.**146**

맹자가 말하길, "군자가 일반인과 다른 점은 그 마음을 보존하기 때문이다. 군자는 어짐을 마음에 담고 있고 예를 마음에 담고 있다. 어진 사람은 다른 사람을 사랑하고, 예를 갖춘 사람은 다른 사람을 공경한다. 다른 사람을 사랑하면 다른 사람이 항상 그를 사랑하게 되고, 다른 사람을 공경하면 다른 사람이 항상 그를 공경한다.

풀이 : 어진 사람은 자애로운 마음이 가득하고 사랑으로 충만한 사람이다.

---

146) 孟(맏 맹. 성씨 맹)/ 曰(말씀 왈)/ 君(임금 군)/ 所(바 소)/ 以(로써 이)/ 異(다를 이)/ 於(어조사 어: ~에, ~에 대해, 비교문:~와)/ 人(사람 인: 다른 사람)/ 其(그 기)/ 存(있을 존)/ 心(마음 심)/ 也(어조사 야)/ 禮(예의 예)/ 恒(항상 항)

어떤 사람이 중국 사람인가? 중국인으로써 가장 기본적인 신분적 아이덴티티는 어디에 있는 것일까? 가장 기본적 특징은 바로 우리가 중국인만의 독특한 정신세계를 가지고 있다는 점과 일상 생활과 너무 밀접하여 깨닫지 못하는 가치관을 가지고 있다는 점이다. 중화문명은 면면히 수천 년을 이어오면서 독특한 가치체계를 만들어 왔다.

중화의 우수한 전통문화는 이미 중화민족의 유전자가 되어 중국인의 마음속 깊이 뿌리를 내리고 있으며, 중국인의 사유방식과 행동방식에 은연중 녹아들어 있다. 예를 들어, "인자애인(仁者愛人)"의 이상적 관념은 엘리트 의식을 강조하고 있는데, 정치, 문화적 영역뿐만 아니라 경제, 사회적 영역에서도 모두 '어진 사람'이 되어야 하며, 다른 사람에 대한 관심과 사랑을 가지고 있어야 한다고 강조한다. 이러한 이상과 이념은 과거든 현재든 모두 분명한 민족적 특색을 가지고 있으며, 영원히 퇴색되지 않는 시대적 가치를 가지고 있는 것이다. 이러한 사상과 이념은 시간적 추이나 시대의 변화와 함께 끊임없이 발전해 왔으며, 또한 그 자체의 연속성과 안정성을 가지고 있기도 하다.

오늘날 우리가 사회주의의 핵심 가치관을 주창하고 홍보함에 있어서도 이 속에서 풍부한 영양을 섭취해 나감으로써 중화민족의 우수한 전통문화를 계승하고 발양해 나가야 하는 것이다.

내 집 어른을 섬기는 마음으로 남의 집 어른을 섬기고,
내 집 아이를 대하는 마음으로 남의 집 아이를 사랑하라.
(老吾老以及人之老, 幼吾幼以及人之幼)

출전 : 『맹자·양혜왕상(孟子·梁惠王上)』

원문 : 老吾老以及人之老, 幼吾幼以及人之幼.**147**

내 집 어른을 어른으로 섬기는 마음으로 남의 집 어른에게도 미치
게 하고, 내 집 아이를 사랑하는 마음을 남의 집 아이에게도 미치게
하라.

풀이 : 자기 집안의 어른을 섬기고 공경할 때, 자신과 관계가 없는
다른 집안의 어른을 잊어서는 안 된다. 자신의 아이를 양육
할 때, 자신과 혈연관계가 없는 다른 집의 아이를 잊어서는
안 된다.

맹자의 정치사상은 왕도(王道)와 인정(仁政)의 실행을 주장한다. 맹

---

147) 老(늙을 노: 노인, 노인으로 대하다)/ 吾(나 오)/ 以(로써 이)/ 及(미칠 급)/ 人(사람 인: 다른 사
람)/ 幼(어릴 유: 어린 아이, 어린아이로 대하다)

자가 보기에 어진 정치를 베푸는 것은 공중누각을 세우려는 것이 아니라 오히려 심후한 인성을 기초로 하는 것이다. 그것은 바로 사람이라면 누구에게나 차마 하지 못하는 마음을 가지고 있다는 것이다. 『맹자·양혜왕상』편에서 제나라 선왕(宣王)이 제사를 위해 희생될 소를 보고서 차마 불쌍함을 견디지 못해 놓아주도록 명령했는데, 이것이 바로 차마 하지 못하는 마음을 가지고 있었기 때문이라고 하였다. 모든 사람의 이러한 차마 하지 못하는 마음은 국가적 차원에서 어진 정치를 함에 있어서 중간에 "자신으로 미루어 다른 사람에 미치는 단계"가 있어서는 안 되는 마음이다. "자기 집안 어른을 어른으로 섬기는 마음으로 남의 집 어른을 공경하고 내 집 아이를 사랑하는 마음으로 남의 집 아이를 사랑한다."는 말은 사실은 자신으로 미루어 다른 사람에게 미친다는 도리를 말하고 있는 것이다.

자신의 욕구를 만족시킬 때 다른 사람도 자신과 똑같은 욕구를 가지고 있음을 생각해야 하며, 그런 후에 최선을 다해 그러한 조건을 만족시키도록 노력하는 것이 바로 자신으로 미루어 남에게도 미치게 하는 것이다. 오늘날의 사회에서 이 말은 여전히 통치자들이 생각하고 본보기로 삼아야 할 내용이다. 특히 노인의 봉양이나 교육, 의료 등의 민생복지 분야에서 정책 결정자가 만약 입장을 바꾸어 생각해보고, 자신에게 미루어 남을 생각하고, 자신을 내려놓고 백성들을 위해 생각한다면 많은 정책들의 실수를 줄일 수 있는 것이다.

항상 강한 나라도 없고 항상 약한 나라도 없다.
법을 받드는 사람이 강하면 나라가 강할 것이고,
법을 받드는 사람이 약하면 나라도 약해질 것이다.

(國無常强, 無常弱. 奉法者强則國强, 奉法者弱則國弱)

출전 : 전국시대 한비자(韓非子)의 『한비자·유도제육(韓非子·有度第
六)』[148]

원문 : 國無常强無常弱. 奉法者强則國强, 奉法者弱則國弱… 故有荊莊, 齊
桓公則荊, 齊可以霸, 有燕襄, 魏安釐則燕, 魏可以强. 今皆亡國者,
其羣臣官吏皆務所以亂, 而不務所以治也. 其國亂弱矣, 又皆釋國法而

---

148) 『한비자·유도제육』편은 중국의 유명한 철학가 한비자의 작품으로, 한비자는 "법을 받듦(奉
法)"을 치란흥망의 핵심이라고 보고 일련의 역사적 사건을 예로 들어 "법으로써 상벌을 판
단해야(因法數, 審賞罰)"하며, "공공의 법을 받들고 사사로운 술책을 폐지(奉公法, 廢私
術)"하는 것이 국가 통치의 중요한 역할이라고 주장하였다. 이 글에서 제기한 "법은 고귀
하다고 해서 아부해서는 안 되며, 먹줄은 굽은 곳이라고 굽어서는 안되며(法不阿貴, 繩不
撓曲)"과 "잘못을 벌주는 것은 대신이라고 피해서는 안 되며, 착한 일에 상을 주는 것은 필
부라고 해서 빠트려선 안 된다.(刑過不避大臣, 賞善不遺匹夫)"는 이러한 사상은 유가의
"대부 이상은 형벌을 가하지 않는다(刑不上大夫)"는 관념과는 정반대로, 적극적이고 진보
적인 역사적 의미를 보여주는 것이다.

私其外, 則是負薪而救火也, 亂弱甚矣.[149]

　한 나라가 항상 강할 수는 없고, 항상 약할 수도 없다. 법을 받드는 사람이 강하면 나라가 강해질 것이고, 법을 받드는 사람이 약하면 나라도 약해질 것이다.…그런 까닭에 형(荊)나라의 장공, 제(齊)나라의 환공이 있어서 형나라와 제나라가 천하를 재패했으며, 연(燕)나라의 양공과 위(魏)나라의 안리왕가 있었기에 연나라와 위나라가 강국이 될 수 있었던 것이다. 오늘날 그 나라들이 모두 망한 것은 뭇 신하와 관리들이 모두 어지럽게 하는데만 힘쓰고 나라를 다스리는 데는 소홀히 했기 때문이었다.

　한 나라가 어지러워 국력이 약해졌다고 하자. 여기다 또 모두가 국법을 어기고 사사로이 외국과 흥정하게 되면, 그것은 마치 섶을 지고 불 속에 뛰어드는 격이니 어지러움과 쇠약함이 가히 심한 것이다.

　풀이 : 어떤 한 나라가 영원히 강할 수는 없으며, 또한 영원히 약할 수는 없다. 법령을 집행하는 사람의 의지가 굳으면 그 나라는 부강해질 것이고, 법령을 집행하는 사람의 의지가

149) 國(나라 국)/ 無(없을 무)/ 常(항상 상)/ 強(강할 강)/ 弱(약할 약)/ 奉(받들 봉)/ 法(법 법)者(놈 자: ~하는 것)/ 則(곧 즉)/ 故(옛 고, 까닭 고: 그러므로, 그렇기 때문에)/ 有(있을 유)荊莊(형나라의 장공)/ 齊桓公(제나라 환공)/ 可(가히 가)/ 以(로써 이)/ 霸(으뜸 패)/ 燕襄(연나라 양공)/ 魏安釐(위나라 안리왕)/ 今(이제 금)/ 皆(모두 개)/ 亡(망할 망)/ 其(그 기)/ 群(무리 군)/ 臣(신하 신)/ 官(벼슬 관)/ 吏(벼슬아치 리)/ 務(힘쓸 무)/ 亂(어지러울 란)/ 而(말이을 이: 접속사)/ 治(다스릴 치)/ 也(어조사 야)/ 又(또 우)/ 釋(풀 석: 풀다, 놓아버리다, 내버리다)/ 私(사사로울 사)/ 外(바깥 외)/ 負(질 부)/ 薪(섶남 신: 땔감)/ 救(구할 구)/ 火(불 화)/ 甚(심할 심)/ 矣(어조사 의).

약하면 그 나라는 약해질 것이다.

"전면적인 법치주의"는 현재 중국의 통치사상의 또 다른 키워드이다. 법치사상은 중국에서 오랜 역사를 가지고 있다. "법을 집행하는 사람이 강하면 나라도 강해지고, 법을 집행하는 사람이 약하면 나라도 약해진다", "법에 따라 상벌을 판단한다", "공공의 법을 받들고 사사로운 술책을 폐지한다."와 같은 한비자의 사상은 역대 통치자들에게 많은 시사점을 제시해 주었다. 중국공산당 제18차 4중전회에서 중국공산당은 "전면적인 법치주의의 추진"을 전체회의의 의제로 내세웠다. 법치주의에서는 어떤 사람도 요행을 바랄 수 없고, 법 밖의 특혜를 바랄 수 없으며, 누구도 '면죄부'를 받을 수 없고, 또한 어느 누구도 '세습적 특권'을 누릴 수 없다. 법이 바로 당의 기율이고 국법이다. 특히 '핵심적 소수(지도자급 간부)'는 특히 솔선수범하여 법을 지켜야 한다. 당의 기율과 국법이 '고무줄', '허수아비'가 되어서는 절대로 안 된다." 법을 몰라서 법을 어긴 것이든, 고의로 어긴 것이든, 모두 철저하게 규명해야 한다. 그렇지 않으면 "깨진 유리창 효과"가 되어버릴 것이다. 명나라 때의 풍몽룡(馮夢龍)은 『경세통언(警世通言)』에서 "사람의 마음은 쇠와 같고, 관아의 법은 용광로와 같다.(人心似鐵, 官法如爐.)"고 하였다. 이 말은 사람들의 마음속에는 쇠처럼 차가운 냉혹함이 있지만, 결국에는 법의 용광로는 견뎌내지 못한다는 뜻이다.

싹이 트기 전에 알고,
피기 전에 알아본다.

(見之於未萌, 識之於未發)

출전 : 전국시대 상앙(商鞅)의 『상군서 · 경법(商君書 · 更法)』[150]

원문 : 智者見於未萌, 愚者暗於成事.[151]

지혜로운 사람은 문제가 싹트기 전에 알고, 어리석은 사람은 문제가 생겨서도 어둡다.

풀이 : 지혜로운 사람은 일이 일어나기 전에 이미 알아본다.

"천하의 무공 중에서는 오직 속도만이 격파되지 않는다."고 했으니,

---

150) 상앙(商鞅)은 군공으로 상 땅을 봉지로 받았기 때문에 후세에 상군(商君)으로 불렸다. 『상군서』는 바로 상앙 일파의 법가사상을 집대성한 저작으로, 『상자(商子)』로 불리기도 한다. 『한서 · 예문지』에 29편이 기록되어 있으며, 지금은 24편만이 전한다. 그 가운데 일부 편장에 기록된 역사적 사실들은 상앙이 죽은 후의 사건들로, 상앙 본인이 직접 지은 것이 아니다. 그러나 책 속에 상앙의 일부 유고를 남겨 져 있고, 상앙의 언행이 기록되어 있는 것으로 보아, 이 책은 전국시대 말기 상앙의 제자들이 편찬한 것으로 보인다. 이 책에서는 상앙 일파의 변법 이론과 구체적인 시책들이 주요하게 서술되어 있는데, 군권의 강화와 분명한 상벌과 같은 법치제도를 주장하고 있다.

151) 智(지혜 지)/ 者(사람 자)/ 見(볼 견: 보이다, 나타나다)/ 於(어조사 어)/ 未(아닐 미)/ 萌(싹 맹)/ 愚(어리석을 우)/ 暗(어두울 암)/ 成(이룰 성)/ 事(일 사)

속도를 실현하기 위해서는 빠른 판단이 필요하다. 그래야만 기선을 제압할 수 있고, 출발선에서 적수를 쓰러뜨릴 수 있다. 오늘날처럼 이렇게 빠르게 변화하는 시대에 국가 발전의 큰 방향에 있어서 시기를 파악하여 "일어나기 전에 알아채야만" 비로소 경쟁에서 패하지 않을 수 있는 것이다. 현대사회에서 과학기술은 가장 중요한 생산력이고, 혁신은 가장 중요한 원동력이다.

끊임없는 혁신을 위해 노력을 경주해야만 국가적 측면에서의 혁신적 발전전략을 실행해 나갈 수 있는 것이다. 전략의 최전방에서의 기술 발전을 중시하고, 자주적인 혁신을 통해 기선을 장악해야만 진정으로 좋은 수를 두고서 적극적으로 전투에 임해나갈 수 있는 것이다. 혁신에 의거한 발전과정에서 또한 공격방향과 돌파구를 정확하게 설정하고 다른 사람보다 앞서 배치하고 먼저 계획을 수립해야 하며, 중요한 영역에서는 독보적인 우세를 만들어나가야 한다.

과학기술의 혁신과 그 성과를 결합시켜 나가야 하고, 혁신적 성과를 실질적인 발전 성과로 전환시켜 나가야만 종합적인 국력의 근본적 향상을 실현시킬 수 있는 것이다.

나라를 장차 흥하게 하고자 한다면, 반드시 스승을 귀하게
여기고, 계승하는 것을 중히 여겨야 한다.
스승을 귀히 여기고 계승하는 것을 중히 여기게 되면
(나라의) 법도가 존속하게 된다.

(國將興, 必貴師而重傳. 貴師而重傳, 則法度存)

출전 : 『순자·대략(荀子·大略)』

원문 : 國將興, 必貴師而重傳. 貴師而重傳, 則法度存. 國將衰,
必賤師而輕傳. 賤師而輕傳, 則人有快, 人有快而法度壞.[152]

　나라가 흥하게 하고자 한다면 반드시 스승을 귀히 여기고 계승을
중시해야 한다. 스승을 귀히 여기고 계승을 중시하게 되면 법도가 존
속하게 된다. 나라가 장차 쇠락하게 하고자 한다면 반드시 스승을 천
히 여기고 계승을 가볍게 여기게 된다. 스승을 천히 여기고 계승을
가벼이 여기게 되면 사람들이 쾌락을 즐기게 된다. 사람들이 쾌락을

---

152) 國(나라 국)/ 將(장수 장, 장차 장: 바야흐로, 장차)/ 興(흥할 흥)/ 必(반드시 필)/ 貴(귀할 귀:
귀하게 여기다, 중요시 하다)/ 師(스승 사)/ 而(말 이을 이: 접속사)/ 重(무거울 중: 중요시하다)/
傳(전할 전)/ 則(곧 즉, 법칙 칙)/ 法(법 법)/ 度(법도 도)/ 存(있을 존)/ 衰(쇠락할 쇠)/ 賤(천할
천: 하찮게 여기다)/ 輕(가벼울 경: 가볍게 여기다)/ 人(사람 인)/ 有(있을 유)/ 快(쾌할 쾌: 쾌락,
즐거움)/ 壞(무너질 괴)

즐기게 되면 법도가 무너지게 된다.

> 풀이 : 나라를 흥성하게 하고자 한다면 반드시 스승을 존경하고,
> 그 전문적 지혜(기술)의 계승을 중시해야 한다. 스승이 존
> 경받게 되면 국가의 법률제도를 존속시켜 나갈 수가 있다.

중국에서는 고대부터 스승을 존경하고 도를 중히 여겨 왔다. 고대
에 공자는 "대성지성선사(大成至聖先師)"로 추종되어 왔으며, "스승으
로서 만세의 표본(萬世師表)"로 칭송받아 왔다.

중화민족 5천년의 문명 발전사에서 영웅이 수도 없이 나타났으며,
큰 스승들이 많이 있었다. 이는 한 시대 한 시대마다 스승들의 근면
성실과 불가분의 관계가 있었다. 교육은 백성들의 종합적인 자질을
향상시켜주고, 사람의 전반적인 발전을 촉진케 하는 중요한 경로로,
민족 진흥, 사회 진보의 중요한 초석이다. 그러므로 중화민족의 위대
한 부흥을 위해서는 결정적인 의미를 지니는 사업이다.

오늘날 세계무대에서의 종합적인 국력 경쟁은 결국은 인재 경쟁이
라고 할 수 있다. 인재는 갈수록 사회경제의 발전을 추진하는 전략적
자원이 되고 있으며, 교육의 기초적이고 선도적이며 전면적인 역할과
작용은 더욱 두드러져 가고 있다.

"2개의 100년"이라는 분투 목표의 실현, 중화민족의 위대한 부흥이
라는 "중국의 꿈"의 실현은 결과적으로는 인재와 교육에 의지해야만
하는 것이다. 그렇기 때문에 우리는 마땅히 과거 어떤 때보다도 더욱

교육을 중요하게 여겨야 하고 스승을 존경해야 한다.

그럼으로써 끊임없이 인재 자원을 양성하여 격렬한 국제사회에서 중국의 경쟁력을 뒷받침하는 중요한 역량을 발휘하고, 후발주자로서의 우세한 점을 발휘해 나갈 수 있도록 해야 할 것이다.

백성들의 마음이 하나로
가지런한 나라가 강하다.

(民齊者强)

출전 : 『순자·의병(荀子·議兵)』

원문 : 好士者强, 不好士者弱. 愛民者强, 不愛民者弱. 政令信者强, 政令不信者弱, 民齊者强, 民不齊者弱. 賞重者强, 賞輕者弱, 刑威者强, 刑侮者弱, 械用兵革攻完便利者强, 械用兵革窳楛不便利者弱, 重用兵者强, 輕用兵者弱, 權出一者强, 權出二者弱, 是强弱之常也.[153]

　　선비를 좋아하는 나라는 강하고, 선비를 좋아하지 않는 나라는 약하다. 백성을 사랑하는 나라는 강하고, 백성을 사랑하지 않는 나라는 약하다. 정령에 신의가 있는 나라는 강하고, 정령에 신의가 없는 나라는 약하다. 백성의 마음이 하나로 가지런한 나라는 강하고, 백

---

153) 好(좋을 호, 좋아할 호: 좋아하다)/ 士(선비 사)/ 者(사람 자: 명사형 접미사, ~하는 사람, ~하는 것, 여기서는 "~하는 나라)/ 强(강할 강)/ 弱(약할 약)/ 愛(사랑 애)/ 民(백성 민)/ 政(정사 정)/ 令(영 령), 政令(정령: 정치적 명령, 법령)/ 信(믿을 신: 믿음, 신의)/ 齊(가지런할 제)/ 賞(상 상)/ 重(무거울 중: 중요시하다 중히 여기다)/ 輕(가벼울 경: 가벼이 여기다)/ 刑(형벌 형)/ 威(위엄 위: 위엄 있다)/ 侮(업신여길 모)/ 械(틀 기)/ 用(쓸 용)/ 兵(군사 병)/ 革(가죽 혁)/ 攻(칠 공)/ 完(완전할 완)/ 便(편리할 편)/ 利(이로울 이)/ 窳(삐뚤 유)/ 楛(거칠 고)/ 不(아닐 불)/ 權(권세 권)/ 出(나올 출)/ 是(이 시)/ 常(항상 상: 항상 그러하다. 변함없다.)/ 也(어조사 야)

성들의 마음이 가지런하지 못한 나라는 약하다. 상이 무거운 나라는 강하고, 상이 가벼운 나라는 약하다. 형벌이 위엄이 있는 나라는 강하고, 형벌을 업신여기는 나라는 약하다. 기계와 군사의 갑옷과 공격하는 무기가 완전하여 쓰기가 편리한 나라는 강하고, 기계와 군사의 갑옷과 무기가 삐뚤어지고 거칠어 쓰기가 불편한 나라는 약하다. 군대의 사용을 중히 여기는 나라는 강하고, 군대의 사용을 가벼이 여기는 나라는 약하다. 권력이 한 사람에게서 나오는 나라는 강하고, 권력이 두 사람에게서 나오는 나라는 약하다. 이처럼 강함과 약함은 항상 그렇게 해서 나타나는 법이다.

풀이 : 백성들의 마음이 가지런한 나라가 강한 나라이다.

전국 시기 순자는 "백성들의 마음이 하나로 가지런한 나라는 강하고, 백성들의 마음이 가지런하지 못한 나라는 약하다."고 하였다. 춘추시대 오(吳) 나라의 장군 손무(孫武)는 『손자병법(孫子兵法)』에서 "윗사람이나 아랫사람 모두 함께 바라는 바가 같아야 승리할 수 있다.(上下同欲者勝)"고 하였다. 이들이 모두 공통적으로 강조하고 있는 것은 사람의 마음이 하나로 합치되어야 하며, 이렇게 되어야만 비로소 국가가 강성해질 수 있고, 전쟁에서 이길 수 있다는 사실이다. 현재 중국이 추진하고 있는 '4개의 전면(四個全面)' 전략 구도 속에서 각각의 '전면'마다 모두 전쟁터라고 할 수 있다. 그러므로 전 국민 모두가 마음을 하나로 모아 협력해야만 비로소 그 목표를 실현할 수가 있다.

혁명전쟁 시기에 "위아래가 모두 바라는 승리"를 위해서는 규칙이 필요했다. 개혁을 전면적으로 심화시켜가고 있는 오늘날 전 당원의 힘을 모으고, 마음을 하나로 단결시키기 위해 굳은 결심이 필요하고, 또한 마찬가지로 규칙이 필요하다. 이 밖에 각각의 개혁은 중앙과 지방 모두가 충분히 발휘해야만 한다.

각 급의 간부들은 전면적인 개혁의 심화라는 이 전장을 제대로 이끌어 가기 위해서 학습과 실천을 강화해 나감으로써 사상적·정치적 능력을 향상시키고, 조직 동원 능력과 복잡한 모순의 통제능력을 향상시켜 나가야 한다. 또한 군건한 믿음과 결단력 있는 행동으로 과학적인 진보와 용기를 보여주어야 한다. 시시때때로 대중들을 위해 모범을 보이고 본보기가 되어 대중들이 함께 동참할 수 있도록 해야 하고, 국민들이 개혁에 뛰어드는 적극성과 능동성을 끊임없이 강화시켜 나가야 한다.

법이란 다스림의 시작이다.

(法者, 治之端也)

출전 :『순자·군도(荀子·君道)』

원문 : 法者, 治之端也, 君子者, 法之原也.[154]

법이란 다스림의 실마리이고, 군자란 법의 근원이다.

풀이 : 법이란 좋은 다스림의 시작이다.

'인치(人治)'와 '법치(法治)'는 종종 사람들이 어느 사회의 통치가 얼마나 완전한가, 현대화되어 있는가를 구분하는 중요한 기준이 되곤 한다. 중국역사에서 이와 관련된 많은 교훈들을 찾아 볼 수 있는데, 종종 법치의 상실이나 개인적 의지의 결여나 한계와 연결되어 있다. 그러므로 '4개의 전면'에서 전면적인 법치주의의 추진은 전면적인 샤오캉 사회(小康社會)의 건설, 전면적인 개혁 심화의 중요한 보장으로 일컬어지기도 한다. 마찬가지로 법치 능력과 법치시스템의 현대화 중

---

154) 法(법 법)/ 者(사람 자: ~라는 것은)/ 治(다스릴 치)/ 之(어조사 의: ~의)/ 端(끝 단: 실마리, 단서)/ 也(어조사 야)/ 君(임금 군)/ 子(아들 자)/ 君子(군자)/ 原(들판 원, 근원 원)

에서 법에 의한 국가 통치도 마찬가지로 매우 중요한 부분이기도 하다. 그렇다면 법이란 무엇인가? 규칙이고 제한이며, 계약이고 또한 공정함이기도 하다. 그 어떤 사람이나 조직도 법률 위에 군림할 수는 없다. 그것은 응당 사회 전체를 제약하는 공동의 기준이어야 한다.

마찬가지로 단순하게 법률의 많고 적음, 법률 조문의 완벽함 여부로 따지는 것 또한 법에 의한 통치의 전부가 아니다. 그것은 오히려 경직화된 미신으로 빠져버리는 것이다. 그 이유는 결국 법률은 사람들에 의해 펼쳐지는 것이기 때문이다. 그러므로 완벽한 법률체계 이외에 더 중요한 것은 반드시 법에는 근거가 있어야 하고, 또 법을 어겼을 땐 반드시 그에 대한 처벌이 따라야 한다는 점이다.

국민들에게 있어서 모든 안건의 사법적 공정성 여부는 한 국가의 법률시스템을 보고 느낄 수 있는 직접적인 근거이다. 그리고 손에 법의 집행권과 사법권을 쥐고 있는 사람이 얼마나 '바른 몸가짐'을 가지고 있느냐의 여부는 법치가 확실하게 보여줄 수 있는 근간이 되는 것이다.

그 시작은 미미하지만 그 끝은 장차 틀림없이 거대할 것이다.

(其作始也簡, 其將畢也必巨)

출전 : 전국시대 장자(莊子)의 『장자·인간세(莊子·人間世)』

원문 : 其作始也簡, 其將畢也必巨.[155]

그 시작은 미미하지만 그 끝은 장차 틀림없이 거대할 것이다.

풀이 : 현재의 어떤 일이나 현상의 시작은 간단하고 볼품없는 것에 불과하지만, 그러나 변화 발전의 과정을 거치면서 거대한 영향력을 발휘하고, 거대한 변화를 가져옴으로써 사회의 진보를 촉진하게 될 것이라는 말이다.

위대한 사건이라도 그 시작 단계에서는 통상 별 볼품이 없기 마련이지만, 그러나 모든 위대한 사건들은 전부 이러한 과정을 거치게 된다. 그 사례들은 아주 많다. 중국공산당은 1921년에 처음 탄생했지만

---

155) 其(그 기)/ 作(지을 작)/ 始(처음 시)/ 簡(간략할 간)/ 將(장차 장)/ 畢(마칠 필)/ 必(반드시 필)/ 巨(클 거)

이 공산당이 오늘날 세계 제2의 경제체를 이끌고 중화민족의 위대한 부흥이라는 「중국의 꿈」을 실현하기 위해 노력하게 될 줄은 아무도 예상하지 못했었다. 또한 과거 100여 년에 달하는 시간 동안 겪었던 이 모든 일들을 아무도 생각지도 못했던 것이다.

위대한 사업의 실천자들은 이처럼 "별 볼품이 없다"는 시선을 견뎌내는 인내심이 필요하고, 평범한 작은 일에서부터 시작하고 어려움을 이겨내는 정신으로 그 사업을 힘써 추진해나가는 것이 필요하다. 일체의 모든 고난과 도전에는 용기와 믿음을 가지고서 중국적 특색의 사회주의 사업을 새로운 단계로 끌어올려야 한다. 이러한 과정에서는 시종일관 현실에 대한 명확한 인식을 가지고 있어야 하며, 맑게 깨어 있는 머리로 현실의 도전에 대응해 나가야 하는 것이다.

옛 일을 잊지 않는 것이 뒤에
올 일의 스승이다.

(前事不忘, 後事之師)

출전 : 『전국책·조제일(戰國策·趙第一)』

원문 : 前事不忘, 後事之師.[156]

지난 일을 잊지 않는 것이 다가올 일의 스승이다.

풀이 : 과거의 경험과 교훈을 잊지 않고서 이후의 일에 본보기로
삼아야 한다.

우리는 "과거를 잊어버리는 것이 배반을 의미하는 것"이라고 말하
곤 한다. 역사 속에는 많은 경험이 담겨 있기도 하지만 많은 교훈도
담겨 있다. 그렇기 때문에 역사는 가장 훌륭한 스승인 것이다.

수 백년 동안 중국은 역사서를 편찬해 왔다. 상나라, 주나라 시절
에서부터 시작하여 조정에는 많은 사관이란 직책이 있어서 군주의
일거수일투족을, 말 한마디, 행동 하나 하나를 모두 기록해 왔다. 사

---

156) 前(앞 전)/ 事(일 사)/ 不(아닐 불)/ 忘(잊을 망)/ 後(뒤 후)/ 之(어조사 지)/ 師(스승 사)

관의 역할은 매우 초탈한 자세로 항상 꺾이지 않는 붓을 들고 직언을 기록하며, 강직하여 아부할 줄을 몰라야 했다. 그렇기 때문에 그들이 역사기록을 책임질 수 있었던 것이다.

새로운 시대가 열리고 역사의 무대에 오르면 정치가 안정이 되길 기다린 후 모두 그 전대의 역사를 정리하면서 역사서를 편찬하였다. 그 목적은 학술적인 연구뿐만이 아니라 눈앞의 국가 통치를 위한 본보기로 삼기 위한 것이었다. 그러한 역사의 집대성이 바로 『자치통감(資治通鑑)』으로, 이른바 "옛 일을 본보기로 삼아 치국의 도리에 활용한다(鑒於往事, 有資於治道)"는 것이다. 그러므로 역사는 중국인의 세계에 대한 사유를 이해하는 열쇠라고 할 수 있는 것이다.

회하 북쪽에서 자라게 되면 탱자가 된다.

(橘生淮南則爲橘, 生於淮北則爲枳)

출전 :『안자춘추·잡하지십(晏子春秋·雜下之十)』

원문 : 晏子將至楚, 楚聞之, 謂左右曰:"晏嬰, 齊之習辭者也. 今方來, 吾欲辱之, 何以也?"左右對曰:"爲其來也, 臣請縛一人, 過王而行, 王曰:'何爲者也?'對曰:'齊人也.'王曰:'何坐?'曰:'坐盜.'"晏子至, 楚王賜晏子酒, 酒酣, 吏二縛一人詣王. 王曰:"縛者曷爲者也?"對曰:"齊人也, 坐盜."王視晏子曰:"齊人固善盜乎?"晏子避席對曰:"聞之橘生淮南則爲橘, 生于淮北則爲枳, 葉徒相似, 其實味不同. 所以然者何? 水土異也. 今民生長于齊, 不盜, 入楚則盜, 得無楚之水土, 使民

善盜耶?" 王笑曰: "聖人非所與熙也, 寡人反取病焉."[157]

    안자(안영)가 장차 초나라에 가려고 하니, 초나라에서 이 소식을 듣고서는 좌우 신하들에게 말하길, "안영은 제나라의 달변가이다. 바야흐로 우리나라에 오려고 하니, (내가) 그를 모욕주려고 하는데, 어찌해야 하는가?"라고 하였다. 좌우에서 신하들이 말하길, "오게 되면 신이 한 사람을 묶어서 왕 앞을 지나쳐 갈 것입니다. 그때 왕께서는 '어떤 사람인가?'하고 물으시면, 제가 '제나라 사람입니다.'하고 대답하겠습니다. 다시 왕께서 '무엇 때문에 죄를 받느냐?'라고 물으시면, 제가 '도적질을 하여 죄를 문초(問招)하려고 합니다.'라고 대답하겠습니다."라고 하였다. 드디어 안자가 당도하자 초나라 왕이 안영에게 술

<hr>

157) 晏子(안자: 이름은 영嬰으로, 춘추시대 제나라의 재상)/ 將(장차 장)/ 至(이를지)/ 楚(나라이름 초)/ 聞(들을 문)/ 之(그 지, 어조사 지: 지시대명사, 그, 그것)/ 謂(말할 위)/ 左(왼 좌)/ 右(오른 우)/曰(말씀 왈): 嬰(갓난아기 영)/ 齊(가지런할 제, 나라이름)/ 習(익힐 습: 익숙하다, 능하다)/ 辭(말씀 사)/ 今(이제 금)/ 方(바야흐로 방)/ 來(올 래)/ 吾(나 오)/ 欲(하고자할 욕, 바랄 욕: ~을 하고자 하다, ~을 하길 희망하다)/ 辱(욕되게 할 욕)/ 之(그 지:지시 대명사, 그 사람), 何(어찌 하: 의문사, 어떻게, 무엇)/ 以(로써 이)/ 何以(하이: 어찌할까?)/ 對(마주할 대, 대답할 대)/ 爲(할 위)/ 其(그 기)/ 來(래)/ 臣(신하 신)/ 請(청할 청)/ 縛(묶을 박)/ 過(지나칠 과)/ 王(임금 왕)/ 行(갈 행)/ 坐(앉을 좌: 죄를 받다, 연좌되다)/ 盜(도적 도)/ 賜(줄 사: 하사하다)/ 酒(술 주)/ 酣(즐길 감: 취하다, 무르익다 흥취가 오르다)/ 吏(벼슬아치 리)/ 詣(이를 예)/ 曷(어찌 갈)/ 視(볼 시)/ 固(굳을 고: 처음부터, 본대, 원래)/ 善(착할 선: ~을 잘하다)/ 乎(어조사 호: 의문을 나타내는 어기조사)/ 避(피할 피)/ 席(자리 석)/ 橘(귤나무 귤)/ 生(날 생)/ 淮(강이름 회: 회하)/ 南(남쪽 남)/ 則(곧 즉)/ 爲(할 위: ~이 되다)/ 北(북녘 북)/ 枳(탱자나무 지)/ 葉(잎 엽)/ 徒(무리 도)/ 相(서로 상)/ 似(같을 사)/ 實(열매 실)/ 味(맛미)/ 同(같을 동)/ 然(그러할 연)/ 水(물 수)/ 土(흙 토)/ 異(다를 이) 今(이제 금)/ 長(길 장, 어른 장, 자랄 장)/ 入(들 입)/ 得(얻을 득)/ 無(없을 무): 덕무(덕무: 어찌 ~이 아니겠는가?)/ 使(부릴 사: ~하도록 시키다, ~하게 하다)/ 耶(어조사 야)/ 笑(웃을 소)/ 聖(성스러울 성)/ 非(아닐 비)/ 與(더불어 여)/ 熙(빛날 희), 寡(적을 과)/ 寡人(과인: 자신을 낮추어 이르는 말)/ 反(꺼꾸로 반)/ 取(취할 취)/ 病(병 병: 손해, 책망)/ 焉(어조사 언)

을 하사하였고, 술기운 때문에 흥겨워 하게 되었다. 이 때 관리 두 사람이 한 사람을 묶어 왕 앞에 이르자, 왕이 "묶인 자는 어떤 자이냐?"라고 묻자, "제나라 사람인데 도적질을 하여 죄를 문초하려고 끌고 가는 것입니다."라고 대답하였다. 왕이 안영을 보고 "제나라 사람들은 원래부터 도덕질을 잘 하는가?"하고 묻자, 안영이 자리를 피하며 대답하길, "제가 듣기로 귤이 회하 남쪽에서 자라면 귤이 되지만, 회하 북쪽에서 자라게 되면 탱자가 된다고 합니다. 그 잎사귀는 모두 비슷하나, 그 과일의 맛은 다릅니다. 어째서 그럴까요? 물과 토양이 다르기 때문입니다. 지금 백성이 제나라에서 자랄 때는 도적질을 하지 않았는데, 초나라에 들어와서는 도적이 되었으니, 초나라의 물과 흙이 나빠 백성들로 하여금 도적질을 하게 한 것이 아니겠습니까?"라고 하였다. 그러자 왕이 웃으며 말하길, "성인에게 희롱을 해선 안 된다고 하더니, 이를 어겨 과인이 도리어 창피를 당하고 말았구려!"라고 하였다.

> 풀이 : 귤나무가 회하 이남에서 자라게 되면 귤이 되지만, 회하 이북에서 자라게 되면 탱자나무가 되고 만다.

영국은 입헌군주제를 처음 시행하여 지금까지도 유지해 오고 있다. 영국 여왕(국왕)이나, 왕자 등은 모두 국가의 상징이 되었고, 국가의 이미지에 매우 중요한 요소로 자리 잡고 있다. 오늘날 영국 사람들의 후손들은 신대륙 미국으로 이주하여 여러 민족과 종족들이 함께 미

국을 세웠고, 민주공화제라는 영국과는 다른 제도를 만들었다. 군주
입헌제가 미국에 옮겨졌다면 어떻게 되었을 지를 생각해보자. "귤나
무가 회하 남쪽에서 자라면 귤나무가 되고, 회하 북쪽에서 자라게 되
면 탱자나무가 되고 만다."고 하였다. 영국에 적합한 이 제도가 미국
이란 땅에 오면, 그 풍토가 달라질 것이다. 미국에는 영국의 제도가
이어지지 못했고, 오히려 끊임없이 자신들의 제도와 가치관이 밖으로
전해져 나가길 기대하고 있다. 이 자체는 일종의 역설이다.

중국은 강한 포용력을 가지고 있어서 외국의 정치 문명의 유익한
성과들을 본보기로 받아들이는데 능하다. 그러나 절대로 중국적 정
치제도의 근본을 포기하지는 않을 것이다. 역사적으로 그 어떤 국가
도 56개의 민족, 13억이 넘는 인구를 성공적으로 통치해 본 경험을
가지고 있지 않다. 우리에게는 모방할 수 있는 경험도 없으며, 그 어
떤 나라도 우리에게 손짓 발짓을 하면서 이렇게 저렇게 하라고 지시
할 권한도 없다. 다만 중국적 토양에 뿌리를 내리고서 충분한 영양
분을 섭취해 온 제도인 중국 특색의 사회주의만이 가장 믿을 만하고
가장 유용한 것임을 알아야 한다.

중국이 "중국 특색의 사회주의 노선에 대한 자신감"을 강조 하고
있는 것도 바로 이러한 이유에서 이다.

여럿이 힘을 합치면 이기지 못할 일이 없고,
뭇 사람의 지혜를 모으면 이루지 못할 일이 없다.

(積力之所擧, 則無不勝也. 衆智之所爲, 則無不成也)

출전 : 서한(西漢) 시기 유안(劉安)의 『회남자·주술훈(淮南子·主術訓)』[158]

원문 : 君人者不下廟堂之上, 而知四海之外者, 因物以識物, 因人以知人也. 故積力之所擧, 則無不勝也. 衆智之所爲, 則無不成也.[159]

군주가 묘당 위에 있으면서 아래로 내려오지 않고서도 사해 밖의 일까지 알 수 있는 것은, 사물로 인하여 사물을 알고, 사람으로 인하여 사람을 알게 되기 때문이다. 그런 까닭에 힘을 모아 일을 거행하게 되면 이기지 못할 일이 없고, 뭇 사람들의 지혜를 모아 행하게 되

---

158) 『회남자』는 서한 시기 황족 출신인 회남왕(淮南王) 유안(劉安)과 그 식객들이 집단으로 편찬한 철학 저서로, 이 책은 기본적으로 선진시기 도가 사상을 계승하고 있지만, 음양가, 묵가, 법가, 그리고 일부 유가 사상이 뒤섞여 있다. 그러나 그 핵심은 도가사상이라고 할 수 있다. 『회남자』는 원래는 내편 21권, 중편 8권, 외편 33권으로 되어 있었으나, 지금은 내편만이 전한다.

159) 君(임금 군)/ 人(사람 인)/ 者(사람 자: ~하는 사람, ~하는 자)/ 不(아닐 불)/ 下(아래 하: 아래로 내려오다)/ 廟(사당 묘)/ 堂(집 당)/ 之(어조사 지: ~의)/ 上(위 상), 而(말이을 이: 접속사, 그러나)/ 知(알 지)/ 四海(사해: 온 세상)/ 外(바깥 외)/ 者(사람 자: ~하는 것은)/ 因(인할 인)/ 物(사물 물)/ 以(로써 이)/ 識(알 식)/ 故(까닭 고: 접속사, 그러므로 그렇기 때문에)/ 積(쌓을 적)/ 力(힘 력)/ 所(바 소: ~하는 바)/ 擧(들 거)/ 則(곧 즉)/ 無(없을 무)/ 不(아닐 불): 無不(무불: ~하지 못하는 것이 없다)/ 勝(이길 승)/ 衆(무리 중)/ 智(지혜 지)/ 爲(할 위)/ 成(이룰 성)

면 이루지 못할 일이 없는 것이다.

> 풀이 : 모든 힘을 모아서 행동하게 되면 이기지 못할 일이 없고 많
> 은 사람들의 지혜를 모아서 일을 도모하게 되면 성공하지
> 못할 일이 없다.

사실, 이 말은 간단하게는 단결된 힘의 위대함으로 이해할 수 있을
것이다. 이 단결력은 두 가지 측면으로 나누어 볼 수 있다. 첫 번째는
체력적인 면이고, 두 번째는 두뇌의 힘이다. 그것이 '힘'이든 '지혜'든
간에 모두 하나로 모으게 되면 큰일을 성공시킬 수 있다는 말이다.
경영의 측면에서 볼 때 이것을 완수하기 위해서는 다음의 두 가지를
반드시 실행해야 한다. 첫째는 모든 사람들의 지혜와 힘을 이끌어내
야 한다는 것이다. 둘째는 이러한 지혜와 힘을 하나로 뭉치게 해야
한다는 것이다. 이것이 바로 깊이 있게 연구해 볼만한 충분한 가치가
있는 학문인 것이다. 이것은 크게는 국가 경영에서 부터 작게는 기업
이나 가정의 관리에 이르기까지 모두 진지하게 연구해 보고 적절하게
해결해 나가야 할 충분한 가치가 있는 것이다.

현명한 사람은 시대에 맞춰 변화하고,
지혜로운 사람은 사물(의 변화)을 따라서 방법을 결정한다.

(明者因時而變, 知者隨事而制)

출전 : 한나라 때 항관(恒寬)의 『염철론(鹽鐵論)』

원문 : 明者因時而變, 知者隨世而制. 孔子曰: "麻冕, 禮也, 今也純, 儉,

吾從衆." 故聖人上賢不離古, 順俗而不偏宜.[160]

　현명한 사람은 때에 맞춰(책략을) 변화시키고, 지혜로운 사람은 세
상을 따라서(책략을) 정한다. 공자께서는 "삼베로 면류관을 만드는 것
이(본래의) 예인데, 지금은 생사로 만드니 검소하므로 나는 뭇 사람
들을 따르겠다."고 말씀하셨다. 그런 까닭에 성인이나 상현은 옛 것을
떠나지 않으니, 풍속에 순응하면서도 시의에 치우치지 않았다.

　풀이 : 총명한 사람은 시기의 다름으로 인해 자신의 책략이나 방

---

160) 明(밝을 명)/ 者(사람 자)/ 因(인할 인)/ 時(때 시)/ 而(말이을 이)/ 變(변할 변)/ 知(알지)/ 隨
　　(따를 수)/ 世(세상 세)/ 制(만들 제)/ 麻(삼 마)/ 冕(면류관 면)/ 禮(예의 예)/ 今(이제 금)/ 純
　　(생사 순)/ 儉(검소할 검)/ 吾(나 오)/ 從(따를 종)/ 衆(무리 중)/ 故(까닭 고)/ 聖(성스러울 성)/
　　賢(어질 현)/ 不(아닐 불)/ 離(떠날 리)/ 古(옛 고)/ 順(순할 순: 순응하다)/ 俗(풍속 속)/ 偏(치
　　우칠 편)/ 宜(마땅할 의: 여기서는 '時宜'를 말함)

법을 바꾸며, 지혜로운 사람은 사물의 발전방향이 달라짐으로 그에 상응하는 관리방법을 제정한다.

이 내용은 그 타깃성이 매우 강한데, 바로 국가나 사회의 관리자들이 정책을 결정하거나 제정할 때 무엇에 근거해야 하느냐 하는 것이다. "현명한 사람(明者)"과 "지혜로운 사람(知者, 즉 智者)"이 가리키는 것은 현명하게 정책을 결정하는 사람이다. 즉 우리가 오늘날 말하는 각 분야의 지도자급 간부를 말하는 것이다. 각각의 개혁사업에서 그들은 "핵심적 소수"이다. 그들의 과감한 역할 분담과 과학적인 정책결정은 성공의 중요한 전제조건이다. 그들이 옛 것을 답습하며 진취성이 결여될 때 우리는 노력에 걸 맞는 성공을 거두지 못할 것이다. '시기(時)'와 '세상(世)'이 가리키는 것은 시세와 세상의 상황, 즉 정책 결정의 근거이다. 다시 말하면 우리가 말하는 '실사구시(實事求是)', "시대와 함께 나아간다.(與時俱進)" 것이 바로 그것이다. 마찬가지로 혁신을 부르짖는 오늘날 우리는 반드시 실사구시만이 진정한 혁신을 이룰 수 있음을 분명하게 인식해야 한다. "생활은 늘 옛 것을 답습하거나 현재 상황에 만족하지 않으며, 기다리거나 현실에 안주하며 앉아서 그 성공을 기다리지 않는다. 과감하게 혁신해 나가는 사람들에게만 더 많은 기회가 주어진다." 실사구시와 혁신을 실천으로 통일시켜 진리를 추구하고 실효성을 강조할 때에만 비로소 혁신의 성과를 개척해 나갈 수 있는 것이다.

나라를 다스리는 사람은 국민이 부유해지는
것을 근본으로 삼는다.

(爲國者以富民爲本)

출전 : 동한(東漢) 시기 왕부(王符)의 『잠부론·무본(潛夫論·務本)』[161]

원문 : 爲國者, 以富民爲本, 以正學爲基.[162]

　나라를 다스리는 사람은 국민이 부유해지는 것을 근본으로 삼고,
바른 배움을 기초로 삼는다.

---

161) 왕부(王符, 85~162)는 자가 절신(節信)으로, 안정(安定) 임경(臨涇) (지금의 간수성 전위안현
鎭原縣) 사람으로, 동한시기의 정치가이자 문학가, 진보사상가이며, 무신론자이다. 왕부는 일
생동안 은거하며 저술에 힘썼으며, 근검절약하며 사치를 경계하고 시대와 정치의 득실을 비판
하였다. "자신의 이름이 드러나는 것을 원하지 않아" 자신이 지은 책의 이름을 『잠부론(潛夫
論)』으로 하였다. 『잠부론』은 모두 36편으로 대부분은 치국안민(治國安民)의 책략을 토론하
는 정론 문장이며, 소수의 글들이 철학문제를 다루고 있다. 책 전체는 동산 후기의 정치 사회에
대해 날카로운 비판을 제기하였으며, 정치, 경제, 사회 풍속 등 여러 방면에 걸쳐 그 본말이 전
도되고 명(名)과 실(實)이 어긋난 어두운 현실을 지적하며, 이러한 것들이 바로 '말세의 징조'
라고 지적하였으며, 경전을 근거로 역사적 교훈을 통해 당시의 통치자들에게 경고하고 있다.
왕부는 사회의 어둠과 혼란의 근원을 통치자의 혼탁함에서 찾았으며, 난세에 대한 평정의 희망
을 밝은 군주와 현명한 신하에게 기탁하고 있다. 『잠부론』이라는 이 책은 아주 오래된 책으로,
역사와 함께 부침을 겪으면서 문장이 어색하고 오탈자나 누락된 부분이 상당히 많아 주석가
들이 자신의 주장만을 고집하고 있어 일부 문장의 의미는 지금까지도 명확하지 않은 것이 많
다.
162) 爲(위할 위)/ 國(나라 국)/ 以(로써 이: 以A爲 B-A를 B로 삼다, 여기다)/ 富(부유할 부)/ 民(백
성민)/ 本(근본 본)/ 正(바를 정)/ 學(배울 학)/ 基(터 기: 기초)

풀이 : 나라를 다스리는 사람은 국민이 부유해지는 것을 근본으로 삼는다.

'획득감(獲得感)'은 지금 중국의 핫 키워드이다. 중국의 모든 개혁은 대중의 '획득감'을 그 중요한 방향으로 삼고 있다. "나라를 다스리는 사람은 국민이 부유해지는 것을 근본으로 삼는다."는 말에서 국민을 부유하게 한다는 말은 물질적인 부유함뿐만이 아니라 사람들의 행복도 포함되어 있다. 이와 관련하여 치리(治理)와 관계있는 단어들로는 "맞춤형 빈민구제"를 들 수 있다. 계획에 따르면, 2020년까지 중국은 전면적으로 샤오캉사회의 건설을 완성하게 된다.

이를 위해 2015년 11월 중국공산당 중앙 빈민구제개발 공작회의에서 중앙정부는 빈민구제 개발의 '군령장(軍令狀)'을 제출하고 "각 계 각 층에서 빈곤퇴치 서약서를 체결하고, 군령장을 쓸 것"을 제기하였다. 빈곤탈출은 예나 지금이나, 동양이든 서양이든 모두 국가의 통치와 안정을 위한 중대한 일이다. "세상의 안정과 혼란은 한 성씨의 흥망에 있는 것이 아니라, 만 백성의 근심과 즐거움에 있는 것이다.(天下之治亂, 不在一姓之興亡, 而在萬民之憂樂)" 빈곤 퇴치는 전면적인 샤오캉이 예정대로 실행될 수 있는지 그 여부와 관계되어 있으며, 이것은 중국의 국가적 중대사이다.

발이 추우면 마음이 다치게 되고,
국민이 추우면 나라가 다치게 된다.

(足寒傷心, 民寒傷國)

出典 : 동한 시기 순열(荀悅)의 『신감(申鑒)』¹⁶³

원문 : 『申鑒』 "足寒傷心, 民寒傷國."¹⁶⁴

『신감』에 이르길 "발이 추우면 마음이 다치게 되고, 백성이 추우면
나라가 다치게 된다"고 하였다.

---

163) 순열(荀悅, 148~209)은 자가 중예(仲豫)로, 동한 말기의 정치가이자 역사학자이다. 어려서부
터 총명하고 공부를 좋아했는데, 집안이 가난하여 책이 없었기 때문에 책을 읽기만 하면 모
두 외웠고, 눈으로 본 것은 까먹지 않았다. 한나라 영제(靈帝) 때 환관이 전권을 휘두르자 순
열은 은둔하고서 관직에 나가지 않았다. 헌제(獻帝) 때는 조조의 부름을 받고서 황문시랑(黃
門侍郎)이란 직책을 맡기도 했으며, 관직이 비서감(秘書監), 시중(侍中)에까지 오르기도 하였
다. 『신감(申鑒)』은 순열의 정치 철학 논저이다. 『후한서』 본전에서는 순열이 일심으로 한 헌제
를 보필하고자 하였으나, 조조의 정권 장악으로 "도모함이 아무 소용이 없어, 이에 『신감』을 지
었다.(謀無所用, 乃作)『申鑒』"고 하였으니, 그 의미는 역사적 경험들을 거듭 천명함으로써
황제에게 거울로 삼게 하고자 했던 것이다. 책 전체는 「정체(政體)」, 「시사(時事)」, 「속혐(俗嫌)」,
「잡언(雜言)」 등의 총 5편으로 구성되어 있다. 책 전체에서 참위(讖緯)와 부서(符瑞)에 대해
비판하면서, 토지의 겸병을 반대하면서 위정자는 농업을 일으켜 그 본성을 기르게 해야 한다
고 주장하였다. 또 악을 심판하여 그 풍속을 바로잡고, 문교(文敎)를 베풀어 그 교화를 밝히
고 군대를 세워 그 위엄을 지키고, 상과 벌을 분명하게 하여 그 법을 통일할 것을 주장하였는
데, 이러한 것들은 그의 사회 정치 사상을 잘 보여준다.
164) 申(거듭 신: 되풀이하다, 거듭하다)/ 鑒(거울 감)/ 足(발 족)/ 寒(찰 한)/ 傷(상처 상)/ 心(마음
심)/ 民(백성 민)/ 國(나라 국)."

풀이 : 발이 추우면 심장이 다치게 되고, 백성이 곤궁하게 되면 국가가 손해를 입게 된다.

어떤 국가의 국민이든 모두가 국가의 기초이며, 국민의 감정이 상처를 입게 되면, 국가에 대한 실망이 심해지게 되어 정권을 뒤집고 싶은 생각이 생겨나게 된다는 말이다. 이러한 국가는 안정을 구가할 수 없다. 중국공산당은 역대로 대중적 기초를 매우 중요시해 왔는데, 대중은 중국공산당 집권의 기초인 것이다. 중국인민정부의 수립 역시도 중국의 항일전쟁과 해방전쟁 승리의 기초 위에서 이루어졌는데, 대중을 동원하는 것이 매우 중요한 요소였다.

구체적으로 어떤 회사의 관리에 있어서 일반 사원의 '감수성' 역시 매우 중요하다. 한 사람 한 사람의 보통 직원들이 회사의 여러 사업 목표를 완성시켜줌으로써 회사의 성공을 이끌어가기 때문이다. 만약 직원들이 회사에 대해 차가운 마음을 가지고 있다면 사람들이 일에 집중을 하지 못하거나 이직을 하고 말 것이다. 어떤 경우든 경제적 손실과 또 경제로 평가할 수 없는 크나큰 손실을 회사에 안겨다 주게 될 것이다.

법령이 행해지면 나라가 태평하고,
법령이 해이해지면 나라가 혼란스러워진다.

(法令行則國治, 法令弛則國亂)

출전 : 한 나라 왕부의 『잠부론·술사(潛夫論·述赦)』

원문 : 國無常治, 又無常亂, 法令行則國治, 法令弛則國亂.[165]

나라가 항상 태평할 수 없으며 또한 항상 어지러울 수는 없다. 법령이 잘 시행이 되면 나라는 태평할 것이고, 법령이 해이해지면 나라는 혼란해지게 된다.

풀이 : 법령이 잘 집행이 되면 국가는 안정을 누릴 것이고, 법령이 문란해지면 그 나라에는 곧 혼란이 나타나게 될 것이다.

"법령이 잘 시행되면 나라가 평안할 것이고, 법령이 해이해 지면 나라가 혼란해질 것이다"라는 이 문장에서 '행(行)'은 곧 '실시(實施)'의 의

---

165) 國(나라 국)/ 無(없을 무)/ 常(항상 상)/ 治(다스릴 치: 안정)/ 又(또 우)/ 亂(어지러울 란: 혼란)/ 法(법 법)/ 令(명령 령)/ 行(행할 행: 시행하다, 시행되다)/則(곧 즉)/ 弛(느슨할 이: 해이해지다, 느슨해지다)

미이다. 전면적인 법치의 관건 중의 하나는 '법률의 시행'에 있다. 법률의 생명력과 권위성은 모두 그 시행에 근원하고 있으며 또 유지되어지는 것이다. 한편으로는 국가의 각 행정 기관, 사법기관, 감찰기관들은 법률 시행의 중요한 주체로써 반드시 법률 시행의 법률적 직책을 책임져야 한다. 법이 있어도 따르지 않거나 법의 집행이 엄밀하지 않거나 또 위법 행위에 대해 추궁하지 않는 현상들을 단호하게 고쳐나가야 하며, 권력으로 사적 이익을 꾀하거나 권력으로 법을 억누르고 사사로운 인정으로 법을 어기는 문제 등을 단호하게 응징하여 대중의 합법적 권익을 침범하는 행위를 엄정히 금지시켜야 한다.

다른 한편으로는 각급 간부들이 자각적으로 법률 시행의 방해자가 아니라 추진자가 되어야 하며, 각급 행정기관은 반드시 법이 정해준 해야 할 일만 하고, 법이 부여하지 않은 행위는 해서는 안 되며, 그 어떤 조직이나 개인의 법률을 초월한 특권을 허용해서도 안 된다. 어떤 사람이든 국가의 법률 위에 군림하거나 사적 감정으로 법을 어겨서는 안 되며, 어떤 사람도 사법적 권력을 사적으로 남용하여 사사로운 이익을 취하거나 사욕을 충족시켜서는 안 되는 것이다.

공은 재주로 이루어지고,
대업은 재주로 말미암아 넓어진다.

(功以才成, 業由才廣)

출전 : 서진(西晉) 시기 진수(陳壽)의 『삼국지·촉서구(三國志·蜀書九)』

원문 : 今方掃除强賊, 混一區夏, 功以才成, 業由才廣, 若舍此不任,
防其後患, 是猶備有風波而逆廢舟楫, 非長計也.[166]

작금에 바야흐로 강한 도적떼를 쓸어 없애고 중국을 하나로 통일
하는데 있어서 공적은 재주로 인해 이루어지고, 대업은 재주로 말미
암아 넓어지는 것이니, 만약에 이를 버리고 맡기지 않으면 그 후환을
방비해야 할 것이니, 이는 마치 풍파를 막으려다 거꾸로 배의 노를 버
리는 것과 같으니 좋은 계책이 아니다.

---

166) 今(이제 금)/ 方(바야흐로 방)/ 掃(쓸 소)/ 除(덜 제: 없애다)/ 强(강할 강)/ 賊(도적 적)/ 混(섞
을 혼)/ 一(한 일)/ 區(구분할 구)/ 夏(여름 하: 여기서는 중국을 말함)/ 功(공 공)/ 以(로써 이)/
才(재주 재)/ 成(이룰 성)/ 業(일 업)/ 由(말미암을 유: 비롯하다)/ 廣(넓을 광)/ 若(같을 약: 만
약)/ 舍(집 사, 버릴 사)/ 此(이 차)/ 不(아닐 불)/ 任(맡길 임)/ 防(지킬 방)/ 其(그 기)/ 後(뒤
후)/ 患(근심 환)/ 是(이 시)/ 猶(같을 유)/ 備(갖출 비)/ 有(있을 유)/ 風(바람 풍)/ 波(물결 파)/
而(말이을 이)/ 逆(거꾸로 역)/ 廢(폐할 폐)/ 舟(배 주)/ 楫(노 즙)/ 非(아닐 비)/ 長(길 장)/ 計
(계책 계)/ 也(어조사 야)

풀이 : 공적은 인재에 의지하여 이루어지고, 대업은 재능으로 말미
암아 널리 펼쳐지게 된다.

어느 한 나라가 발전하고자 하면서 그 일을 맡아 실천할 사람이 없
다면, 그것은 헛된 공상에 불과하다. 인재의 우세가 없으면 혁신의
우세, 과학기술의 우세, 산업의 우세가 있을 수 없음을 알아야 한다.
그렇기 때문에 어떻게 인재를 합리적으로 운용할 것인가 하는 것은
그 국가 통치자의 능력을 시험하는 잣대가 된다.

한 나라를 안정적으로 통치하기 위해서는 응당 인재를 모으는 정
책을 펼쳐야 한다. 그리고 인재를 양성할 때는 그 인재를 알아볼 수
있는 안목이 있어야 하고, 인재를 기용할 수 있는 대담성이 있어야
하며, 인재를 포용할 수 있는 넓은 아량을 가지고 있어야 하며, 인재
를 불러 모을 수 있는 좋은 방법을 가지고 있어야 한다. 인재를 끌어
모으고 인재가 자신들의 역할을 발휘하게 하는 시스템을 갖추고 인
재가 자신의 재능을 다 펼칠 수 있는 정책적 환경을 만들어 나가야
한다. 지금은 인재의 역할을 제대로 발휘하게 해야 하며, 동시에 사
방의 인재들을 끌어 모아 천하의 영재를 선발하여 등용해야 한다.

이러한 조건을 만들기 위해서는 과학연구소나 고등교육기관과 같이
첨단 인재를 양성할 수 있는 곳들을 세워나가야 한다. 지식재산권에
대해 그 보호시스템을 강화해 나가기 위해 혁신 동력을 분발시켜야
한다. 인재의 창의적 지혜와 발맞추어 나갈 때 중국의 각 방면이 비
로소 발전과 번영을 이어갈 수 있는 것이다.

문장의 변화는 세상 인정에 감화를 받고,
그 성쇠는 시대의 동향에 매어 있다.
(文變染乎世情, 興廢繫乎時序)

출전 : 남조(南朝) 시기 양(梁)나라 유협(劉勰)의 『문심조룡·시서(文
心雕龍·時序)』[167]

원문 : 故知文變染乎世情, 興廢繫乎時序, 原始以要終, 雖百世可知也.[168]

그런 까닭에 문장의 변천은 세상 인정에 영향을 받고, 그 성쇠는
시대의 동향에 매어 있음을 알 수 있다. 근원적인 출발에서부터 끝을
요약해 보면, 비록 백 대가 지나도 가히 알 수가 있다.

---

167) 『문심조룡(文心雕龍)』은 중국의 남조 시기 문학이론가인 유협이 지은 저서로, 이론적 체계
와 구조가 매우 엄밀하고, 논술이 자세한 문학 이론 전문 저술이다. 501년~502년(남조 제나라
화제(和帝)의 중흥(中興) 원년 또는 2년) 사이에 편찬되었다. 이 책은 중국 문학이론 사에서
가장 엄밀한 체계를 갖춘 "체재가 방대하고 그 사유가 엄밀한" 문학이론 전문 저술이다. 자신
의 저서의 제목을 『문심조룡』으로 명명한 것은 유협이 도교 황로사상가인 환연(還淵)의 저서
『금심(琴心)』에서 따온 것이다.
168) 故(까닭 고)/ 知(알지)/ 文(글월 문: 여기서는 문장의 의미)/ 變(변할 변)/ 染(물들일 염)/ 乎(어
조사 호: ~에)/ 世(세상 세)/ 情(정 정)/ 興(흥할 흥)/ 廢(폐할 폐)/ 繫(맬 계)/ 時(때 시)/ 序(차
례 서)/ 原(근원 원)/ 始(비로소 시)/ 以(로써 이)/ 要(구할 요: 요약하다)/ 終(마칠 종)/ 雖(비록
수)/ 百(일백 백)/ 可(가히 가: 가히~할 수 있다)

풀이 : 문장의 변화는 시대적 정황의 감화를 받고, 서로 다른 문체의 성쇠는 시대의 성쇠와 연결되어 있다.

　중국 고대 문학 전통 중에서 '시교(詩教)'라 불리는 것이 있는데, '시'의 교화작용을 강조하는 말이다. 여기서 이른바 '시'란 사실은 문학을 말하는 것으로, 육경(六經) 중의 『시경(詩經)』을 지칭한다. '시교'는 또한 '풍교(風教)'로 일컬어지기도 하는데, 그 가운데 중요한 이론이 바로 문학과 사회, 국가 간의 관계이다. 이 이론에 따르면 사회적으로 풍속이 질박(質朴, 순진하고 꾸밈이 없는 것−역자 주)한 시대에는 그 시가나 문학의 형식 역시도 질박하고 윤리적 색채를 띤 '풍(風)', '아(雅)', '(頌)'이 유행하였다. 그러나 사회가 혼란스러워지고 나라가 망해가고, 조정의 기강이 무너진 시기에는 음탕한 '정성(鄭聲)'[169]이 출현하였고, 또한 '변풍(變風)'[170] 또는 '변아(變雅)'[171] 등이 출현하였다. 시인은 이처럼 명확하게 드러나지 않는 형식으로 위정자들에게 충고한다. 시교 이론과 그 변체(變體)는 중국 전통문학에서 매우 중요한 유파이자, 항상 주류적 지위를 차지하고 있던 유파였다. 훗날 이른바 "문이재도(文以載道 : 문장으로 도를 담는다)", "문장은 시대와 합쳐져서 드러나게 된다.(文章合爲時而著)"는 등의 주장으로 발전하였다. 유협

---

169) 정성 : 중국 정(鄭)나라의 가요가 음탕한 데서 온 말로, 음란한 소리와 음악의 가락을 비유적으로 이르는 말.
170) 변풍 : 정치의 잘못을 풍자하는 작품을 변풍이라 하는데, 이 때문에 변풍이라는 개념은 시가가 사회 현실을 반영한다는 데 근거를 두고 과거에 문인들이 빈번하게 사용했다.
171) 변아 : 쇠퇴한 시대의 시가.

의 『문심조룡』에 나와 있는 이 문장은 이와 유사한 사고를 잘 보여주고 있다. 사람들은 항상 '궁체'와 '육조체'를 무시하곤 하는데, 음탕하고 유미하고 화려한 풍격은 그 당시 유약하고 안정에 치우쳤던 시대를 반영한 것이다. 성당기상(盛唐氣像)의 시대에 변색된 시가 나타나는 것은 일종의 영웅적 기개라는 시대정신을 대표하는 것이다. 동시에 시대가 설 다른 문학적 풍격을 잉태하게 되고, 문학적 풍격 역시도 반대로 은연중에 시대 심리에 감화하게 되는 것이다.

오늘날의 사회에 있어서 이러한 관점은 아직도 그 어떤 역할을 하고 있는 것일까? 사실 문학이나 문학작품의 사회적 분위기나 심리적이고 도덕적인 묘사와 교화적 역할이 바로 그것이다. 우리는 항상 "좋은 책은 펼치기만 해도 유익하다."고 말하곤 한다. 그러나 전제조건은 좋은 책, 좋은 작품으로 하여금 널리 알려지고 전파시키는 것이다. 오늘날이라고 해서 이러한 '교화'가 완전히 경직되어버리거나 혼자서만 떠드는 것이 되어버린 것은 아니다. 때로는 매우 보기 좋고, 큰 환영을 받기도 한다. 이러한 측면에서 미국이나 한국, 유럽의 영화 작품들과 음악, 문학의 해외 전파는 모두 우리가 배워야할 점이기도 하다.

큰 근심은 임금의 성덕을 열어주고,
많은 어려움은 나라를 흥하게 한다.

(殷憂啓聖, 多難興邦)

출전 : 진나라 유곤(劉昆)의 「권진표(勸進表)」

원문 : 或多難以固邦國, 或殷憂以啟聖明[172]

많은 어려움은 나라를 굳건하게 해주며, 큰 근심 걱정은 성군의 밝음을 열어준다.

풀이 : "다난흥방(多難興邦)"은 많은 재난이 종종 백성들이 정신을 가다듬어 나라를 잘 다스릴 방법을 강구하게 하여 전화위복이 되게 함으로써 국가의 부흥과 강성을 안겨주게 된다는 말이다. "은우계성(殷憂啟聖)"은 사람들에게 있어서 평범한 일에 대해 심사숙고하고, 반복적으로 헤아려보고, 시종일관 이러한 위기의식을 유지케 함으로써 지혜와 잠재능력

---

172) 或(혹 혹)/ 多(많을 다)/ 難(어려울 난: 재난)/ 以(로써 이)/ 固(굳을 고: 군건하게 하다, 튼튼하게 하다.)/ 邦(나라 방)/ 國(나라 국)/ 殷(성할 은: 왕성하다, 크다, 격렬하다)/ 憂(근심 우)/ 啟(열 계)/ 聖(성인 성: 성인, 임금, 천자의 존칭)/ 明(밝을 명)

을 끊임없이 자극하여 대업을 이루게 하고, '성인'이 될 수 있게 한다는 말이다.

증국번(曾國藩)은 국가통치와 관련된 격언에서 "한 사람의 실패는 편안함이라는 이 글자와 떨어져 생각할 수 없다.(人敗離不得個逸字)"라고 하였다. 사람에게 항상 마음에 두고 있는 어떤 정신이 없다면 쉽게 무너지고 말 것이며, 투지 또한 쉽게 사라지고 말 것이다. 왜냐하면 편안한 것만 좋아하고 일하기를 싫어하는 것이 인간의 본성이기 때문이다. 지금까지도 좋은 환경이 인재를 만드는 것인지, 아니면 나쁜 환경을 이겨내는 것이 인재를 만드는 것인지에 대해 논란이 끊이지 않고 있다. 이 두 가지 환경은 한 사람이 한 평생 동안 모두 만나게 된다. 좋은 환경일 때는 순풍에 돛 단 듯이 나아가지만, 환경이 나빠지면 와신상담(臥薪嘗膽)하며 바늘로 찌르는 듯한 고통을 이겨내야한다. 한 사람이 인재가 되고 못되고는 그가 어떻게 이러한 환경을 이겨내고 어떻게 적응하느냐에 달려 있다.

좋은 환경일 때는 편안하게 지내면서 사색을 즐기고, 좋지 못한 상황일 때는 발분 노력을 해야 한다. 이른바 "은우계성"이 이런 의미이다. 생명은 청동거울과 같아서 끊임없이 갈고 닦아야만 비로소 반짝반짝 빛을 발할 수 있는 것이다.

사람도 마찬가지이고 한 나라도 마찬가지이다. 역사적으로 많은 왕조들이 음주가무 속에서 생명의 전환점을 맞이하지 않았던가! "산 밖에 푸른 산이 있고 누각 밖에 누각이 있다. 서호의 가무 어느 때나

멈추려나. 따스한 바람에 취해 나그네도 취하여 항주를 변주라 하네 (山外靑山樓外樓, 西湖歌舞幾時休. 暖風熏得遊人醉, 只把杭州作汴州)"라는 노래처럼 '편안함'이라는 글자가 얼마나 많은 민족의 투지를 헛되이 했던가! 근대 이래로 중국은 큰 고난을 겪어야 했지만, 또한 휘황찬란함을 이루기도 하였다. 중국인의 민족의식 역시도 침략자들의 말발굽 아래에서 깨어나게 되었다. 그렇기 때문에 우리의 역사를 되돌아보면 끊임없는 고난을 찾아 볼 수 있는 것 외에도 또한 고난이 중국을 강하게 만들어 주었음을 감사하게 생각해야 한다. "많은 고난이 나라를 흥하게 한다."는 말은 전쟁시대의 침략에 대한 저항이든 평화시대의 개혁이라는 난관의 돌파든 간에 난제가 계속 이어졌지만, 그러나 이러한 모든 어려움들이 바로 부흥을 위한 시험이 아닌 것이 있었는가!

(술에 취하여) 어디가 타향인지를 모른다.

(不知何處是他鄉)

출전 : 당나라 이백의 「객중행(客中行)」

원문 : 但使主人能醉客, 不知何處是他鄉.[173]

다만 주인만이 나그네 취하게 하여 어디가 타향인줄을 모르게 하네.

풀이 : 주인이 이렇게 좋은 술을 내오니 타향의 나그네 취하여 어디가 고향인지 여기가 타향인지를 분간하지 못하네.

이 구절은 고향을 그리는 작품으로 알려져 있다. 시인은 타향에서 고향을 그리워하며 상념에 잠겨있는 나그네의 심정을 표현하고 있다. 그러나 이 구절은 다르게 해석되기도 한다. 즉, 타향의 주인의 따뜻한 마음과 아름다운 경치가 나그네로 하여금 타향의 낯설음이나 불안한 마음을 없애주어 고향에 있는 듯한 귀속감을 느끼게 한다는 것이다. 국가 통치라는 현실적 의미에서 볼 때 "도시화를 순조롭게 실

---

173) 但(다만 단)/ 使(부릴 사)/ 主(주인 주)/ 能(능할 능)/ 醉(취할 취)/ 客(나그네 객)/ 知(알지)/ 何
(어찌 하: 의문사, 어느)/ 處(곳 처)/ 是(이 시)/ 他(다를 타)/ 鄉(시골 향)

현하여, 농민들이 도시생활을 위해 어떻게 해야만 그들이 즐겁고 편안하게 할 수 있을까?"라는 문제를 말하고 있는 것이다. 위정자는 일련의 정책들을 제정하여 이들을 적절하게 배정함으로써 도시에서 아파트에서도 편안하고 근심걱정 없이 정을 붙이고 살아갈 수 있게 해준다면, 어찌 이렇게 되기를 원하지 않겠는가?

천 편의 저술은 참으로 얻기 어려운 것이나,
한 글자의 지음은 더 구하기 힘든 것이다.

(千篇著述誠難得, 一字知音不易求)

출전 : 당나라 제기(齊己)의 「사인기신시집(謝人寄新詩集)」

원문 : 千篇著述誠難得, 一字知音不易求.[174]

천 편의 저술은 참으로 얻기 어려운 것이나, 한 글자에 마음을 알아주는 지음은 더 구하기가 힘든 것이다.

풀이 : 천 편에 달하는 문장이 비록 귀중한 것이기는 하나 한 글자만으로도 당신의 마음을 알아봐주는 벗은 더욱 찾기가 어렵다.

사람은 여러 경로를 통하여 끊임없이 배우고 여러 방면의 건의를 들어야 한다. 장편의 이론 저술 속에서 기초를 배울 수 있지만, 어떤

---

174) 千(일천 천)/ 篇(책 편)/ 著(나타날 저: 짓다 저술하다)/ 述(펼 술: 글을 짓다)/ 誠(정성 성: 진실로, 참으로)/ 難(어려울 난)/ 得(얻을 득)/ 一(한 일)/ 字(글자 자)/ 知(알지)/ 音(소리 음)/ 不(아닐 불)/ 易(쉬울 이)/ 求(구할 구: 구하다 찾다)

사람이 능히 화룡점정(畵龍點睛)처럼 급소를 찌르는 의견을 제기하는 이른바 "한 글자의 스승(一字之師)"를 얻는 것은 더욱 효율적인 학습이자 소통일 것이다. 한 국가를 다스리고 한 정당을 다스리는 것 또한 마찬가지이다. 기초적 사상이론을 배워야 할 뿐만 아니라 끊임없이 이러한 "한 글자의 지음(一字知音)"을 찾으려고 노력해야 하고, 끊임없이 이런 사람들의 의견을 청취하기 위해 노력해야 한다.

예를 들어 중국의 다당(多党) 협력과 정치협상제도가 바로 고전의 지혜를 계승하는 위대한 정치 혁신이다. 중앙의 업무든 지방의 업무든 관계없이 정당의 협상이라는 이 민주적 형식과 제도를 활용하여 열린 마음으로 '한 글자의 지음'을 수용하고, 또 이러한 환경을 아끼며, 서로 협의하고 협의해 나갈 수 있다면, 그것은 서로의 공감과 지혜와 힘을 축적해 나가는 것일 것이다. 동시에 다른 사람의 '한 글자의 지음'이 되는 것 역사도 쉬운 일이 아니다. 말에는 근거를 가지고 이치에 맞고 정도에 맞으며 내용이 충실해야 한다. 그리고 실정에 맞게, 좋은 말로 건의해야 하고, 중요한 정책에 참여하고 핵심적 논의에 참여해야 한다. 그래야 사람에게 소중한 실효를 거둘 수가 있는 것이다.

찾아 왔을 때 놓치지 말아야 할 것이 시간이며,
밟았을 때 놓치지 말아야 할 것이 기회이다.

(來而不可失者, 時也. 蹈而不可失者, 機也)

출전 : 송나라 소식(蘇軾)의 「대후공설항우사(代侯公說項羽辭)」

원문 : 臣聞來而不可失者, 時也. 蹈而不可失者, 機也.

신이 들은 바로는, 찾아 왔을 때 놓치지 말아야 할 것이 시간이며,
밟았을 때 놓치지 말아야 할 것이 기회라 하였습니다.

풀이 : 찾아 왔을 때 눈앞에서 놓쳐서는 안 되는 것이 시간이며,
만났을 때 놓쳐서는 안 되는 것이 기회이다.

중국인의 시간관념에서 '시기(時)'는 물리적 개념이자 시간의 계산만
을 말하는 것이라기보다는 역사적 추세를 말하는 것이다. 그렇기 때
문에 "시대와 함께 나아가야 한다(與時俱進)"고 하는 것이다. 그리고
이 시간의 흐름 속에는 눈 깜짝할 사이에 지나가고 마는 기회가 함축
되어 있다. 형세는 시간과 함께 쉬이 바뀌게 되고, 기회 또한 이와 마
찬가지이다.

이 시간과 기회는 중국인이 세계를 이해하는 가장 기본적인 규칙이자 우리의 실천을 이끌어가는 지침이다.

예를 들어보자. 왜 우리에겐 긴박감을 가지고 개혁을 힘써 추진해야 하는가? 기회라는 창구는 사람을 기다려주지 않기 때문이다. 전면적으로 개혁을 심화해 가고 있는 오늘날, 중국경제는 성장속도의 변환기, 구조조정의 진통기, 그리고 자극정책의 소화기라는 "3기 중첩(三期疊加)"에 직면해 있으며, 금융위기 이후 글로벌 경제성장의 쇠퇴기로 나아가고 있는 상황에서 수출을 통한 성장의 견인은 이미 한계 효익의 감소현상이 나타나기 시작했고, 최근 몇 년간의 투자를 통한 성장 견인이 가져다주었던 생산능력, 과잉 재고, 고 레버리지 비율 등의 후유증은 장기간의 소화기가 필요하다. 전통적 성장방식의 쇠퇴는 발전사상의 전환이 필요하다. 그리하여 혁신과 협력, 녹색, 개방, 공유의 5대 발전이념을 제기하고, 공급 측 구조개혁의 안배를 통해 과잉생산설비 해소, 부동산 재고 해소, 레버리지율 감소, 원가 절감, 유효공급 확대 등의 5대 임무를 전개해 나가고 있다.

이른바 "위기 속에 기회가 숨어있다."라는 말은 역사의 발전과정을 통해 충분히 증명되었다. 현재의 어려움은 오히려 개혁의 최적기로, 고통을 피할 수는 없겠지만, 우리는 자신을 가다듬고 새로운 발전기회를 맞이할 준비를 해야 할 것이다.

병을 잘 치료하는 사람은 반드시 그 병이 시작된 곳을
치료해야 하고, 폐단을 잘 구제하는 자는 반드시
그 폐단이 일어나는 근원을 막아야 한다.

(善治病者, 必醫其受病之處. 善救弊者, 必塞其起弊之源)

출전 : 북송(北宋) 시기 구양수(歐陽修)의 『구양수문집권사십육·회
조언사상서(歐陽修文集卷四十六·淮詔言事上書)』

원문 : 臣又聞善治病者, 必醫其受病之處. 善救弊者, 必塞其起弊之源. 今天
下財用困乏, 其弊安在? 起於用兵而費大故也.[175]

신이 또한 듣기로, 병을 잘 치료하는 자는 반드시 그 병이 시작된
곳을 치료해야 하고, 폐단을 잘 구하는 자는 반드시 그 폐단이 일어
나는 근원을 잘 막아야 한다고 했습니다. 오늘날 세상에서 재물의
사용이 궁핍한데, 그 폐단이 어디에 있겠습니까? 군사를 일으킴에
그 비용이 너무 큰 까닭입니다.

---

175) 臣(신하 신)/ 又(또 우)/ 聞(들을 문)/ 善(착할 선: ~하는 것을 잘하다, ~하는 것에 뛰어나다)/
治(다스릴 치)/ 病(병 병)/ 者(사람 자: ~하는 사람)/ 必(반드시 필)/ 醫(의원 의: 치료하다)/ 其
(그 기)/ 受(받을 수)/ 病(병 병)/ 之(어조사 지)/ 處(곳 처)/ 救(구할 구)/ 弊(폐단 폐)/ 塞(변방
새, 막을 색)源(근원 원)/ 今(이제 금)/ 財(재물 재)/ 用(쓸 용)/ 困(곤할 궁)/ 乏(가난할 핍)/ 安
(편안할 안)/ 在(있을 재)/ 起(일어날 기)/ 於(어조사 어)/ 兵(군사 병)/ 而(말이을 이)/ 費(쓸
비)/ 大(클 대)/ 故(까닭 고)/ 也(어조사 야).

풀이 : 병을 잘 고치는 의사는 반드시 병이 일어난 부위를 잘 치료해야 하고, 폐단을 잘 개혁하는 사람은 반드시 문제가 발생한 근원을 잘 다스려야 한다.

이 구절은 병을 잘 고치는 의사를 국가 통치에 비유하여 국가의 통치는 폐단이 생겨난 원인을 찾아야만 문제를 철저하게 해결할 수 있다는 것을 말하고 있다. 국제무대에서 모두가 공통의 인식에 도달해야 할 때, 중국은 "우리는 현상을 치료하여 눈앞의 안정된 성장을 추구해야 할 뿐만 아니라 또한 근본을 치료하여 장기적인 동력을 보태야 한다. 과거의 성과들을 잘 실천해야 할 뿐만 아니라 새로운 공통의 인식을 모아야 한다. 국내의 시책을 펼치고 자신들의 일을 제대로 처리해야 할 뿐만 아니라 또한 진정성 있는 협력을 통하여 도전에 공동으로 대응해야 한다."고 문제의 해결 방법을 제시하였다.

방울을 푸는 것은 방울을
맨 사람이 해야 한다.

(解鈴還須繫鈴人)

출전 : 송나라 혜홍(慧洪)의 『임간집(林間集)』

원문 : 法燈泰欽禪師少解悟，然未爲人知，獨法眼禪師深奇之．一日法眼問大
衆曰：“虎項下金鈴，何人解得?”衆無以對．泰欽適至，法眼擧前語
問之，泰欽曰：“大衆何不道：‘繫者解得．’”**176**

법등 태흠 선사는 깨달음이 적었지만, 사람들이 알지 못했다. 오직
법안 선사만이 심히 이상하다고 여겨, 하루는 법안 선사가 대중에게
묻기를, "호랑이 목에 쇠 방울이 달려 있는데, 누가 풀 수 있겠는가?"
라고 하니, 대중들 중에선 대답하는 사람이 아무도 없었다. 태흠 선
사가 도착하자 법안 선사가 앞의 말을 들어 묻자, 태흠 선사는 "대중

---

176) 法(법 법)/ 燈(등잔 등)/ 泰(클 태)/ 欽(공경할 흠)/ 禪(봉선 선)/ 師(스승 사)/ 少(적을 소)/ 解
(풀 해)/ 悟(깨달을 오)/ 然(그러할 연: 그러나)/ 未(아닐 미)/ 爲(할 위)/ 人(사람 인)/ 知(알지)/
獨(홀로 독)/ 眼(눈 안)/ 深(깊을 심: 심히, 아주)/ 奇(기이할 기)/ 之(그 지: 지시대명사)/ 一(한
일)/ 日(날 일)/ 問(물을 문)/ 大(클 대)/ 衆(무리 중)/ 曰(말씀 왈)/ 虎(호랑이 호)/ 項(목 항)/
下(아래 하)/ 金(쇠 금)/ 鈴(방울 령)/ 何(어찌 하: 의문사, 어떤)/ 人(사람 인)/ 解(풀 해)/ 得(얻
을 득)/ 以(로써 이)/ 對(마주할 대: 대답하다)/ 適(갈 적)/ 至(이를지)/ 擧(들 거)/ 前(앞 전)/ 語
(말씀 어)/ 道(길 도: 말하다)/ 繫(묶을 계)/ 者(사람 자: ~한 사람)

들은 어찌 '방울을 맨 사람이 풀어야 한다.'고 말하지 않았을까요?"라
고 하였다.

풀이 : 문제를 일으킨 사람이 문제를 해결해야 함을 비유한 말이
다.

태흠 선사의 대답은 보기에는 언어유희처럼 보이지만 매우 교묘하
게 갈등을 해결하는 이치를 말하고 있다.

우리는 항상 "한 걸음 물러나면 세상이 넓어 보인다.(退一步海闊天
空)"라고 말하는데, 팽팽하게 당겨진 활시위처럼 긴박하게 대치하고
있을 때 기분을 풀고 마음속의 화를 가라앉히는 것은 당연히 갈등을
해결하는데 큰 도움이 된다. 그러나 주의해야 할 것은 이것은 긴장을
완화시키는 것일 뿐, 문제를 해결하는 것은 아니다. 쌍방이 심리적으
로 위안을 얻게 된다고 해서 갈등이 해결되는 것을 의미하지는 않는
다. 갈등을 해결하기 위해서는 반드시 책임 소재를 분명히 해야 한
다. "누가 먼저 갈등을 야기 시켰는지?" "누가 먼저 싸움의 발단을 시
작했는지?" 특히 국가와 국가 간의 역사적 은원을 해결해야 할 때는
책임 소재가 기본적인 원칙의 문제이기 때문에 간단히 웃음으로 은
혜와 원수를 잊어서는 안 되는 것이다.

예를 들어 역사문제에 있어서 중국과 일본은 지금까지 줄곧 논쟁
을 이어오고 있다. 중국 내에서도 어떤 이는 역사는 지나간 지 너무
나 오래 되었는데, 지나치게 따지는 것은 미래를 지향하는 장기적인

안목이 아니며, 그렇기 때문에 역사문제에 있어서 일본과 협의를 해야 한다고 주장하기도 한다. 그러나 만약 전쟁의 책임 소재를 분명하게 구분 짓지 않는다면 그것은 정의를 무시하는 것이고, 범죄를 용인하는 것이다. 사실은 사실이고 공리는 공리이다. 어떤 사람이 사실을 무시하고 함부로 지껄이도록 허용해서는 안 된다. 이것이 중국이 전승국으로서의 기본적인 존엄이다. 물론, 우리는 역사를 기억해야 하며, 그렇다고 원한을 이어나가서는 안 된다. 역사를 거울로 삼아 미래를 지향해 나가야 하며, 다함께 평화를 사랑하고 지켜나가야 한다.

중국과 일본 간의 이러한 응어리진 마음을 풀어헤쳐야 하며, 절대 중국 국민들로 하여금 아무 말도 하지 못하고 울분을 삼키게 해서는 안 된다. 방울을 푸는 일은 방울을 매단 사람이 필요하다. 일본의 전쟁에 대한 책임 인정은 마찬가지로 정상적인 국가로써 마땅히 해야 할 일이다.

물가에 있는 누대에 달빛이
가장 먼저 비친다.

(近水樓臺先得月)

출전 : 송나라 유문표(兪文豹)의 『청야록(淸夜錄)』[177]

원문 : 範文正公鎭錢塘, 兵官皆被薦, 獨巡檢蘇麟不見錄, 乃獻詩云 : "近水
樓臺先得月, 向陽花木早逢春." 公卽薦之.[178]

범문정공(范仲淹)이 전당강을 메우고 있는데, 문관이나 무관이 모두
추천을 받았으나, 오직 순검 소린만이 명부에 없어서 시를 바쳐 이르

---

177) 유문표(兪文豹)는 자가 문울(文蔚)로, 괄창(括蒼)(지금의 여수 麗水) 사람이다. 생졸년은 분
명하지 않다. 대략 송나라 이종(理宗) 가희(嘉熙) 말기 전후에 활동하였다. 일찍이 호북 기춘
(蘄春) 교유(敎諭)를 지냈으나 평생의 업적에 대해서는 알려진 것이 없다. 저작은 많은데, 『청
야록』 1권, 『고금예원담개(古今藝苑談槪)』 상집 6권, 하집 6권, 『취금록(吹劍錄)』 1권, 『취검록외
집(吹劍錄外集)』 1권 등이 있는데, 모두 『사고총목(四庫總目)』에 수록되어 전해지고 있다. 작
품은 남송시대의 정치적 부패를 폭로하면서 한편으로는 여수의 산천과 인물에 대해 칭송하고
있다.

178) 範(범 범)/ 文(글월 문)/ 正(바를 정)/ 公(공 공)/ 範文正公(범문정공 : 범중엄, 북송 시기의 정
치가, 문학가, 교육가)/ 鎭(진압할 진)/ 錢(돈 전)/ 塘(못 당)/ 錢塘(전당 : 전당강, 중국의 항저우
시를 휘돌아 흐르는 강)/ 兵(병사 병)/ 官(벼슬 관)/ 皆(모두 개)/ 被(입을 피)/ 薦(천거할 천)/
獨(홀로 독)/ 巡(돌 순)/ 檢(검사할 검)/ 蘇(차조기 소, 되살아날 소)/ 麟(기린 린)/ 錄(기록할
록)/ 乃(이에 내)/ 獻(바칠 헌)/ 詩(시 시)/ 云(이를 운)/ 近(가까울 근)/ 水(물 수)/ 樓(다락 루)/
臺(대 대)/ 先(먼저 선)/ 得(얻을 득)/ 月(달 월)/ 向(향할 향)/ 陽(볕 양)/ 花(꽃 화)/ 木(나무
목)/ 早(이를 조)/ 逢(만날 봉)/ 春(봄 춘)/ 卽(곧 즉)

길, "물 가 누대에 달빛이 가장 먼저 비치고, 양지의 꽃과 나무가 먼저 봄을 맞이한다."고 하였다. 이에 공이 그를 추천하였다.

풀이 : 물가의 누대에 먼저 달빛이 비친다.

'물가의 누대에 먼저 달빛이 비치고 양지의 꽃과 나무가 먼저 봄을 맞이한다.'는 이 시구는 풍경 묘사가 매우 뛰어나다. 그러나 후세에 이 시구를 인용할 때는 종종 인간사에 대한 비유로 사용된다.

인류역사에서 권력은 시종 사악하면서도 매력으로 충만되어 있는 존재이다. 권력이 사악하다고 하는 이유는 규칙이 없는 권력은 우리를 벗어난 맹수와 같아서 사람들을 물어뜯기 때문이다. 권력이 매력이 있다고 말하는 이유는 인류사회는 권력을 떠나서는 발전을 이룰 수 없기 때문에 야심가든 아니면 혁명가든 모두 목숨을 걸고 권력을 추구하는 것이다. 물론 각각의 시대에 권력을 장악한 사람은 사회의 소수에 불과하지만, 그러나 우리는 또한 각각의 시대에 그 권력의 주변에는 그 콧바람을 흠모하는 기득권 이익집단이 들끓는다는 사실을 잊지 말아야 한다. 이러한 사람들은 권력의 중심에 접근해 있기 때문에 방대한 자원을 독점하고서 거대한 이익을 취한다.

그들은 아마도 귀족계층일 수도 있고, "흰 장갑('검은돈'을 세탁하는 중간인)"일 수도 있다, 그들은 정책의 언저리에서 놀면서 권력과 공모를 한다. 우리는 모든 부패사건에서 관리의 주변에 "권력 가까이의 누대가 먼저 이익을 취하는" 상인들이 몰려있는 것을 알 수 있다.

권력과 돈의 거래는 부패의 영원한 화제이다.

　권력의 규제는 시종일관 중국사회의 난제였다. 규제를 하지 않는다면 권력은 거대한 동굴처럼 모든 자원을 삼켜버려서 심각한 사회적 불공평을 조성하게 될 것이다.

　"물가의 누대에 먼저 달빛이 비친다."는 이 말은 원래는 자연의 법칙을 말하는 것이지만, 그러나 이러한 자연법칙이 권력과 돈의 게임이 되어서는 안 된다는 것을 암시하고 있음을 알아야 할 것이다.

천군만마는 얻기 쉬워도 뛰어난 장수는
한 명이라도 구하기가 어렵다.

(千軍易得, 一將難求)

출전 : 원(元) 나라 마치원(馬致遠)의 「한궁추(漢宮秋)」[179]

원문 : 陡恁的千軍易得, 一將難求[180]

그런 천군만마는 쉽게 얻을 수 있으나, 뛰어난 장수는 한 명이라도
얻기가 어렵다.

풀이 : 천군만마는 쉽게 얻을 수 있으나, 뛰어난 장수는 한 명이라
도 구하기가 어렵다.

---

179) 한궁추(漢宮秋) : 원대의 희곡으로 호가 동리(東籬)인 마치원(馬致遠, 3세기 후반 인물) 작품
   이다. 한나라 왕소군(王昭君)의 고사를 소재로 한 비극으로서 작자는 원곡작가 중 굴지의 문
   채파(文彩派)이다. 특히 본 곡 중 막북(漠北, 외몽고) 땅으로 강제로 시집가는 왕소군을 향한
   원제(元帝)의 절절한 슬픔의 정을 엮은 제3절과 한궁(漢宮)의 상공을 배회하는 외기러기 소리
   에 왕소군을 그리워하며 홀로 체읍(啼泣)하는 제4절은 원곡의 대표적 명문으로서 정평이 나있
   다. 본 곡에 흐르는 통절한 감정은 당시 원조 지배하에 있던 한민족의 비애를 반영시킨 것이라
   고 할 수 있다.
180) 陡(험할 두)/ 恁(생각할 임)/ 的(과녁 적)/ 千(일천 천)/ 軍(군사 군)/ 易(쉬울 이)/ 得(얻을 득)/
   一(한 일)/ 將(장수 장)/ 難(어려울 난)/ 求(구할 구)

현대의 국력 경쟁에서 인재는 가장 중요한 자원이다. 이른바 "뛰어난 장수는 한명이라도 구하기 어렵다"는 말은 현대 국가통치자의 입장에서 보면 "인재는 구하기 어렵다"는 말이다. 특히 각각의 업종에서 리더십을 갖춘 인재는 더욱 구하기가 어렵다. 현재 중국은 인재의 총량으로 보면 부족하지는 않으나 다른 한편으로 인재의 구조적 부족이라는 모순을 안고 있다.

이 문제를 어떻게 해결할 것인가? 우선 활용하기 쉽게 인재 양성에 힘쓰고 더욱 융통성 있는 인재관리 시스템을 건립하고 평가체계를 완비하여야 하며, 인재의 유동성과 활용, 역할 발휘 중의 시스템 메커니즘적 장애를 깨트려야 한다. 그럼으로써 더욱 고차원적 인재가 "자신의 재능을 모두 발휘할 수 있도록" 해야 한다. 그 다음으로는 교육체계를 개선하여 인재 배양의 질을 제고시켜 나가야 한다. 그 다음으로 해외의 우수한 인재를 영입하고 더욱 적극적인 정책으로 글로벌 인재를 영입해야 한다. 적절한 '인재'를 찾기만 하면 하나의 영역, 하나의 업종에서의 창의력을 분발시킬 수 있을 것이고, 더 많은 인재들에게 전시효과를 가져다 줄 수 있을 것이다.

큰 건물은 한 그루 나무의 재목으로 완성된 것이 아니며,
큰 바다의 광활함은 한 줄기 강물의 흘러 된 것이 아니다.

(大厦之成, 非一木之材也. 大海之闊, 非一流之歸也)

출전 : 명나라 풍몽룡(馮夢龍)의 『동주열국지(東周列國志)』[181]

원문 : 臣聞大厦之成, 非一木之材也. 大海之闊, 非一流之歸也.[182]

신이 들은 바로는, 큰 건물은 한 그루 나무의 재목으로 완성된 것
이 아니며, 큰 바다의 광활함은 한 줄기 강물이 흘러들어와 된 것이
아닙니다.

풀이 : 높고 큰 건물의 완성은 한 그루의 나무로 이루어진 것이 아
니며, 큰 바다의 넓음은 한 줄기 강물이 들어와서 된 것이
아니다.

---

181) 『동주열국지』는 중국 고대의 역사연의 소설로, 작자는 명나라 말기의 소설가 풍몽룡이다. 이
소설은 고전 백화소설로 씌여진 것으로, 주로 서주(西周) 선왕(宣王) 시기에서부터 진시황제
의 6국 통일에 이르는 시기까지 5백 여 년의 역사를 서술하고 있다.
182) 臣(신하 신)/ 聞(들을 문)/ 大(클 대)/ 厦(큰 집 하)/ 之(어조사 지)/ 成(이룰 성)/ 非(아닐 비)/
一(한 일)/ 木(나무 목)/ 材(재목 재)/ 也(어조사 야)/ 海(바다 해)/ 闊(넓을 확)/ 流(흐를 류)/
歸(돌아갈 귀)

밥 한 끼로 뚱뚱보가 될 수 없으니, 모든 일은 쌓이고 쌓여야 되는 것이다. 한 사람의 힘으로 만리장성을 쌓을 수 없으며, 큰일은 협력이 필요하고 많은 사람들의 지혜가 모여야 한다. 명나라 때 풍몽룡이 『동주열국지』에서 말한 "큰 건물은 한 그루 나무의 재목으로 완성된 것이 아니며, 큰 바다는 한 줄기 강물이 흘러들어 된 것이 아니다"라는 말이 바로 이를 말하는 것이다. 국가와 민족은 '큰 건물'이자 '큰 바다'이다. 국가의 부강함, 민족의 부흥은 '한 그루 나무', '한 줄기 강물'이 완성할 수 있는 것이 아니라, 많은 사람들의 노력으로 되는 것이다. 집권당인 중국공산당 뿐만 아니라 중국공산당의 영도 아래의 다당의 협력과 정치협상제도를 견지하고 완비해 나가야만 업무시스템을 완성하고, 더 많은 플랫폼을 만들어 나갈 수 있는 것이다.

또한 민주당파와 무당파 인사들이 정치협상회의에서 더 많은 역할을 할 수 있는 조건을 만들어 나가야 하며, 각 민족 구성원들의 위대한 조국에 대한 아이덴티티, 중화민족에 대한 아이덴티티, 중화문화에 대한 아이덴티티, 중국적 특색의 사회주의 노선에 대한 아이덴티티를 적극적으로 이끌어내고 종교계 인사와 신도 대중이 경제사회 발전에 적극적인 역할을 충분히 발휘할 수 있게 함으로써 민족 단결, 종교적 호합 등을 촉진시켜나가야 할 것이다.

이름은 하늘이 만든 것이 아니며,
반드시 그 사실에 따른 것이다.

(名非天造, 必從其實)

출전 : 청나라 왕부지(王夫之)의 『사문록·외편(思問錄·外篇)』

원문 : 非天所有, 各因人立. 名非天造, 必從其實.[183]

하늘에 있는 것이 아니라 각각 사람으로 인하여 세워진 것이다. 이름은 하늘이 만드는 것이 아니며, 반드시 그 사실에 따른 것이다.

풀이 : 이름은 하늘이 만든 것이 아니며, 반드시 사실에 근거해야 하는 것이다.

이름(名)과 실재(實)의 문제는 변증법적 관계이다. "이름은 하늘이 만드는 것이 아니며, 반드시 그 사실을 따른 것이다"라는 청나라 때 사상가인 왕부지가 지은 『사문록』 중의 이 구절은 '실사구시(實事求是)' 사상을 표명한 것이다. '실사구시'를 견지해 나가는 것은 반드시 모

---

183) 非(아닐 비)/ 天(하늘 천)/ 所(바 소)/ 有(있을 유)/ 各(각각 각)/ 因(인할 인)/ 人(사람 인)/ 立(설 립)/ 名(이름 명)/ 造(만들 조)/ 必(반드시 필)/ 從(따를 종)/ 其(그 기)/ 實(열매 실)

든 것을 사실에서 출발해야 함을 견지해 나가야 한다는 것이다. 국가의 통치나 민주주의를 추구하는 것 역시도 이와 마찬가지이다. 민주주의라는 '이름'은 매우 많다. 세계에는 각양각색의 민주주의가 있고, 민주주의를 실현하는 형식도 다양해서 전 세계에 공통적으로 적용할 수 있는 비판적 표준이 있는 것은 아니다. 관건은 '실재'에 있는 것이다. 국민들이 민주적 권리를 누리고 있는지의 여부는 국민들이 선거의 투표권을 가지고 있는가를 보아야 하며, 또한 국민들이 일상적 정치생활에서 지속적으로 참여할 수 있는 권리 여부를 따져 보아야 한다. 또한 국민들에게 민주적인 의사결정과 민주적인 관리, 민주적인 감독의 권리가 있는지를 따져 보아야 한다. 사회주의의 민주주의는 완벽한 제도적 절차를 갖추고 있어야 할 뿐만 아니라 또한 완벽한 참여와 실천이 있어야 한다. 국민들은 중국공산당의 집권과 국가통치에 있어서 반드시 구체적이고 현실적으로 주인역할을 해야 하고, 중국공산당과 국가기관의 각 방면·각 계층의 업무에 있어서 구체적이고 현실적으로 체득할 수 있어야 하고, 구체적이고 현실적으로 국민들 자신이 스스로의 이익을 얻을 수 있음을 실현하고, 이를 통해 발전을 체득할 수 있도록 해야 하는 것이다.

옛 사람들의 잣대(법칙)로 자기 자신의
새로운 국면을 열어야 한다.
(以古人之規矩, 開自己之生面)

출전 : 청나라 심종건(沈宗騫)의 『개주학화편(芥舟學畵編)』

원문 : 苟能知其弊之不可長, 於是自書精意, 自辟性靈, 以古人之規矩, 開自
己之生面, 不襲不蹈, 而天然入轂, 可以揆古人而同符, 即可以傳後世
而無愧, 而後成其為我而立門戶矣.[184]

진실로 폐단을 길러서는 안 됨을 알 수 있다면, 그리하여 스스로
그 정밀한 뜻을 그려내고, 스스로 그 성령을 비유하고자 한다면, 옛
사람들의 잣대로 자신의 새로운 국면을 열어야 한다. 옛 것을 그대로
답습하는 것이 아니라 자연스러움으로 격식에 맞게 해야 한다. 옛 사
람들을 헤아려 함께 부합할 수 있으면, 곧 후세에 전함에 부끄러움

---

184) 苟(진실로 구)/ 能(능할 능)/ 知(알지)/ 其(그 기)/ 弊(폐단 폐)/ 之(어조사 지)/ 不(아닐 불/부)/
可(가히 가)/ 長(길 장: 기르다)/ 於(어조사 어)/ 是(이 시)/ 於是(어시: 그리하여)/ 自(스스로
자)/ 書(글 서)/ 精(정할 정: 정밀하다, 뛰어나다)/ 意(뜻 의)/ 辟(피할 피, 임금 벽, 비유할 비, 그
칠 미: 비유하다)/ 性(성품 성)/ 靈(신령 령)/ 以(로써 이)/ 古(옛 고)/ 人(사람인)/ 規(법규 규)/
矩(곱자 구)/ 開(열 개)/ 生(날 생)/ 面(면 면)/ 襲(엄습할 습)/ 蹈(밟을 도)/ 而(말이을 이)/ 天
(하늘 천)/ 然(그러할 연)/ 入(들 입)/ 轂(소리 성)/ 可(가히 가)/ 揆(헤아릴 규)/ 同(같을 동)/ 符
(부신 부)/ 即(곧 즉)/ 傳(전할 전)/ 後(뒤 후)/ 世(세상 세)/ 無(없을 무)/ 愧(부끄러워할 괴)/ 成
(이룰 성)/ 為(할 위)/ 我(나 아)/ 立(설 립)/ 門(문 문)/ 戶(지게문 호)/ 矣(어조사 의)

이 없을 것이고, 훗날 나를 위해 문호를 세움이 이루어질 것이다.

풀이 : 옛 사람들이 경험을 통해 얻은 규칙을 활용하여 자신만의
독특한 국면을 창조해야 한다.

사실 이 구절은 사람들이 전통문화의 정수를 배우고 기존의 경험
을 이용하여 새로운 국면들을 창조해 나가야 함을 말하고 있다. 이
에 대해선 두 가지 해석이 가능하다. 첫째는 혁신이고, 다른 한 가지
해석은 문학예술 작품과 관계가 있다. 어쨌든 전통문화는 단순한 복
고하자는 것이 절대 아니며, 맹목적인 배척이 아니라, 옛 것을 오늘
에 활용하고, 서양의 것을 동양에 활용하여 변증법적으로 취사선택
하며, 옛 것에서 새로운 것을 창조해내는 것이다. 소극적인 요소들을
제거하고, 적극적인 사상을 계승함으로써 중화문화의 창조적 전환과
혁신적 발전을 실현하는 것이다. 간단히 말하면, 빠르게 현실과 미래
의 양성적 발전을 실현하고자 한다면, 반드시 옛 사람들의 풍부한 경
험에 대한 학습을 기초로 하여 방법과 방식을 혁신시켜 나가야 한다
는 것이다.

내 하느님께 권하노니 다시 떨쳐 일어나,

격식에 얽매이지 않고 인재를 내려주소서.

(我勸天公重抖擻, 不拘一格降人才)

출전 : 청나라 공자진(龔自珍)의 「己亥雜詩」

원문 : 九州生氣恃風雷, 萬馬齊暗究可衰.[185]

　　　九勸天公重抖擻, 不拘一格降人才

　구주의 생기는 바람과 번개에 의지하는데, 모든 말들이 일제히 벙어리 된 듯 끝내 쇠락하여라. 내 하느님께 부탁하노니 다시 떨쳐 일어나, 격식에 붙잡히지 않는 인재를 내려주소서.

풀이 : 내 하느님(조정을 비유함)께 권하노니 다시 떨쳐 일어나 격식이나 파벌에 얽매이지 않고 다시 인재를 뽑아내려 주소서.

---

185) 1, 2연은 원문에는 없으나 역자가 추가함.
　九(아홉 구)/ 州(고을 주)/ 生(날 생)/ 氣(기운 기)/ 恃(믿을 시)/ 風(바람 풍)/ 雷(우뢰 뢰)/ 萬(일만 만)/ 馬(말 마)/ 齊(가지런할 제: 일제히, 다 같이)/ 暗(벙어리 음)/ 究(궁구할 구: 끝, 극: 끝내, 마침내)/ 可(가히 가)/ 衰(쇠퇴할 쇠)/ 我(나 아)/ 勸(권할 권)/ 天(하늘 천)/ 公(공 공)/ 重(무거울 중, 거듭 중: 다시, 거듭)/ 抖(떨 두)/ 擻(버릴 수)/ 不(아닐 불)/ 拘(잡을 구: 한정되다, 구애받다.)/ 一(한 일)/ 格(격식 격)/ 降(내릴 강, 항복할 항)/ 人(사람 인)/ 才(재주 재)

어느 한 국가의 발전에 있어서 그 핵심은 인재에 의지해야 한다는 것이다. 그렇다면 어떻게 인재를 선발할 것인가? 공자진의 이 시구가 지금까지도 사람들에게 회자되는 데에는 그 나름의 이유가 있다. 게다가 감동적인 것은 바로 격식에 얽매이지 않는다는 "불구일격(不拘一格)" 이 네 글자에 담겨 있다. 혁신은 시대발전의 원동력이고, 인재는 혁신의 근간이다. 인재 선발에 있어서 가장 필요한 것이 혁신의식이다. 시대의 전환이나 경제발전의 전환 같은 중요한 시기일수록 혁신적인 인재 선발이 요구된다.

고대중국에서는 인재가 위로 올라갈 수 있는 통로가 비교적 좁았기 때문에 공자진의 이런 호소가 있었던 것이다. 그러나 오늘날에 있어서 청년들은 자신의 재능을 발휘할 공간이 매우 광활하다. 한편으로는 이러한 점을 우리는 다행으로 여겨야 한다. 다른 한편으로는 또한 체계적 시스템을 더욱 적극적으로 모색해 나가고 지속적으로 완비해 나가야 한다. 관대한 정책적 환경을 조성해 우수한 인재가 자신의 주관적 능동성을 충분히 발휘할 수 있게 함으로써 모든 사람들이 자신의 재능을 다하고, 재능을 활용하여 성공을 거둘 수 있게 해 주어야 한다.

신발은 반드시 같을 필요는 없으니 발에 맞으면 되는 것이고,
다스림은 반드시 같아야 하는 것은 아니니
백성을 이롭게 하면 되는 것이다.

(履不必同, 期於適足. 治不必同, 期於利民)

출전 : 청나라 위원(魏源)의 『고미당·치편(古微堂·治篇)』[186]

원문 : 江河百源, 一趨於海, 反江河之水而復歸之山, 得乎? 履不必同,
期於適足. 治不必同, 期於利民.[187]

강은 그 원천이 수 백 개지만 모두 하나같이 바다로 달려가지만, 거
꾸로 강물이 산으로 다시 돌아오는 것이 있는가? 신발은 반드시 같
을 필요는 없으니 발에 맞으면 되는 것이요, 다스림이 꼭 똑같아야
하는 것은 아니니 백성을 이롭게만 하면 된다.

---

186) 『古微堂集』은 청나라 때 위원이 편찬한 별집으로 모두 10권으로, 내집(內集), 외집(外集)으로 나누어져 있는데, 내집은 「묵호」 3권이며, 외집은 서, 기, 의론 등이 7권에 수록되어 있다.
187) 江(강 강)/ 河(강 하)/ 百(일백 백)/ 源(근원 원)/ 一(한 일)/ 趨(달릴 추)/ 於(어조사 어)/ 海(바다 해)/ 反(거꾸로 반)/ 之(어조사 지)/ 水(물 수)/ 而(말이을 이)/ 復(다시 부)/ 歸(돌아갈 귀)/ 山(뫼 산)/ 得(얻을 득)/ 乎(어조사 호: 주로 의문을 나타냄)/ 履(신 리)/ 不(아닐 불)/ 必(반드시 필)/ 不必(불필: 반드시 ~인 것은 아니다, 반드시 ~할 필요는 없다)/ 同(같을 동)/ 期(기약할 기)/ 適(갈 적: 적합하다, 맞다)/ 足(발 족)/ 治(다스릴 치)/ 利(이로울 이: 이롭게 하다)/ 民(백성 민)

풀이 : 신발은 반드시 같아야 하는 것은 아니니, 발에 잘 맞으면
되는 것이다. 다스림의 방법이 반드시 똑같아야 하는 것은
아니니 백성들에게 이로우면 되는 것이다. 이 말은 자신에
게 맞는 길을 찾는 것이 중요함을 비유한 것이다.

어떤 것이 통치능력과 통치시스템의 현대화인가? 집권당의 큰 정책
방침과 국가의 체제시스템은 무엇에 근거하여 평가되는가? 응당 실천
에 근거하여 평가해야 한다. 최상층의 제도로 볼 때, 중국의 길은 역
사의 선택이다. 중국적 특색의 사회주의 노선은 "과거의 것"이 아니
며, "서양의 것"도 아니다. 중국의 독창적인 길이다.

각 항목의 구체적 정책으로 볼 때, 실천 역시도 가장 중요한 검
증 기준으로, 예를 들어 "정책 집행이 쉽게 달성되고 있는가?" "정책
의 실행이 발전을 촉진케 하고 민생을 개선하는데 도움이 되게 하
는가?" 처럼. 현재의 일부 관점들은 간단하게 서구 선진국의 표준으
로 평가하고 중국의 현실을 지적하길 좋아하기도 하는데, 이것은 이
치에 맞지 않는다. 우리는 발전과정에 존재하고 있는 문제들과 마주
해야 하고, 또한 이러한 문제들을 진지하게 분석하고 해결해야 한다.
이는 강력한 전략적 초점을 유지해 나가면서 리스크를 두려워하지 않
고, 방해하는 세력에 현혹되지 않으며, 개혁과 발전을 위해 한 걸음
한 걸음을 내딛어 나가야 한다. 현재 많은 국가들이 자주적으로 발전
의 길을 모색하고 있는데, 한편으로 중국은 우호국들과 함께 치국이
정의 경험을 공유하면서 각자의 오랜 문명과 발전의 실천 속에서 지

혜를 얻길 희망한다. 다른 한편으로 다른 나라가 자신들의 '발에 맞는' 발전의 길을 찾을 수 있도록 고무해 나가야 한다.

태평천하平天下

옛 사람들은 "격물格物, 치지致知, 성의誠意, 정심正心, 수신修身, 제가齊家, 치국治國, 평천하平天下"를 중요하게 여겼다. 이 단계별 순서 속에서 평천하는 최종의 궁극적 목표였다. 그것은 일종의 초능력이며, 또한 일종의 위대한 정감이기도 하다. 그것은 정치가의 이상이기도 하며 지식인들이 추구하는 바였다. 이른바 "세상을 위해 마음을 세우고, 백성을 위해 도를 세우며, 옛 성현을 위해 끊어진 학문을 잇고, 후세를 위해 태평성대를 연다.(爲天地立心, 爲生民立命, 爲往聖繼絕學, 爲萬世開太平)"는 말이다. 동시에 그것은 많은 사람들의 노력이 있어야 하는 것이며, 모든 사람들이 동경하고 개개인이 꿈꾸는 일이기도 하다. "천하의 흥망성쇠는 필부에게도 책임이 있다.(天下興亡, 匹夫有責)"는 말이다.

5.
태평천하(平天下)

중국인은 보통 사람이라도 역대로 '천하(天下)'를 주시해 왔고, '태평천하(平天下)'를 동경해 왔다. 그 뿌리가 바로 중화문화에 담겨있는 '천하관'이다.

옛 사람들은 "격물(格物), 치지(致知), 성의(誠意), 정심(正心), 수신(修身), 제가(齊家), 치국(治國), 평천하(平天下)"를 중시했는데, 이 단계별 순서 속에서 '평천하'가 최종 목표이다. 그것은 일종의 초능력일 뿐만 아니라 더 나아가 대 정감이다. 그것은 정치가의 이상이자 또한 지식인의 추구였다. 이른바 "하늘과 땅을 위해 마음을 세우고, 백성을 위해 도를 세운다. 옛 성인을 위해 끊어진 학문을 잇고, 후대의 만세를 위해 태평한 세상을 연다.(為天地立心, 為生民立命, 為往聖繼絕學, 為萬世開太平.)"는 말이 그것이다. 동시에 그것은 뭇 사람들의 노력에 의지하여 이루어지는 것이며, 모든 사람들이 동경하고 개개인이 꿈꾸는 일이기에 "세상의 흥망은 필부도 책임이 있다.(天下興亡, 匹夫有責.)"는 것이다.

'천하'란 무엇인가? 중국이며, 세계이며, 더 나아가 국민의 마음이다. '평平'은 무엇인가? 질서이자 풍족함이고 편안함이며, 백성의 마음을 편안하게 해야만 천하를 태평하게 할 수 있다는 말이다.

국내적으로 볼 때 태평천하는 바로 '두 개의 백년(兩個一百年)', '중국의 꿈(中國夢)'의 실현을 말한다. 청사진은 정해졌고, 남은 것은 간부들에게 달려 있다. 간부들을 잘 관리하기 위해선 우선 당을 제대로 관리해야 하며, 이를 위해서는 "전면적인 당의 엄정 관리(全面從嚴治黨)"를 통해서 당을 제대로 관리해야 한다. 옛 말들 속에는 '태평천하'의 지혜가 포함되어 있다. "군현이 제대로 다스려지면 천하가 안정된다.(郡縣治, 天下安)"라고 했다. 중국의 조직 구조와 국가의 정권 구조에서 현(縣)은 상부의 지시를 받아 하부에 전달하는 중간단계에 위치해 있다. 현 위원회는 당의 집권과 국가 부흥의 '일선 지휘부'이고, 현 위원회 서기는 '일선의 총지휘관'이다. '태평천하'를 이루는 것은 쉬운 일이 아니기 때문에 많은 피와 땀이 필요하다.

세계적으로 볼 때 천하는 아직 태평하지 못하다. 구체적으로 볼 때 발전문제가 여전히 두드러져 있고, 전체적 회복은 많은 우여곡절이 남아 있고, 각종 형식의 보호주의가 증가하면서 전 세계적인 통치 메커니즘이 더 완비되길 기다리고 있다.…이러한 배경에서 중국은 '일대일로(一帶一路)', '아시아투자은행'의 설립을 제창하고, '실크로드 기금'을 설립하고, '인류운명공동체'를 제기하였다. 2016년 중국은 항저우에서 20개국 정상회의를 개최하여 세계 경제금융 관리를 위해 중국의 방안을 제기하고 중국의 지혜를 보여주었다.

"이익을 따지려면 천하의 이익이 되도록 해야 한다." 중국은 "다함께 협력하고 다함께 건설하고 다함께 누릴 것"을 강조하며, "친절, 성실, 지혜, 영광"을 "충돌하지 않고 대항하지 않으며 상호 존중하며 협력으로 함께 이익을 얻을 것"을 중시한다. 자국의 이익을 추구하는 동시에 타국의 이익도 고려하며, 자국에 혜택을 베풀고 천하를 이롭게 하는 것을 중시한다. '태평천하'를 이루는 것은 하나의 도이다. 따라서 "큰 도가 행해지면 천하가 공평무사하다.(大道之行也, 天下爲公)"고 할 수 있는 것이다

무릇 더함의 이치는 때와 함께
나아가는 것이다.

(凡益之道, 與時偕行)

출전 : 『주역·익괘·단전(周易·益卦·象傳)』

원문 : 『象』曰 : 益, 損上益下, 民說無疆. 自上下下, 其道大光. "利有攸往", 中正有慶. "利涉大川", 木道乃行. 益動而巽, 日進無疆. 天施地生, 其益無方. 凡益之道, 與時偕行.[188]

「단」에 이르길, 익괘는 위를 덜어 아래에 보태주는 것이니, 백성들이 끝없이 기뻐한다. 위로부터 아래로 내려오니, 도가 크게 빛난다. "나아가면 이롭다"는 말은 바름에 적중하여 경사가 있다는 말이다. "이로움이 큰 내를 건넌다"는 말은 목의 도가 행해지는 것이다. 익은 움직임에 겸손하여 날로 나아감이 끝이 없으며, 하늘은 베풀고 땅은

---

188) 象(판단할 단, 괘이름 단: 단괘)/ 曰(가로 왈). 益(더할 익)/ 損(덜 손)/ 上(위 상)/ 下(아래 하)/ 民(백성 민)/ 說(말씀 설, 기뻐할 열: '悅')/ 無(없을 무)/ 疆(지경 강)/ 自(스스로 자 : ~로 부터)/ 其(그 기)/ 道(길 도)/ 大(클 대)/ 光(빛 광)/ 利(이로울 리)/ 有(있을 유)/ 攸(바 유)/ 往(갈 왕)/ 中(가운데 중)/ 正(바를 정)/ 有(있을 유)/ 慶(경사 경)/ 涉(건널 섭)/ 大(클 대)/ 川(내 천)/ 木(나무 목)/ 乃(이에 내)/ 行(갈 행)/ 動(움직일 동)/ 而(말이을 이)/ 巽(부드러울 손, 괘이름 손: 손괘)/ 日(날 일)/ 進(나아갈 진)/ 天(하늘 천)/ 施(베풀 시)/ 地(땅 지)/ 生(날 생)/ 方(바야흐로 방)/ 凡(무릇 범)/ 與(더불어 여)/ 時(때 시)/ 偕(함께 해)

낳으니 그 더해짐이 끝이 없다. 무릇 더함의 도는 때와 함께 나아가는 것이다.

풀이 : 더함의 이치는 시대와 함께 나아가는 것이다.

중국인의 철학 사전에서 '시간'은 매우 중요한 개념이다. 시간은 역사의 눈금일 뿐만 아니라 더더욱 세상살이의 태도를 말하는 것이다. 시간은 하나하나의 점들이 단순하게 누적되어 있는 것이 아니라 하나의 '흐름'이며, 선적인 발전의 여정으로, 그 뒤에는 역사 발전의 규칙이 존재하는데, 그것을 우리는 '형세(勢)'라고 한다. 그렇기 때문에 우리는 "형세에 따라 유리하게 이끌어 가야 하고", "형세에 순응하여 행동하는(順勢而爲)" 것을 중히 여긴다. 다시 말하면 일을 함에 역사의 규칙을 세밀히 분석하여 역사발전의 추세에 순응해 가애 한다는 것이다. 이것이 바로 익괘에서 말하고 있는 "시대와 함께 나아간다"는 말의 의미이다. 그렇기 때문에 이러한 이치를 국가 간의 관계에 응용하게 되면 또한 마찬가지인 것이다.

우리는 항상 평화발전이 오늘날 세계의 주류라고 말한다. 그렇다면 우리가 국가와 국가 간의 관계를 발전시키기 위해서는 응당 협력과 상호 이익의 방식으로 양국의 복지를 증진시켜 나가야 한다. 만약 세계질서의 발전이 오늘날에 이르러서도 여전히 정글의 법칙에 의존하고 있다면, 그것은 우리가 세계화의 근본적인 의미를 깊이 이해하고 있지 못하고 있다는 것이다.

표면적으로 볼 때, 세계화는 자본과 생산유통으로 인하여 세계 각국이 이해당사자가 되었고, 무기의 살상력을 업그레이드 시키는 것 역시 세계를 화약고 앞으로 몰아붙이는 것이다. 그러나 다른 시각에서 보면 이러한 균형 역시도 우리들이 인류 공동의 운명을 더욱 깊이 사고하게 해 주었으며, 평화발전의 공동 이익을 추구하는 길을 견지해 나갈 수 있도록 해 주었다고 할 수 있다.

　"우정의 작은 배가 뒤집히느냐 마느냐" 하는 것은 우리들이 '운명공동체'라는 이 다섯 글자의 의미를 얼마나 깊이 이해하느냐에 달려 있는 것이다.

두 사람이 마음을 합치면 그 날카로움이 쇠도 끊는다.

(二人同心, 其利斷金)

출전 : 『주역·계사상(周易·繫辭上)』

원문 : 二人同心, 其利斷金. 同心之言, 其臭如蘭.**189**

두 사람이 마음을 하나로 합치면 그 날카로움이 쇠라고 끊을 수 있다. 마음을 합친 말은 그 냄새가 난초향과 같다.

풀이 : 두 사람이 마음을 합쳐 협력하면 족히 쇠라도 끊을 수 있다.

"나무 한 그루로는 숲을 이룰 수 없다.(獨木不成林)"이라고 하듯이, 사람이 더 큰 힘을 얻고자 한다면 친구나 친한 사람의 도움을 받아야 한다. "여러 사람이 힘을 합쳐 땔감을 모으면 더 거센 불꽃을 피울 수 있다"고 했다. 모두가 마음을 합쳐 협력하면 더 큰 일을 할 수

---

189) 利(이로울 이)/ 人(사람 인)/ 同(같을 동)/ 心(마음 심)/ 其(그 기)/ 利(이로울 이, 날카로울 이)/ 斷(끊을 단)/ 金(쇠 금)/ 言(말씀 언)/ 臭(냄새 취)/ 如(같을 여)/ 蘭(난초 난)

있다는 말이다. 같은 이치고 타국과의 국제교류에서 우리가 받드는 평화공존의 5대 원칙 중의 하나가 바로 '호혜 평등'이다. 오늘날의 매우 복잡하고 각종 위협과 도전이 끊이지 않는 국제정치 상황 속에서 우호적 관계의 국가와 우의를 강화하는 것은 국제적 도전을 공동으로 대처하는 효과적인 방법임은 의심의 여지가 없다.

국제정세가 아무리 요동치더라도 여전히 동반자 국가들과 마음과 힘을 합하여 모진 풍파를 함께 견디며 어려움 속에서 함께하는 확고한 의지는 "마음을 하나로 모으면 태산도 옮길 수 있는 효과"를 낳는다. 경제발전이든 정치적 형세에서의 어려움이든 모두가 일심으로 단결하여 함께 어려움을 극복해 나가고자 하는 신념만 있다면, 안정적 발전을 함께 유지해 나가는 국제적 환경을 만들어 나갈 수 있으며, 각종 위험과 도전 역시도 결국에는 극복될 것이다.

이러한 개방적이고 공동의 이익을 추구하는 심리상태야말로 책임감 있는 대국이 마땅히 가져야 하는 국제적 이미지라고 할 것이다.

남을 도운 것으로 자기는 더 많은 것을 차지하게 되며,
남에게 주는 것으로 자기는 더 많은 것을 갖게 된다.

(旣以爲人, 己愈有. 旣以與人, 己愈多)

출전 : 『도덕경·제팔십일장(道德經·第八十一章)』

원문 : 聖人不積, 旣以爲人, 己愈有. 旣以與人, 己愈多. 天之道, 利而不害.
聖人之道, 爲而不爭.[190]

성인은 사사로이 자기 몫을 쌓지 않으니, 남을 도운 것으로 자기는
더 많은 것을 가지게 되고, 남에게 줌으로써 자기는 더 많은 것을 갖
게 된다.

풀이 : 성인은 사적으로 자기의 몫을 차지하려는 마음이 없고, 힘
껏 다른 사람을 돌보기 때문에 자기 자신도 더욱 충족하게
된다. 성인은 다른 사람에게 자신의 것을 나누어주기 때문
에 오히려 반대로 자기가 더욱 풍요해 진다. 자연의 법칙은

---

190) 聖(성인 성)/ 人(사람 인: 사람, 다른 사람)/ 不(아닐 불)/ 積(쌓을 적)/ 旣(이미 기)/ 以(로써 이)/
爲(할 위)/ 己(몸 기)/ 愈(나을 유: 점점 더)/ 有(있을 유: 소유하다)/ 與(더불어 여, 줄 여: 주
다)/ 多(많을 다)/ 天(하늘 천)/ 之(어조사 지)/ 道(길 도: 도리, 이치)/ 利(이로울 이)/ 而(말이을
이)/ 害(해칠 해)/ 爭(다툴 쟁)

세상만사와 만물로 하여금 좋은 점을 얻게 하고 다치게 하지 않는다. 성인의 행위준칙은 무엇을 하되 서로 다투지 않는 것이다.

상호 이익은 하나의 지혜로, 개개인의 생활에서도 마찬가지이고, 국가 간의 교류에 있어서도 또한 마찬가지이다. 다른 사람과 협력하기로 마음을 먹었다면 다방면으로 상대방을 고려해 주어야 하며, 상대방이 이익을 최대화 할 수 있도록 도와야 한다. 그리고 진정으로 그 사람을 위해 생각할 때 비로소 진정한 상호 이익이 실현될 수 있는 것이다. 협력과 상호이익은 중국이 줄곧 다른 국가와 교류하는 원칙이었다. 「중국의 꿈」은 세계 여러 나라들의 꿈과 서로 호응하며 발전 과정에서 끊임없이 전략적 협력과 상호 보완을 실현해 나감으로써 함께 번영의 길로 나아가는 것이다.

여러 나라들과 화합한다.

(協和萬邦)

출전 : 『상서·요전(尙書·堯典)』[191]

원문 : 九族旣睦, 平章百姓, 百姓昭明, 協和萬邦.[192]

　구족이 화목하니, 백성들이 밝게 다스려졌고, 백성이 밝게 다스려
지니, 온 세상이 화평하게 되었다.

---

191) 『상서(尙書)』는 『서(書)』 또는 『서경(書經)』이라고도 불렸던, 고대 중국의 첫 번째 역사문집으
로, 기본적으로 하나라, 상나라, 주나라 삼대의 서(誓), 명(命), 훈(訓), 고(誥)와 같은 류의 공
문을 기록해 놓은 책이다. 문자들이 고체이면서 심오하여 읽기가 쉽지 않다. 『한서·문예지(漢
書)·(文藝誌)』에서는 원래 『상서』는 전체 100여 편의 글이 있었는데 공자가 다시 편집하고
서문을 적었다고 기록하고 있다. 진나라 때 분서갱유를 거치면서 한나라 초기에 금문과 고문
본의 서로 다른 판본이 널리 퍼졌다. 금문 『상서』는 총 29편으로, 한나라 초기 경사(經師) 복
생(伏生)이 전파한 것이다. 고문 『상서』는 한나라 무제 때 공자의 옛 저택의 벽에서 발견되었
는데, 금문 『상서』보다 16편이 더 많았으나, 이 16편은 이후 사라지고 말았다. 서진(西晉)의 영
가(永嘉)의 난 후에 금문 『상서』도 산실되고 말았다. 지금은 『십삼경주소(十三經注疏)』의 『고
문상서』에 58편이 실려 있으며, 그 중 33편은 한나라 본과 문자가 대체로 비슷하며, 다른 25편
은 동신 시대 사람의 위작이다. 청나라 사람 손성연(孫星衍)이 『상서고금문주소(尙書今古文
注疏)』를 지었는데, 위작 25편을 제외하여 그 편목을 29편으로 정리함으로써 대체로 한나라
때의 『상서』 본의 면모를 회복하게 되었다.

192) 九(아홉 구)/ 族(겨레 족)/ 九族(구족: 직계 9대의 친족)/ 旣(이미 기)/ 睦(화목할 목)/ 平(평평
할 평)/ 章(글 장)/ 百(일백 백)/ 姓(성씨 성)/ 昭(밝을 소)/ 明(밝을 명)/ 協(화합할 협), 和(화할
화)/ 萬(일만 만)/ 邦(나라 방).

풀이 : 우선 자기의 종족을 잘 다스리고, 그런 후에 자기의 나라를 잘 다스려야 하며, 더 나아가 여러 나라들이 단결할 수 있도록 한다.

중화민족은 예로부터 '협화만방(協和萬邦)'과 '겸애비공(兼愛非攻)' 등의 이념을 숭상해 왔는데, 이는 일종의 평화를 숭상하는 사상적 전통이다. 이는 또한 왜 현대중국이 아시아의 기타 국가들과의 교류 속에서 평화공존의 5대 기본원칙을 만들게 되었는지의 중요한 원인이기도 하다. '협화만방'의 정신적 전통은 평화뿐만 아니라 단결과 협력의 의미도 가지고 있다. 평화공존의 5대 기본원칙 속에는 네 개의 '상호(互)'라는 단어와 한 개의 '함께(共)'라는 단어가 포함되어 있다.

이는 곧 아시아 국가들의 국제관계에 대한 새로운 기대를 대표하는 것이며, 또한 각국의 권리와 의무·책임이 서로 통일된 국제적 법치주의 정신을 보여주는 것이기도 하다. 중화인민공화국 탄생 60여 년 동안 평화공존 5대 기본원칙은 이미 아시아를 넘어 세계로 향하고 있으며, 국제무대의 예측하기 어려운 변화무쌍한 경험을 거쳐 강력한 생명력을 펼쳐보였다.

하늘은 우리 백성들이 보는 것으로부터 보며,
하늘은 우리 백성이 듣는 것으로부터 듣는다.

(天視自我民視, 天聽自我民聽)

출전 : 『상서 · 태서(尙書 · 泰誓)』

원문 : 天視自我民視, 天聽自我民聽.[193]

풀이 : 하늘이 보는 것은 나의 백성이 보는 것에서 비롯된 것이며, 하늘이 듣는 것은 나의 백성들이 듣는 것에서 비롯된 것이다.

하늘이 보는 것은 우리 백성들이 보는 것에서 비롯된 것이고, 하늘이 듣는 것은 우리 백성들이 듣는 것에서 비롯된 것이라는 말이다. 옛 사람들이 "하늘은 우리 백성들이 보는 것으로부터 보며, 우리 백성들이 듣는 것으로부터 듣는다."는 말에는 아주 소박한 민본(民本) 사상이 들어 있다. 사람을 근본으로 삼는다는 말은 민중들의 소리를 듣는 것을 중시한다는 말로, 이것은 중국공산당 집권의 중요한 특징이다. 한편으로는 민생을 돌보면서 인민 대중의 이익을 중시하고 인

---

193) 天(하늘 천)/ 視(볼 시)/ 自(스스로 자: ~로부터 비롯되다)/ 我(나 아: 우리)/ 民(백성 민)/ 聽(들을 청)

민 대중의 기대를 생각하며, 진정으로 대중의 소리에 귀를 기울이고, 대중의 바람을 진실 되게 반영하며, 진정으로 대중들의 고통에 관심을 가져야 한다는 말이다. 업무의 중심을 아래로 옮기고, 실제 상황에 깊이 들어가기 위해 기층으로 들어가야 하고, 민중 속으로 들어가기 위해서는 국민들의 상황을 알고, 국민들의 근심을 해결해 주며, 국민들의 원망을 풀어주고, 국민들의 마음을 따뜻하게 해 준다면, 또 국민들이 만족해하는 좋고 실질적인 일을 더 많이 하게 되면, 국민들의 적극성과 능동성, 창조성을 충분히 이끌어낼 수 있다.

다른 한편으로는 국민들의 소리에 귀를 기울임으로써 "천하의 눈으로 보면 보지 못하는 것이 없고, 천하의 귀로 듣는다면 듣지 못하는 소리가 없다. 천하의 마음으로 생각한다면 알지 못할 일이 없다.(以天下之目視, 則無不見也. 以天下之耳聽, 則無不聞也. 以天下之心慮, 則無不知也)"고 하는 것이 된다. 민주 집중제의 방법을 통하여 언로(言路)를 넓혀주고, 민중의 지략을 널리 받아들여 모두를 동원하여 함께 생각하고 함께 해나가야 한다는 것이다.

배의 크기에 맞춰서 먹고,
몸의 크기에 맞춰서 옷을 입는다.

(量腹而受, 量身而衣)

출전 : 전국시대 묵적(墨翟)의 『묵자·노문제사십구(墨子·魯問第
四十九)』

원문 : 子墨子謂公尙過曰: 子觀越王之志何若? 意越王將聽吾言, 用我道, 則
翟將往, 量腹而食, 度身而衣, 自比於群臣, 奚能以封爲哉?[194]

묵자가 제자 공상과에게 일러 말하길, "그대가 월왕의 뜻을 보아하
니 어떠하던가? 월왕이 장차 나의 말을 듣고 나의 도를 쓰고자 하는
마음이면, 나 묵적은 가서 배의 크기에 맞게 먹고, 몸에 맞게 옷을
입을 것이며, 뭇 신하들과 스스로 동등하게 할 것이니, 어찌 봉지를

---

194) 子(아들 자)/ 墨(먹 묵)/ 子墨子(자묵자: 여기서는 묵자의 제자가 자기의 스승을 높여 부르는
호칭)/ 謂(말할 위)/ 公(공 공)/ 尙(오히려 상)/ 過(지나칠 과)/ 公尙過(공상과: 묵자의 제자)/ 曰
(가로 왈)/ 子(아들 자 : 그대, 2인칭)/ 觀(볼 관)/ 越(넘을 월)/ 王(임금 왕)/ 之(어조사 지)/ 志
(뜻 지)/ 何(어찌 하)/ 若(같을 약)/ 何若(하약: 무엇과 같은가?, 어떠하던가?)/ 意(뜻 의)/ 將(장
차 장)/ 聽(들을 청)/ 吾(나 오)/ 言(말씀 언)/ 用(쓸 용)/ 我(나 아)/ 道(길 도)/ 則(곧 즉)/ 翟(꿩
적)/ 往(갈 왕)/ 量(헤아릴 량: 재다, 측정하다)/ 腹(배 복)/ 而(말이을 이)/ 食(먹을 식)/ 度(법도
도: 헤아리다, 재다)/ 身(몸 신)/ 衣(옷 의)/ 自(스스로 자)/ 比(견줄 비: 대등하다, 친하게 지내
다, 어울리다)/ 於(어조사 어)/ 群(무리 군)/ 臣(신하 신)/ 奚(어찌 해)/ 能(능할 능: 능히 ~하다)/
以(로써 이)/ 封(봉할 봉: 봉지)/ 爲(할 위)/ 哉(어조사 재)

받지 않겠는가?"라고 하였다.

풀이 : 배의 크고 작음에 맞춰서 받고(음식을 먹고), 신체의 크고
작음을 알고서(그에 맞는) 옷을 입는다.

신발이 발에 맞는지 안 맞는지는 신어보아야 알 수 있다. 그 어떤
제도도 모두 그 나라의 역사적 상황과 현실적 상황, 그리고 국민들의
의지에 부합해야 한다. 오늘날 이 다원화된 시대에, 다양성의 존중과
다양성에 대한 관용은 응당 국제사회의 공통된 인식이 되어야 한다.
공평함, 정의, 민주, 자유, 평등, 개방은 모든 현대 국가들이 응당 추
구해야 할 공동의 가치이다. 그러나 이러한 가치를 어떻게 실현할 것
인가 하는 것은 국가마다 서로 다른 모델과 노선을 가지고 있을 수
있다. 서로 다른 길에 대해 존중하는 것은 마찬가지로 공통의 인식이
되어야 한다. 관용적이지 못한 인류의 역사에 대해서는 더 이상 말할
필요도 없다. 많은 무관용들 중에서 '가치'에 대한 무관용이 가장 엄
중한 것 중의 하나이다. 이것은 종교 간의 오랜 전쟁을, 가치관이란
기치를 내 건 식민지 침략을, 그리고 끊임없는 질책과 시기와 의심과
갈등을 야기하였다. 그렇기 때문에 자기 배의 크기에 맞춰 음식을 먹
고, 자신의 몸에 맞는 옷을 입고, 발의 크기에 맞춰 신발은 신어야
하는 것이다. 이처럼 보기에는 너무나도 자연스러운 상식이 이상하게
고귀하고, 게다가 모두가 함께 준수하고 추구할 가치가 있는 공통의
인식이 되어야 하는 것이지, 고도의 의식형태화 된 '민주주의'나 '전제

주의', '독재', '자유' 등의 단어들에 근거하여 어느 한 나라를, 어떤 제도를 평가해서는 안 된다. 결국 모든 길은 로마로 통하지만, 로마로 가는 길이 모두 같을 필요는 없는 것이다.

강자는 약자를 못살게 굴지 않고,
부자는 가난한 사람을 모욕하지 않는다.

(强不執弱, 富不侮貧)

출전 : 전국시대 묵적의 『묵자·겸애중(墨子·兼愛中)』

원문 : 天下之人皆相愛, 强不執弱, 衆不劫寡, 富不侮貧, 貴不敖賤, 詐不欺
愚. 凡天下禍簒怨恨可, 可使毋起者, 以相愛生也, 是以仁者譽之.[195]

　세상 사람들이 모두 서로 사랑하면, 강한 자는 약한 자를 못살게
굴지 않고, 다수는 소수를 협박하지 않으며, 부자는 가난한 사람을
모욕하지 않고, 신분이 높은 사람은 천한 사람에게 오만하지 않으며,
똑똑한 사람은 어리석은 사람을 속이지 않는다. 무릇 천하의 재앙과
찬찰, 원망과 한탄이 생기지 않게 하려면 서로 사랑해야 한다. 그래
서 어진 사람들이 그것을 칭송하는 것이다.

---

195) 天(하늘 천)/ 下(아래 하)/ 之(어조사 지)/ 人(사람 인)/ 皆(모두 개)/ 相(서로 상)/ 愛(사랑 애)/
强(강할 강)/ 不(아닐 불)/ 執(잡을 집:)/ 弱(약할 약)/ 衆(무리 중)/ 不(아닐 불)/ 劫(위협할 겁)/
寡(적을 과)/ 富(부유할 부)/ 侮(업신여길 모)/ 貧(가난할 빈)/ 貴(귀할 귀), 敖(놀 오)/ 賤(천할
천)/ 詐(속일 사)/ 欺(속일 기)/ 愚(어리석을 우)/ 凡(무릇 범)/ 禍(재화 화: 재난, 불행)/ 簒(빼앗
을 찬), 怨(원망할 원)/ 恨(한 한)/ 可(가히 가)/ 使(부릴 사)/ 毋(말다 무)/ 起(일어날 기)/ 者(놈
자)/ 以(로써 이)/ 相(서로 상)/ 愛(사랑 애)/ 生(낳을 상)/ 也(어조사 야)/ 是(이 씨)/ 以(로써
이)/ 仁(어질 인)/ 譽(기릴 예)/ 之(어조사 지)

279

: 강한 사람은 약한 사람을 괴롭히지 않으며, 부자는 가난한 사람을 모욕하지 않는다.

평화발전 사상은 중화문화의 기초이며, 신뢰와 화목, 협력은 중국이 주변국과의 외교관계에 있어서 기본적인 의미이다. 근대이후 외적의 침입이나 내부의 전란은 중국 국민들에게 큰 재앙을 안겨주었다.

중국 국민들은 평화가 얼마나 소중한 것인지를 잘 알기 때문에 절대로 평화 수호의 결심과 바람을 포기하지 않을 것이며, 절대로 자신이 경험했던 고난을 다른 사람에게 강요하지 않을 것이다. 중국은 번영과 창성의 추세에 놓여 있으며, 국가의 부강으로 인한 패권은 역사의 법칙이다. 중국은 자고이래 "강자는 약자를 괴롭히지 않으며, 부자는 가난한 사람을 모욕하지 않음"을 외쳐왔으며, "국력이 강해도 전쟁을 좋아하면 반드시 망한다.(國雖强, 好戰必亡)"는 이치를 너무나 잘 알고 있다. 중국은 평화발전의 길을 견지해 나가고, 독립과 자주의 평화외교 정책을 견지해 나가는 것은, 임시변통의 방법이 아니라 중국의 전략적 선택이자 엄중한 약속인 것이다.

세상 사람들이 서로 사랑하면 다스려질 것이고,
서로 미워하면 혼란해 질 것이다.

(天下兼相愛則治, 交相惡則亂)

출전 : 전국시대 묵적의『묵자·겸상애(墨子·兼愛上)』

원문 : 若使天下兼相愛, 國與國不相攻, 家與家不相亂, 盜賊無有, 君臣父子
皆能孝慈. 若此, 則天下治. 故聖人以治天下爲事者, 惡得不禁惡而勸
愛. 故天下兼相愛則治, 交相惡則亂. [196]

만약 세상 사람들로 하여금 서로 사랑하게 한다면 나라와 나라가
서로 공격하지 않게 될 것이고, 집안과 집안이 서로 어지럽지 않게
될 것이다. 도적이 없어질 것이고, 임금과 신하, 어버이와 자식이 모
두 효도하고 자애롭게 될 것이다. 만약 이렇게 되면 천하는 태평할
것이다. 그런 까닭에 성인은 천하를 다스리는 것을 일로 삼는 사람이

---

196) 若(같을 약, 만약 약: 만약, 만일)/ 使(부릴 사: ~하게 하다)/ 兼(겸할 겸)/ 相(서로 상)/ 愛(사랑
할 애)/ 國(나라 국)/ 與(더불어 여: ~와/과)/ 攻(칠 공: 공격하다)/ 家(집 가)/ 亂(어지러울 난)/
盜(훔칠 도)/ 賊(도적 적)/ 無(없을 무)/ 有(있을 유)/ 君(임금 군)/ 臣(신하 신)/ 父(어버이 부)/
子(아들 자: 자식)/ 皆(모두 개)/ 能(능할 능: 능히~할 수 있다.)/ 孝(효도 효)/ 慈(사랑할 자)/
則(곧 즉)/ 治(다스릴 치)/ 故(까닭 고)/ 聖(성스러울 성)/ 以(로써 이)/ 爲(할 위)/ 事(일 사)/ 者
(사람 자: ~하는 사람)/ 惡(악할 악, 미워할 오, 어찌 오)/ 得(얻을 득)/ 禁(금할 금)/ 而(말이을
이)/ 勸(권할 권)/ 交(사귈 교: 서로)

니, 어찌 증오를 금하고 사랑을 권하지 않겠는가! 그러므로 천하가 서로 사랑하면 다스려질 것이고, 서로 미워하면 혼란에 휩싸이게 될 것이다.

> 풀이 : 세상 사람들이 서로 친하게 지내고 사랑하게 되면 나라가 잘 다스려지게 될 것이고, 세상 사람들이 서로 미워하게 되면 나라에 동란이 일어나게 될 것이다.

'겸애(兼愛)'는 묵가의 중요한 사상이다. 이른바 '겸애'란 사회주의 핵심가치관의 용어로 해석하면 바로 조화와 친근함을 말하는 것이다. 중국에서 국민 간의 친근함과 협력을 제창하기 위해서는 조화사회를 건설해야 한다. 국제적으로 보아도 더더욱 그러하다. 특히 정보화와 인터넷이 고도로 발달한 오늘날 국제업무에 있어서의 아주 작은 변화나 변고는 모두 전 지구적인 공포나 위기를 초래할 수 있다.

이러한 상황에서 각국은 응당 서로 상호 신뢰와 호혜의 이념을 견지해 나감으로써 제로섬 게임이나 승자독식과 같은 낡은 생각들을 버려야 한다. 협력을 시작하는 마음가짐으로 소통을 위한 플랫폼을 구축하고, 더 많은 이익을 창출할 수 있는 합치점과 성장점을 찾고, 서로 미워함(交惡) '이 아니라' 서로 사랑함(兼愛)을 추구해 나가야 할 것이다.

무릇 사귐이란 가까이 있으면 서로 믿음으로써 다해야 하며, 멀리 있으면 말로써 충실해야 한다.

(凡交, 近則必相靡以信, 遠則必忠之以言)

출전 : 『장자·인간세(莊子·人間世)』

원문 : 凡交, 近則必相靡以信, 遠則必忠之以言.[197]

무릇 사귐이란 가까이 있으면 서로 믿음으로써 다해야 하며, 멀리 있으면 말로써 충실해야 한다.

풀이 : 무릇 사귐이란 가까이 있는 친구 지간에는 반드시 서로에 대한 믿음이 있어야 하며, 멀리 떨어져 있는 친구와의 사이 에는 반드시 자신의 언약에 충실해야 한다.

『장자·인간세』 편에서는 가는 곳마다 족쇄가 없은 곳이 없는 상황 에 대해 초조해 하는 인간을 묘사하고 있다. 그러나 문장 속에는 또 한 공자의 입을 빌려 사람과 사람 사이의 교류에 있어서의 기본적인 도리인 믿음에 대해 설명하고 있다. "사람이면서 믿음이 없으면(큰 일

---

197) 凡(무릇 범)/ 交(사귈 교)/ 近(가까울 근)/ 則(곧 즉)/ 必(반드시 필)/ 相(서로 상)/ 靡(쓰러질 미)/ 以(로써 이)/ 信(믿을 신)/ 遠(멀 원)/ 忠(충성 충)/ 之(어조사 지: ~의)/ 言(말씀 언).

을 하는 것이) 가능할 수 있을지 모르겠다.(人而無信, 不知其可也)"고 했으니, 믿음은 곧 승낙이다. "군자의 말 한마디는 네 필의 말로도 쫓아가기 어렵다.(君子一言, 駟馬難追)"라고 했다. 중국인의 처세 이치에서 "천금과도 같은 약속(一諾千金)"은 도덕적 전범이다. 믿음은 신뢰로, 사람과 사람 간 교류의 기초가 바로 신뢰이기 때문에, 시기만 할 줄 아는 친구 관계는 오래 갈 수가 없는 것이다. 믿음은 또한 약속의 실행이다. "말을 하면 반드시 행동으로 옮겨야 하고, 행동으로 옮기면 반드시 결과가 있게 마련이다.(言必行, 行必果)" 친구 간의 사귐에서 큰 소리만 치는 소원한 관계는 필요가 없다. 만약 이 도리를 국제관계로 확대시켜 보면, 중국의 평화공존 5대 기본원칙이 바로 중국식 도덕의 가장 빼어난 전범이라고 할 수 있다. 최근 중국은 주변 국가들에 대해 친근함, 성실, 호혜, 포용의 외교이념을 천명하면서 주변국과의 상호 이익의 협력을 강화해 나가고, 중국의 발전이 주변국에게도 더욱 잘 미칠 수 있도록 노력해 왔으며, 영원히 개발도상국의 믿음직한 친구이자 진정어린 동반자가 되고자 노력해 왔다. 동시에 중국은 또한 각국의 지위와 역할을 존중하면서 각국과 전 방위적인 협력관계를 발전시키기 위해 힘써 왔으며, 미국과 새로운 대국관계를 적극적으로 발전시켜 왔다. 그리고 러시아와는 전략적 협력 동반자 관계를 발전시키고, 유럽과는 평화와 성장, 개혁, 문명의 동반자 관계를 발전시켜 왔다. 이로써 모두가 다함께 세계의 평화를 유지하고 공동의 발전을 촉진해 왔다. 이처럼 멀리서나 가까이에서나 함께 한다는 이치가 바로 중국인의 친구관이다.

합치면 강해지고, 고립되면 약해진다.

(合則強, 孤則弱)

출전 : 『관자(管子)』

원문 : 夫輕重强弱之形, 諸侯合則强, 孤則弱.[198]

대저 가벼움과 무거움, 강함과 약함의 형세 문제는 제후가 연합하면 강해지고, 고립되면 약해진다.

풀이 : 각 국이 연합하게 되면 강해지고, 서로가 고립되면 약해질수밖에 없다.

이 세상에서 인간은 무수한 관계 속에 놓여 있으며, 세계 또한 마찬가지이다. 200여 개의 나라들은 하나의 지구에 공존하고 있다. 비록 지구가 우주의 고독한 생명의 별이라고 말할 수는 없겠지만, 그러나 우리가 지금까지 주변의 경계에서 생명이 존재하고 있는 별을 찾지 못했으며, 또한 인류가 살 수 있는 제2의 지구도 찾지를 못했

---

198) 夫(무릇 부)/ 輕(가벼울 경)/ 重(무거울 중)/ 强(강할 강)/ 弱(약할 약)/ 之(어조사 지)/ 形(모양형)/ 諸(모든 제)/ 侯(과녁 후)/ 合(합할 합)/ 則(곧 즉)/ 孤(외로울 고)

다. 사방을 둘러보아도 망망하기만 할 뿐이기에 우리는 지구의 생존 환경을 아끼지 않을 이유가 없는 것이다. 그러나 형제가 이 작은 명운의 쪽배를 같이 타고 있으면 오히려 서로 혐오감이 생겨나기가 쉽고, 크고 작은 갈등이 끊이지 않는다. 몇 번의 세계대전은 세계를 문명의 후퇴, 심지어는 궤멸의 가장자리로 내몰았었다. 평화로운 시기에 우리는 또한 기후변화와 에너지 자원의 안전, 인터넷의 안전, 중대한 자연 재해 등이 나날이 늘어만 가는 전 지구적 문제에 직면하고 있으며, 이러한 상황은 우리로 하여금 무기를 버리고 마음을 가라앉혀 다 함께 머리를 맞대고서 인류가 생존해 갈 수 있는 지구를 지켜나가야 하는 것이다. 이른바 "합치면 강해지고 고립되면 약해진다."는 말에서 협력을 통한 상생은 각 나라들이 국제적 업무를 처리하는 기본적 정책 방향으로 삼아야 한다는 말이다. 협력과 상생의 보편적 적용 원칙은 경제영역 뿐만이 아니라 정치, 안전, 문화 등 기타 영역에 적용해 나가야 한다. 만약 우리가 자국의 이익과 각국의 공동 이익을 연계시켜 각 방면의 공동 이익이라는 접합점을 확대해 나가기 위해 노력하고, 적극적으로 윈-윈해 나갈 수 있는 새로운 이념을 확립해 나가며, 네가 아니면 내가 죽는다는 승자독식의 낡은 사고를 버려야 한다. 그래야만 비로소 "각자의 아름다움으로 그 아름다움을 이해하고, 아름다움과 아름다움이 함께 어울리면, 세상은 대동세상이 되는 이상적 상태"에 도달할 수 있는 것이다. 우리는 어려움 속에서 함께 협심하고, 권력과 책임을 함께 분담하면서 손을 맞잡고 대응해 나아가야 할 것이다.

과거의 일로 헤아리고, 미래의 일을 검증하며,
평소의 일을 참조하여 옳으면 결단을 내려야 한다.

(度之往事, 驗之來事, 參之平素, 可則決之)

출전 : 춘추전국시대『귀곡자 · 결편(鬼谷子 · 決篇)』[199]

원문 : 於是度以往事, 驗之來事, 參之平素, 可則決之.[200]

그리하여 지나간 일로써 헤아리고, 미래의 일을 검증하며, 평상시의 일을 참고하여 가능하면 결단을 내려야 한다.

풀이 : 과거의 일로써 추론하고, 미래의 일을 검증하며, 다시 일상의 일을 참고하여 그것이 옳으면 바로 결단을 내려야 한다.

역사는 우리에게 많은 암시를 던져준다. 개인이든 국가든 모두 마

---

199) 『귀곡자』는 『수서 · 경적지(隋書 · 經籍志)』에 처음 등장하는데, 그 후 역사서 및 기타 문헌 전적에 많이 기록되어 있다. 『귀곡자』는 종횡가(縱橫家)들의 유설(游說) 경험을 총결해 놓은 것으로, 귀곡자의 필생의 학술 연구의 정화가 녹아 있다. 『귀곡자』는 총 21편으로, 종횡가의 대표적 저작으로, 종횡가의 사상을 이해하는 데 참고자료가 되고 있다.

200) 於(어조사 어: ~에 대하여)/ 是(이 시)/ 於是(어시: 그리하여, 그래서)/ 度(헤아릴 도)/ 以(로써 이)/ 往(갈 왕)/ 驗(증험할 험)/ 之(어조사 지: ~의)/ 來(올 래)/ 參(참여할 참)/ 平(평평할 평)/ 素(본디 소)/ 平素(평소: 평상시)/ 可(가할 가, 옳을 가)/ 則(곧 즉)/ 決(결단할 결)

찬가지이다. 그 중에서 가장 중요한 작용은 바로 인류의 역사를 이해할 수 있고, 더 나아가 서로 다른 사회나 국가와 문명의 역사를 이해할 수 있게 해 준다. 예를 들어, "왜 중국은 평화를 사랑하는 국가인가?"라는 이 문제는 역사 속에서 해답을 찾을 수 있다. 강성했던 한나라나 당나라뿐만 아니라 경제적으로 매우 발달했던 명나라나 청나라든 간에 중국은 모두 외적 확장이나 침략보다는 장건(張騫)[201]을 서역의 사신으로 파견하거나 정화(鄭和)[202]의 해외 원정과 같은 교류를 더욱 중시하였다. 중국이 대외 전쟁을 한 적도 있지만, 많은 경우는 방어적 성격의 전쟁이었다. 이러한 점으로 판단해 볼 때 전략적 오판이란 일어날 수가 없는 것이다.

국제사회에서 이라한 점은 특히 중요하다. 더군다나 대국 앞에는 더더욱 전략적 오판을 피해야 한다. 유사한 비극은 이미 여러 차례 일어났었는데, 오늘날의 우리는 역사 속에서 교훈을 얻어야 할 것이다. "과거의 일로 헤아린다"는 말은 곧 역사 속에서 추론한다는 말이다. "미래의 일을 검증한다"는 말은 바로 지금의 약속을 통해 미래의 실천을 본다는 말이다. 역사의 차원에서, 그리고 여기에 상식적인 도리나 감정과 지금의 형세에 대한 분석을 더하면 정확한 판단을 잘 내

---

201) 장건 : 한무제 건원 2년(기원전 139) 흉노를 견제하기 위해 서방의 대월지와의 동맹을 촉진하고
자 서역으로 가다가 흉노에게 잡혀 10년 동안 포로 생활을 했고, 이후 대완과 강거를 거쳐 목
적지에 다다랐지만, 뜻을 이루지 못한 채 13년만인 원삭 2년(기원전 127) 돌아왔다. 인도 지역
과의 통로를 개척하고 동서의 교통과 문화교류의 길을 여는데 크게 공헌하였다.
202) 정화 : 명나라 초기 일곱 차례에 걸쳐 대선단을 이끌고 30여 개국을 원정한 인물이다. 명나라
제3대 황제 영락제의 명으로 이루어진 그의 대항해는 유럽의 대항해 시대보다 70년이나 앞선
항해로 기록된다. 그는 후세에 삼보태감(三保太監)으로 불리며, 사마천 및 채륜 등과 함께 환
관의 영웅으로 회자되고 있다.

릴 수 있다는 말이다. 중국은 평화를 사랑하고 책임을 질 줄 아는 대국이다. 이러한 점은 역사 속에서든 아니면 현실에서든 모두 찾아볼 수 있다. 이러한 기본적 판단을 가지고 있어야 비로소 오늘날의 중국이 세계질서 속에서 수행하고 있는 협력과 공존의 역할을 제대로 이해할 수 있는 것이다. 태평양은 매우 넓어서 중국과 미국이라는 이 두 대국을 용납할 수 있다. 세계 역시도 아주 크기 때문에 각국이 모두 이 지구상에서 하나의 운명공동체가 될 수 있는 것이다.

나라와 나라 사이의 교류는
백성들이 서로 친함에 있다.

(國之交在於民相親)

출전 : 『한비자 · 설림상(韓非子 · 說林上)』

원문 : 智伯索地於魏宣子, 魏宣子弗予. 任章曰 : "何故不予?"宣子曰 : "無故請地, 故弗予." 任章曰: "無故索地, 鄰國必恐. 彼重欲無厭, 天下必懼. 君予之地, 智伯必驕而輕敵, 鄰邦必懼而相親. 以相親之兵待輕敵之國, 則智伯之命不長矣. 『周書』曰: '將欲敗之, 必姑輔之 : 將欲取之, 必姑予之.' 君不如予之以驕智伯. 且君何釋以天下圖智氏, 而獨以吾國爲智氏質乎?"

君曰: "善." 乃與之萬戶之邑. 智伯大悅, 因索地於趙, 弗與, 因圍晋

陽. 韓魏反之外, 趙氏應之內, 智氏自亡.²⁰³

진나라의 지백이 위선자에게 토지를 달라고 요구했다. 그러나 위선자는 주지 않았다. 위나라의 신하 임장이 물었다. "왜 주지 않으십니까?" 그러자 위선자가 대답했다. "이유없이 토지를 요구하기 때문에 주지 않는 것입니다." 임장이 말하였다. "지백이 이유없이 토지를 요구하면, 이웃나라는 언제 자기 나라에게 싸움을 걸어올지도 모르니 두려워할 것입니다. 지백이 차례로 욕심을 부려 요구하게 되면, 천하 모든 나라는 반드시 근심을 하게 될 것입니다. 지금 군주께서 그에게 토지를 준다면, 지백은 오만해질 것이고 그래서 적을 무시하게 되면,

---

203) 智(지혜 지)/ 伯(맏아들 백)/ 智伯(지백: 본명은 (智搖)이며, 지씨 가문의 우두머리이기 때문에 지백 요, 또는 지백으로 불린다. 시호가 양이라 지양자라고도 하며, 당시 진(晉)나라 말기의 실권자로, 한강자와 위선자, 조양자에게 땅을 요구하였자 한강자와 위선자는 주었지만, 조양자는 주지 않자 진양을 포위하였으나, 결국 한강자, 위선자, 조양자에게 멸망하고 만다. 훗날 위선자, 한강자, 조양자는 진나라를 3개로 나누어 한나라, 위나라, 조나라를 세워 전국 7웅이 된다.) 索(동아줄 삭, 찾을 색: 요구하다)/ 地(땅 지)/ 於(어조사 어: ~에게)/ 魏(나라 이름 위)/ 宣(베풀 선)/ 魏宣子(위선자: 위환자(魏桓子)라고도 하며, 위나라의 시조이다.)/ 弗(아닐 불)/ 予(나 여: 주다)/ 任(맡길 임)/ 章(글 장)/ 任章(임장: 춘추전국시대 학자이자 위선자의 가신)/ 何(어찌 하: 의문사)/ 故(옛 고, 까닭 고)/ 無(없을 무)/ 請(청할 청)/ 地(땅 지)/ 故(까닭 고: 접속사, 그렇기 때문에, 그래서)/ 鄰(이웃 린)/ 國(나라 국)/ 必(반드시 필)/ 恐(두려워할 공)/ 彼(저 피)/ 重(무거울 중: 재차, 거듭)/ 欲(바랄 욕)/ 厭(싫을 염: 싫증내다)/ 懼(두려워할 구)/ 驕(교만할 교)/ 而(말이을 이)/ 輕(가벼울 경: 가볍게 여기다)/ 敵(적 적)/ 邦(나라 방)/ 相(서로 상)/ 親(친할 친)/ 兵(군사 병: 군대)/ 待(기다릴 대: 막다, 방비하다)/ 則(곧 즉)/ 命(목숨 명)/ 長(길 장)/ 矣(어조사 의), 周(두루 주: 주나라)/ 書(책 서)/ 將(장차 장)/ 欲(바랄 욕: ~하고자 하다)/ 敗(패할 폐: 패배시키다)/ 姑(시어머니 고: 잠시)/ 輔(도울 보)/ 取(취할 취)/ 不如(불여: ~만 못하다.)/ 釋(풀 석)/ 圖(그림 도: 도모하다, 꾀하다.)/ 獨(홀로 독)/ 吾(나 오)/ 爲(할 위)/ 質(바탕 질: 인질)/ 乎(어조사 호)/ 善(착할 선: 좋다)/ 乃(이에 내)/ 與(줄 여)/ 萬(일만 만)/ 戶(지게문 호)/ 邑(고을 읍)/ 悅(기쁠 열: 기뻐하다.)/ 因(인할 인)/ 趙(나라 이름 조)/ 圍(둘레 위: 포위하다)/ 晉(나아갈 진, 나라이름 진)/ 陽(볕 양)/ 韓(나라이름 한)/ 反(꺼꾸로 반)/ 外(바깥 외)/ 應(응할 응)/ 內(안 내)/ 自(스스로 자)/ 亡(망할 망).

291

불안한 이웃나라는 서로다 친밀해질 것입니다. 서로다 친밀해져서 여러 나라가 동맹하여 지백을 공략하면, 그 나라도 오래 지속하지 못하게 될 것입니다. 주서에도 '이것을 빼앗고 싶으면 잠시 동안 주어라'라고 쓰여 있는 것처럼 군주께서도 지백에게 토지를 주어 그의 마음이 방심하도록 하는 것이 상책일 것입니다. 어찌하여 천하의 동맹군을 가지고 지백을 멸망시키려고 하지 않고, 다만 우리 위나라 혼자 지백과 맞서려 하십니까?" 이 말을 들은 위선자는, 그렇게 하는 것이 마땅하다고 생각하고 1만호의 고을을 지백에게 내주었다. 지백은 크게 만족하여 이번에는 조나라에게 토지를 요구했다. 조나라는 내주지 않았기 때문에 그 고을의 진양이 포위되었지만, 과연 한나라와 위나라는 밖에서 지백을 배반하고, 조나라는 성안에서 그들과 호응하자 지백은 멸망하고 말았다

풀이 : 나라와 나라 사이에 교류의 기초가 견고한지의 여부는 바로 국민들의 우호가 깊은지의 여부에 달려 있다.

오랫동안 우호관계를 맺어오고 있던 두 나라는 일반적으로 공통의 특징을 가지고 있는데, 바로 양국 국민들의 장기적인 상호 지지와 깊은 우호 관계가 그것이다. 국민들 사이의 상호 이해는 두 나라 상호 협력의 기초이다. 국민들의 우호적인 전승은 두 나라가 우호 사업을 지속적으로 계승하고 발전하는 기초인 것이다. 두 나라 국민들의 우호는 과거의 우호적 관계에서 비롯되며, 또한 미래에 대한 공동의 노

력에서 비롯된다. 예를 들어, 두 나라 청년들이 공통의 흥미나 취미가 있느냐의 여부는, 우호 관계가 지속되기를 바라고, 우호관계를 추진하길 원하며, 새로운 시대의 방식을 이러한 우호를 발전시켜 나가길 원하는지의 여부에 달려 있으며, 이러한 것들은 마찬가지로 매우 중요한 것이다.

홀로 배움에 벗이 없으면, 곧 외롭고 식견이
좁아지며 견문이 부족하게 된다.

(獨學而無友, 則孤陋而寡聞)

출전 : 『예기·학기(禮記·學記)』

원문 : 獨學而無友, 則孤陋而寡聞.[204]

홀로 공부하며 벗이 없으면 고루하고 견문이 부족하게 된다.

풀이 : 혼자서 공부하여 토론할 벗이 없으면, 곧 외로워 안목이 좁
아지고 견문이 부족하게 된다.

이치는 매우 간단명료하다. 다른 사람에게 끊임없이 배워야만 비로
소 넓은 안목을 가질 수 있다는 말이다. 개인도 그러하고 국가도 또
한 마찬가지이다. 중국에게 있어서 유구한 역사를 가진 중화문명은
토대이며, 영원히 잃어버려서는 안 되는 혈맥이다. 그러나 그렇다고
이것이 발전 없이 제자리걸음만을 한다거나 혁신이 없는 수구를 의미

---

204) 獨(홀로 독)/ 學(배울 학)/ 而(말이을 이)/ 無(없을 무)/ 友(벗 우)/ 則(곧 즉)/ 孤(외로울 고)/ 陋
(좁을 루)/ 寡(적을 과)/ 聞(들을 문).

하는 것은 아니다. 사실 중화문명이 가장 찬란했던 시기는 바로 바깥 세계와의 교류가 가장 빈번했던 시기이다. 나라의 문을 굳게 걸어 잠근 지 여러 해가 지난 후 우리는 비로소 서방의 철갑선과 대포의 화력이 얼마나 맹렬한지를 알게 되었다. 문명 간의 상호 학습과 교류는 이미 많은 주류 문명의 공통된 인식이다.

오대주 문명에는 모두 우리가 배우고 거울로 삼아야 할 점들이 있으며, 또한 응당 적극적으로 그 가운데 유익한 요소들을 수용함으로써 인류문명 속의 우수한 요소와 우리의 것을 유기적으로 결합시키고, 당대 중국의 발전 현황과 유기적으로 결합시켜야 한다. 우리는 응당 그 장점을 가려 배우고, 그 단점을 배워 우리를 고쳐나가야 한다. 장단점 모두를 받아들여 거짓을 없애고 참된 것만을 보존함으로써 진정으로 개방적인 심리 상태에서 민족적 시야를 넓히고 현대화된 중국을 건설해 나가야 할 것이다.

말을 달리고 역참을 달려 명을 전하는 것이
매 달 끊어져서는 안 된다.
(馳命走驛, 不絶於時月)

출전 : 『후한서·서역전(後漢書·西域傳)』

원문 : 馳命走驛, 不絶於時月. 商胡販客, 日款於塞下[205]

말을 달려 역참을 지나가며 명을 전하는 것이 매 달 끊어져서는 안 된다. 바깥의 장사치와 오랑캐가 매일 변방을 두드리기 때문이다.

풀이 : 편지를 전하거나 명령을 전달하는 것은 매월 끊임이 없다. 이 말은 서역의 경제문화교류 번영의 광경을 노래한 말이다.

이 말은 중화민족과 아랍 민족이 역사상 오랫동안 교역하였음을 형상적으로 개괄한 말이다. 중국과 아랍의 교류사를 되돌아보면 육

---

205) 馳(달릴 치)/ 命(목숨 명: 명령)/ 走(달아날 주:달리다)/ 驛(역참 역)/ 不(아닐 불)/ 絶(끊을 절)/ 於(어조사 어)/ 時(때 시)/ 月(달 월)/ 商(헤아릴 상)/ 胡(오랑캐 호)/ 販(팔 판)/ 客(나그네 객)/ 日(날 일)/ 款(정성 관)/ 塞(변방 새)/ 下(아래 하)

로의 비단길과 해양의 향료길을 떠올리게 된다. 감영(甘英), 정화(鄭和), 이븐 바투타 등은 역사에 길이 남을 중국과 아랍의 우호교류 사자들이었다. 비단길은 중국의 제지술, 화약, 인쇄술, 나침반 등을 아랍지역을 거쳐 유럽으로 전해 주었으며, 그리고 서역의 천문, 역법, 의약 등을 중국에 소개해 줌으로써 문명교류사에 있어서 매우 중요한 인재들이었다. 그들을 통한 천여 년 동안 비단길이 짊어져 온 평화와 협력, 개방과 포용, 상호학습과 상호 이익 정신의 횃불이 전해져오고 있다. 현재 중국은 '일대일로' 전략을 펼치고 있는데, 이 전략 역시도 아랍 국가들에게 중대한 기회를 안겨다 줄 것이다. 중국과 아랍국가들은 비단길을 통해 서로 알게 되고 교류해 왔기 때문에 함께 '일대일로'를 건설해 나가는 자연스러운 협력 동반자이다.

쌍방이 함께 협의하고, 함께 건설하고, 함께 향유한다는 원칙을 견지해 나가면서 더 높은 곳에 올라 더 멀리 내다보고 견실하게 추진해 나가야만 '일대일로'가 최대한 빨리 실질적인 성과를 거둘 수 있을 것이다.

마음으로 서로가 사귀게 되면
성과가 오래 간다.

(以心相交者, 成其久遠)

출전 : 수나라 때 왕통(王通)의 『중설·예악편(中說·禮樂篇)』

원문 : 以勢交者, 勢傾則絶. 以利交者, 利窮則散.[206]

세력으로 사귀는 자는 세력이 다하면 관계가 끊어지게 되고, 이익
으로 사귀는 자는 이익이 다하면 흩어지고 만다.

풀이 : 권세로 벗을 사귀는 사람은 그 권세를 잃고 나면 우정도
끊어지고 만다. 이익으로 벗을 사귀는 사람은 이익이 다하
고 나면 우정도 그와 함께 흩어지고 만다.

벗을 사귈 때에는 많은 기준들이 있으며, 사람마다 서로 다른 시각
을 가지고 있다. 그러나 오랜 세월 동안의 실천을 통해 공통된 요소
가 있음을 알 수 있는 데, 그것은 바로 오랫동안 우정을 유지하는 비

---

206) 以(로써 이)/ 勢(형세 세)/ 交(사귈 교)/ 者(사람 자)/ 傾(기울 경)/ 則(곧 즉)/ 絶(끊을 절)/ 利
(이로울 이: 이익)/ 窮(다할 궁)/ 散(흩어질 산).

결이다. 옛 사람들은 일찍부터 권세와 금전은 우정을 오랫동안 지켜 나가게 할 수 없지만, 진심으로 대하면 우정을 오랫동안 유지할 수 있음을 알고 있었다. 국가 간의 교류도 마찬가지이다. 신 중국 성립 이후 줄곧 모든 국가들에 대해 차별 없이 대할 것을 주장해왔는데, 국가가 크든 작든 가난하든 부자든, 또는 강하든 약하든 모두 국제 사회의 평등한 일원이기 때문이다.

평화 공존 5대 원칙이든, 중국이 여러 해 동안 모든 국가를 대하는 방식이든 모두가 이러한 점을 증명하고 있다. 다시 말해 그래야만 비로소 중국이 세계무대에서 더 많은 벗을 가지게 될 것이고, 언제든지 동고동락하면서 서로 도울 수 있을 것이다.

크고 무성한 나무를 생각하는 사람은 반드시 그 뿌리를
튼튼하게 해야 나무의 기초가 확고해지고,
나무의 줄기가 굵어지고 잎이 무성하게 된다.
(求木之長者, 必固其根本. 欲流之遠者, 必浚其泉源)

출전 : 당나라 위징(魏徵)의 「간태종십사소(諫太宗十思疏)」

원문 : 求木之長者, 必固其根本. 欲流之遠者, 必浚其泉源.[207]

풀이 : 크고 무성한 나무를 생각하는 사람은 반드시 그 뿌리를 튼
튼하게 해야 나무의 기초가 확고해지고, 나무의 줄기가 굵
어지고 잎이 무성하게 된다. 물줄기가 오랫동안 쉬지 않고
끊임없이 흐르게 하고자 하는 사람은 반드시 물길을 통하
게 하고 원천을 깊게 해야 한다.

　지속가능한 발전이라는 이념은 오늘날 이미 세계 각국의 공통된
인식으로 자리 잡았으며, 중국은 줄곧 이러한 이념의 제창자이자 실

---

207) 求(구할 구)/ 木(나무 목)/ 之(어조사 지: ~의)/ 長(길 장: 자라다, 성장하다)/ 者(사람 자: ~하는
사람)/ 必(반드시 필)/ 固(굳을 고: 굳건히 하다), 其(그 기)/ 根(뿌리 근)/ 本(근본 본)/ 欲(하고
자 할 욕: 하고자 하다, 바라다)/ 流(흐를 류)/ 遠(멀 원)/ 浚(깊을 준)/ 泉(샘 천)/ 源(근원 원)

천가로서의 역할을 해 왔다. 지속가능한 발전은 안전을 조건으로 해야 하기 때문에, 척박한 땅 위에서는 평화의 나무로 성장해 나갈 수 없으며, 연일 계속되는 전쟁 속에서는 발전이라는 열매를 맺을 수가 없다. 안전만이 발전을 보장해주며, 발전만이 안전문제를 해결하는 가장 좋은 방법인 것이다. 최근 몇 년 사이에 중국은 국제평화에 적극적으로 참여해 왔다. 아시아지역에서의 공동 발전과 지역 일체화의 진전을 적극적으로 추진해 왔을 뿐만 아니라 세계적인 범위에서 세계경제 관리과정에도 적극적으로 참여해 오고 있다. 이러한 중국의 행보를 세계가 보고 있으며, 중국의 안전과 발전에 대한 관심은 또한 보편적인 인정과 이해를 얻고 있다.

태산에 올라 뭇 산들을 바라다보면 언덕과
산의 근본과 말단을 알 수 있다.

(登太山而覽群岳, 則岡巒之本末可知也)

출전 : 당나라 왕발(王勃)의 「팔괘대연론(八卦大演論)」

원문 : 故據滄海而觀眾水, 則江河之會歸可見也 : 登泰山而覽群嶽, 則岡巒
之本末可知也.[208]

　그런 까닭에 창해에 의지하여 뭇 물들을 바라보면 강하가 모두 바
다로 돌아감을 가히 볼 수 있다. 태산에 올라 뭇 산악들을 바라다보
면 언덕과 산의 근본과 말단을 가히 알 수가 있다.

풀이 : 큰 바다 옆에서 강을 바라보면 강이 왜 바다로 흘러가려고
하는지를 알 수 있고, 태산에 올라 뭇 산들을 바라보면 산
봉우리 중 왜 태산이 으뜸인지를 알 수 있다.

---

208) 故(까닭 고)/ 據(근거 거: 의지하다 기대다)/ 滄(큰 바다 창)/ 海(바다 해)/ 而(말이을 이)/ 觀
(볼 관)/ 眾(무리 중)/ 水(물 수)/ 則(곧 즉)/ 江(강 강)/ 河(강 하)/ 之(어조사 지)/ 會(모일 회)/
歸(돌아갈 귀)/ 可(가히 가)/ 見(볼 견)/ 也(어조사 야)/ 登(오를 등)/ 泰(클 태)/ 山(뫼 산)/ 覽
(볼 람)/ 群(무리 군)/ 嶽(큰 산 악)/ 岡(산등성이 강: 언덕)/ 巒(뫼 만), 本(근본 본)/ 末(끝 말)/
知(알 지).

이 구절 앞에는 "창해에 기대어 뭇 강물들을 바라보면 강물들이 모여 바다로 돌아감을 가히 볼 수 있다.(據滄海而觀衆水, 則江河之會歸可見也)"라는 구절이 있는데, 사실은 드넓은 시야나 기세당당한 형국, 높고 먼 경지 등을 설명하는 내용이다. 이것과 "높은 곳에 올라 저 멀리 내다본다(登高望遠)"는 말이나 "저 멀리 천리 밖까지 보기 위해 다시 누각을 한 층 더 오르네.(欲窮千里之目, 更上一層樓)"라는 시구들처럼 절묘하다. 개인적으로 볼 때 거시적 국면을 품을 수 있는 큰 포부를 원한다면 개인적인 안목과 경지를 끌어올려야 한다. 더 높은 학식을 가지고 있을 때만 더 높은 경지를 가질 수 있고, 업무나 생활 속의 여러 문제에 자유롭게 대처할 수 있는 것이다. 중국은 국제적 교류의 장에서 여러 차례 이 구절을 언급하면서 중국은 높고 원대한 경지를 추구하는 국가이며, 부국강병으로 다른 나라를 절대 위협하지 않으며, 다른 나라를 기만하지 않는 아주 친절한 국가임을 천명하였다. 다시 한 번 중국의 평화외교와 당당한 국가적 기상을 잘 보여주고 있다.

서로를 알아주는 벗은 멀고 가까움이 없으니,

만 리를 떨어져 있어도 오히려 이웃이 된다.

(相知無遠近, 萬里尙爲隣)

출전 : 당나라 장구령(張九齡)의 「(送衛城李少府)」[209]

원문 : 送客南昌尉, 離亭西候春. 野花看欲盡, 林鳥聽猶新.

別酒青門路, 歸軒白馬津. 相知無遠近, 萬里尚爲鄰.[210]

---

209) 장구령(張九齡)(678~740)은 자가 자수(子壽)이며, 다른 이름으로 박물(博物)이라고도 하고, 시호가 문헌(文獻)이다. 한족으로 당나라 때 소주(韶州) 곡강(曲江)(지금의 광동성(廣東省) 소관시(韶關市) 출신으로, 세간에서는 "장곡강(張曲江)" 또는 "문헌공(文獻公)" 으로 불린다. 당나라 개원 년간의 유명한 재상이자 시인이다. 서한 시기의 유후(留侯) 장량(張良)의 후손이며 서진(西晉)의 장무군공(壯武郡公) 장화(張華)의 14세손이다. 일곱 살에 글을 깨우쳤고, 당나라 중종(中宗)의 경룡(景龍) 초년에 진사에 급제하여 교서랑(校書郎)으로 관직생활을 시작했다. 현종(玄宗)이 즉위하자 우보궐(右補闕)로 자리를 옮겼다. 당 현종 개원(開元) 시기에는 중서시랑(中書侍郎), 동중서문하평장사(同中書門下平章事), 중서령(中書令) 등의 관직을 지냈다. 어머니의 상중에 동평장사(同平章事)를 제수받기도 했다. 당나라 때의 이름난 어진 재상으로 행동거지가 우아하고 풍격이 비범하였다. 장구령이 세상을 떠난 후 당 현종은 재상들이 어진 선비를 추천할 때면 항상 "풍격이 장구령만한가요?" 라고 물었다고 한다. 그래서 장구령은 지금까지도 후세 사람들의 존경과 추모를 받고 있다.

210) 送(보낼 송)/ 客(나그네 객)/ 南(남녘 남)/ 昌(창성할 창)/ 尉(벼슬 위)/ 離(헤어질 리)/ 亭(정자 정)/ 西(서녘 서)/ 候(기다릴 후)/ 春(봄 춘)/ 野(들 야)/ 花(꽃 화)/ 看(볼 간)/ 欲(바랄 욕)/ 盡(다할 진)/ 林(수풀 림)/ 鳥(새 조)/ 聽(들을 청)/ 猶(같을 유)/ 新(새로울 신)/ 別(나눌 별)/ 酒(술 주)/ 靑(푸를 청)/ 門(문 문)/ 路(길 로)/ 歸(돌아갈 귀)/ 軒(추녀 헌)/ 白(흰 백)/ 馬(말 마)/ 津(나루진)/ 相(서로 상)/ 知(알지)/ 無(없을 무)/ 遠(멀 원)/ 近(가까울 근)/ 萬(일만 만)/ 里(마을 리)/ 尙(오히려 상)/ 爲(할 위)/ 鄰(이웃 린).

나그네 남창의 현위로 떠나보내며, 봄날 정자에서 귀빈과 이별하네. 아름다운 들꽃 시들어 가는데, 숲 속의 새 소리는 새로워라. 성 문으로 난 길에서 이별주 나누며, 돌아가는 수레는 백마진으로 향하네. 지기는 멀고 가까움이 없으니, 만리 길 떨어져 있어도 오히려 이웃 같아라.

풀이 : 서로 알고 있으면 만 리나 떨어져 있어도 이웃과 마찬가지이다.

중국인의 시공관념은 매우 재미있는데, 항상 심리상태에는 시공의 거리를 초월하곤 한다. 예를 들어 "생각은 천년을 잇고, 눈은 만리를 통하네.(思接千載, 視通萬里)", "세상 안에 나를 알아주는 벗이 있다면, 하늘 저 끝도 이웃과 같다.(海內存知己, 天涯若比隣)" 등의 구절에서 볼 수 있듯이 중국인들은 물리적 시공을 시의적 공간으로 변화시킨다.

시공을 뛰어넘는 상상력은 중국인들의 독특한 인생관과 세계관으로, 친구 간에 또 국가 간에 적용된다. 물론 여기에는 전제조건이 있다. 그 첫 번째가 교류는 반드시 평등에 기초해야 하며, 평등은 우의를 전제로 한다는 것이다. 두 번째는 믿음이다. 서로를 알아줌에는 멀고 가까움이 없다는 말에서 서로를 알아준다는 것은 상대의 감정뿐만 아니라 마음을 알아주어야 한다는 것이다. 공동의 발전문제에 직면하게 되면 믿음이 있어야 협력이 가능하다. 세 번째는 실질적인 사업이 있어야 한다.

벗들 사이에는 공통의 언어와 관심사가 있어야 하며, 국가 간에는 공동의 발전이라는 임무가 있어야 하며, 장점으로 단점을 보완해 나가고, 실질적인 사업 속에서 지속적으로 협력해 나가야만 우의를 강화해 나갈 수 있는 것이다.

산은 쌓여서 높아지고
연못은 쌓여서 길어진다.

(山積而高, 澤積而長)

출전 : 당나라 유우석(劉禹錫)의 「당고감찰어사증상허우부사왕공
신도비(唐故監察御史贈尙書右僕射王公神道碑)」

원문 : 銘曰:山積而高, 澤積而長. 聖人之後, 必大而昌. 由聖與賢, 或爲霸
強. 建不克嗣, 濟北疏疆. 齊人德之, 其族稱王.[211]

    명문에 이르길, '산은 쌓여서 높아지고, 연못은 쌓여서 길어진다.
성인의 후예는 반드시 크게 번창할 것이다. 성인과 현자로 말미암아
혹자는 패강이 되기도 했다. 제나라 왕 건 이후로는 이어가지를 못
했으니, 제북의 왕이 되어 강토와 멀어졌다. 제나라 사람들은 그에게
덕을 베풀어 그 종족은 왕 씨가 되었다.

---

211) 銘(새길 명)/ 曰(말씀 왈)/ 山(뫼 산)/ 積(쌓을 적)/ 而(말이을 이)/ 高(높을 고)/ 澤(못 택)/ 長
(길 장)/ 聖(성스러울 성)/ 人(사람 인)/ 之(어조사 지)/ 後(뒤 후)/ 必(반드시 필)/ 大(클 대)/ 昌
(창성할 창)/ 由(말미암을 유)/ 與(더불어 여: ~와/과)/ 賢(어질 현), 或(혹 혹: 혹은, 혹시)/ 爲
(할 위:~이 되다, ~을 하다)/ 霸(으뜸 패)/ 強(강할 강)/ 建(세울 건)/ 不(아닐 불)/ 克(이길 극)/
不克(불극: ~할 수 없다)/ 嗣(이을 사)/ 濟(건널 제: 돕다)/ 北(북녘 북)/ 疏(트일 소)/ 疆(지경
강)/ 齊(가지런할 제: 나라 이름, 제나라)/ 德(덕 덕)/ 之(어조사 지: 지시대명사)/ 其(그 기)/ 族
(겨레 족: 민족, 종족)/ 稱(일컬을 칭)/ 王(임금 왕).

풀이 : 산은 쌓여서 높아지고, 물은 쌓여서 길어진다.

어떤 일을 하든지 간에 모두 축적의 과정이 필요하다. 누적됨이 있어야 비로소 이룰 수가 있는 것이다. 한 개인의 내적 수양은 경험과 깨달음의 축적이 필요하다. 한 개인의 외적 교류 역시도 지식과 인맥의 축적이 필요하다. 한 국가의 발전과 건설은 장기적인 계획이 필요하며, 또한 정책의 연속성을 통해 발전과정에서의 끊임없는 누적을 보장해 주어야 한다. 국가와 국가 간의 교류는 비록 국익의 형세가 더욱 복잡하기는 하나 마찬가지로 공통의 목표가 필요하며, 각국이 이에 대해 끊임없는 노력을 견지해 나가야 한다.

예를 들어, 중국은 적극적으로 공통의 종합적인 협력과 지속가능한 아시아의 안전을 제창하고, 또 이를 위해 노력함으로써 많은 주변국의 인정을 받고 있다. 이 목표를 확정한 후, 관건은 굳건한 신념으로 한 걸음 한 걸음 발자취를 남기며 나가야 한다. 끊임없이 축적하고 전진해 나가야만 비로소 작은 물줄기가 모이고 모여 바다가 되듯이 목표를 달성할 수 있는 것이다.

해와 달은 그 빛이 같지 않으며,
밤과 낮은 제각각 그 마땅함을 가지고 있다.

(日月不同光, 晝夜各有宜)

출전 : 당나라 맹교(孟郊)의 「답요부견기(答姚怤見寄)」

원문 : 日月不同光, 晝夜各有宜. 賢哲不苟合, 出處亦待時.[212]

해와 달은 그 빛이 다르고, 밤과 낮은 제각각의 마땅함을 가지고 있다. 어질고 밝음은 구차하게 부합하지 않고, 나가는 것 또한 시기를 기다린다.

풀이 : 태양과 달빛은 시간에 따라 서로 다른 빛을 내뿜으면서 인류에게 많은 혜택들을 안겨다 주었다.

개인과 사회의 관계나 국제사회에서의 국가는 항상 유사한 논리이다. 사회에서 서로 다른 개체는 서로 다른 역할을 발휘하며, 국제 사

---

212) 日(날 일)/ 月(달 월)/ 不(아닐 불)/ 同(같을 동)/ 光(빛 광)/ 晝(낮 주)/ 夜(밤 야)/ 各(각각 각)/ 有(있을 유)/ 宜(마땅할 의)/ 賢(어질 현)/ 哲(밝으르 철)/ 苟(진실로 구)/ 合(합할 합)/ 出(날 출)/ 處(곳 처)/ 亦(또한 역)/ 待(기다릴 대)/ 時(때 시).

회에서 서로 다른 국가 역시도 서로 다른 역할을 담당한다는 것이다. 어떤 역할을 하고 어떤 작용을 발휘하느냐는 힘과 지위에 근거하여 평가된다. 자신의 능력에 따라 행동하며, 권력과 책임이 서로 대응한다. 국제 사회에서도 이 점은 더더욱 중요하다.

오늘날의 국제사회를 어떻게 이해하고 어떻게 대응해야 할 것인가? "구동존이(求同存異 : 이견에 대해서는 일단 보류하고 의견을 같이 하는 것부터 협력한다는 뜻)"나 "화이부동(和而不同 : 화합하면서도 부화뇌동하지 않는다)"이 이상적인 상태이다. 이 세상에는 완전히 똑같은 잎사귀란 없다. 다양하기 때문에 이 세계는 다채롭고 문명도 서로 교류하고 서로 본보기로 삼는 공간이 생겨지는 것이다.

해와 달은 그 내뿜는 빛도 다르고 나타나는 시간도 다르지만 모두 세상에 도움을 주는 것처럼 중국이나 미국, 러시아, 독일, 프랑스 등 세계의 대국들 역시도 이 세계 속에서 적절하게 어울림으로써 신흥 대국과 기존 대국 간에 부딪힐 수밖에 없는 일전인 "투기디데스의 함정(Thucydides Trap)"을 피할 수 있다. 과거의 역사 속에서 교훈을 받아들이고 전략적 오판의 방지를 새로운 시대의 조건 속에서 다시 한 번 재연하는 일, 이것이 바로 역사를 배우는 의미이며, 또한 인류 사회가 앞으로 나아갈 수 있는 원동력인 것이다.

마음을 하나로 하여 함께 성취해 나가며,
시종 하나같이 지켜나가는 이것이 군자의 벗 사귐이다.
(同心而共濟, 終始如一, 此君子之朋也)

출전 : 북송시기 구양수(歐陽修)의 「붕당론(朋黨論)」

원문 : 以之修身, 則同道而相益. 以之事國, 則同心而共濟, 終始如一, 此君子
之朋也.[213]

이로써 몸을 닦으면 도를 함께하여 서로 유익하고, 이로써 나라를
섬기면 마음을 같이하여 함께 도모하여 끝과 처음이 한결 같으니, 이
것이 군자의 벗 사귐이다.

풀이 : 마음을 합쳐 어려움을 극복하며, 이 마음을 시종일관 바
꾸지 않고 마음을 하나로 모아 함께 사업을 성취해 나가는
것, 이것이 바로 군자가 벗을 사귀는 방식이다.

---

213) 以(로써 이)/ 之(그 지: 지시대명사)/ 修(닦을 수)/ 身(몸 신)/ 則(곧 즉)/ 同(같을 동)/ 道(길
도)/ 而(말이을 이)/ 相(서로 상)/ 益(이로울 익)/ 事(일 사: 섬기다)/ 國(나라 국)/ 同(같을 동)/
心(마음 심)/ 共(함께 공)/ 濟(건널 제)/ 終(마칠 종)/ 始(처음 시)/ 如(같을 여)/ 一(한 일)/ 此
(이 차)/ 君(임금 군)/ 子(아들 자)/ 之(어조사 지:~의)/ 朋(벗 붕)/ 也(어조사 야)

벗을 사귐에는 군자의 사귐과 소인배의 사귐이 있는데, 옛 사람들의 지혜는 우리에게 아주 많은 시사점을 던져준다. 군자의 사귐은 물처럼 담담하지만 마음을 합쳐 어려움을 이겨내는 기본적인 태도는 바뀌지 않는다. 소인배의 사귐은 겉으로 보기에는 매우 친절한 것 같지만, 그러나 이익 앞에서는 흔들리게 된다는 말이다. 개인도 마찬가지이고 국가 역시도 마찬가지이다.

국가와 국가 간의 공존은 수십 년 또는 수백 년, 수천 년의 시간이 걸리는 일이며, 시간이라는 강물 속에서 항상 충돌과 마찰, 또는 불쾌감이 있기 마련인데, 문제의 핵심은 갈등이 있느냐 없느냐에 있는 것이 아니라 시종일관된 태도로 서로를 대할 수 있느냐 하는 것에 달려 있다. 군자 식의 친구 사귀기 방법으로 처음부터 끝까지 함께 살아가는 것, 이것이 바로 국가와 국가 간의 우의를 유지해 나가는 비결이다.

남을 따라서 계획하면 끝내는 남보다 뒤지게 되니,
스스로 일가를 이루어야 비로소 참 경지에 가까워지게 된다.
(隨人作計終後人, 自成一家始逼眞)

출전 : 북송시기 황정견(黃庭堅)의 「이우군서수중증구십사(以右軍書
數種贈丘十四)」

원문 : 小字莫作痴凍蠅. 樂毅論勝遺教經. 大字無過瘞鶴銘, 官奴作草欺伯
英. 隨人作計終後人, 自成一家始逼眞.[214]

작은 글자를 적을 때는 바보같이 얼어붙은 파리처럼 쓰지 마라.
「낙의론」이 「유교경」 보다는 낫다. 큰 글자를 적을 때에는 「예학명」 처
럼 지나치게 질박해선 안 된다. 다른 사람을 따라서 계획을 도모하면
결국은 다른 사람에게 뒤처지게 되고, 독자적인 특색을 형성하게 되
면 비로소 생동적이고 진지한 일가를 이루게 된다.

---

214) 小(작을 소)/ 字(글자 자)/ 莫(없을 막: ~하지 마라)/ 作(지을 작)/ 痴(어리석을 치)/ 凍(얼 동)/
蠅(파리 승)/ 樂(즐거울 락)/ 毅(굳셀 의)/ 論(말할 론)/ 勝(이길 승)/ 遺(남길 유)/ 教(가르칠
교)/ 經(글 경)/ 大(클 대)/ 無(없을 무: ~하지 마라)/ 過(지나칠 과)/ 瘞(묻을 예)/ 鶴(학 학)/ 銘
(새길 명)/ 官(벼슬 관)/ 奴(종 노)/ 草(풀 초)/ 欺(속일 기)/ 伯(만 백)/ 英(꽃부리 영)/ 隨(다를
수)/ 人(사람 인: 다른 사람)/ 計(셀 계)/ 終(마칠 종)/ 後(뒤 후: 뒤처지다)/ 自(스스로 자)/ 成
(이룰 성)/ 一(한 일)/ 家(집 가)/ 始(처음 시: 비로소)/ 逼(핍박할 핍: 가까워지다)/ 眞(참 진)

| 풀이 | : 다른 사람을 따라서 계획을 세우게 되면 결국에는 다른 사람보다 뒤처지게 된다. 스스로 일가를 이루어야 비로소 참됨에 가까워지는 것이다. |

이 구절은 원래는 서예에 대해 한 말이다. 글자를 쓸 때 영원히 서첩만을 베끼게 되면 아무리 왕희지(王羲之)나 미원장(米元章)처럼 썼다고 하더라도 그것은 고양이를 보고서 호랑이로 그린 것으로 숭어가 뛰니 망둥이도 뛰는 것처럼 남을 따라하는 것에 불과하다. 심지어는 잘못하면 한단지보(邯鄲之步)처럼 남의 흉내만 내는 지경에까지 떨어지고 만다. 자신만의 독특함을 보여야만 비로소 스스로 일가를 이룰 수가 있는 것이다.

국제사회에서도 마찬가지 이치를 적용해 볼 수 있다. 미국의 유명한 정치학자인 헌팅턴(Huntington)은 『사회변화 중의 정치질서(Political Order in Changing Societies)』에서 수십 개의 전형적인 정치조직을 고찰하고 서로 다른 지표로 따져 본 후에 역사적 조건이 다르고 사회적 통치 정도가 다를 경우 제도의 의식에만 의존하게 되면 사회적 혼란을 야기하게 된다고 결론을 내렸다. 왜 그럴까? 그것은 제도를 이식하거나 모방할 경우 더 많은 요소들이 종합적으로 작용을 해야 하기 때문이라는 것이다. 예를 들어, 일정한 경제발전 수준에 도달해야만 비로소 민주나 법치를 이야기 할 수 있으며, 그렇지 않을 경우 "빈곤한 정의"는 종종 더 많은 혼란을 야기하게 되는 것이다. 마찬가지로 너무 높은 수준의 제도를 요구할 경우에는 안정과 다원적인 사회계층의 지자가 필요하다. 이 밖에도 또 인구의 자질과 정치적 조작의 성숙도, 계층 간의 유동성, 정치적 흡수성 등이 고려되어야 한다. 만약 이러한 요소들을 무시하고 완전히 유토피아식의 이상만으로 이식할 경우 단기적으로나 장기적인 결과에 대해 심사숙고하지 않는다면 문학창작에서 말하는 "나를 비슷하게 모방하면 속되고, 나를 따라 배우면 죽게 된다.(似我者俗. 學我者死)"는 상황이 되고 만다. 그렇기 때문에 몸에 맞춰 옷을 짓듯이 모든 것이 실재 상황에서 출발하는 것이야 말로 진정으로 책임을 지는 태도이기 때문에 정치나 국가의 실천 역시도 이 길을 따라야 하는 것이다.

천금으로 좋은 이웃을 산다.

(千金祗爲買鄕隣)

출전 : 명나라 풍몽룡(馮夢龍)의 『성세항언(醒世恒言)』

원문 : 不見古人卜居者, 千金祗爲買鄕隣.[215]

옛 사람 중에 점을 쳐서 집을 고르는 사람을 보지 못했는가? 천금
으로 이웃을 사려는 것임을.

풀이 : 옛 사람들 중에서 집의 길흉화복을 점치는 사람은 천금으
　　　로 좋은 이웃을 산다.

맹자의 어머니는 좋은 이웃을 찾아 세 번이나 이사를 했다. 보통
사람들조차 이처럼 이웃의 중요성을 강조하였으니, 한 나라는 더 말
할 필요도 없는 것이다. 생동적인 비유를 들어 보면, 이웃은 이사를
갈 수나 있지만 국가는 그렇지가 못하다. 그렇기 때문에 이웃나라와

---

215) 不(아닐 불)/ 見(볼 견)/ 不見(불견: 반어법, 보지 못했는가?)/ 古(옛 고)/ 人(사람 인)/ 卜(점칠
복)/ 居(살 거)/ 者(사람 자)/ 千(일천 천)/ 金(쇠 금)/ 祗(다만 지)/ 爲(할 위)/ 買(살 매)/ 鄕(시
골 향)/ 隣(이웃 린)

더욱 사이좋게 지내야 하는 것이다. "원대한 뜻을 얻은 사람은 작은 것도 함께 할 수 있다.(得其大者可以兼其小)"고 하였다. 이웃 간에 사소한 작은 갈등을 피할 수는 없겠지만, 그러나 두 나라 쌍방이 양국의 대국적 관계에서 출발하고자 한다면 평화적이고 우호적인 협상을 통하여 이견을 적절히 조정해 나감으로써 양국 관계가 비정상적인 궤도로 어긋나는 것을 방지할 수 있을 것이다.

물 한 방울의 은혜라 할지라도
응당 샘물로 보답해야 한다.

(滴水之恩, 當涌泉相報)

출전 : 청나라 주백려(朱柏廬)의 『주자가훈(朱子家訓)』[216]

원문 : 滴水之恩, 當涌泉相報[217]

물 한 방울의 은혜라 할지라도 응당 샘물로 보답해야 한다.

풀이 : 다른 사람에게 받은 물 한 방울과 같은 작은 은혜라도 응
당 샘물처럼 크게 보답해야 한다.

노자가 이르길 "상등의 선은 물과 같다.(上善若水)"라고 하였으며,
공자는 "어진 사람은 산을 좋아하고, 지혜로운 사람은 물을 좋아한

---

216) 『주자가훈(朱子家訓)』은 주백려(1627~1698)가 지은 것으로, 『주자치가격언(朱子治家格言)』,
『주백려치가격언(朱柏廬治家格言)』으로 불리기도 하는데, 가정의 예법 도덕을 위주로 한
아동용 계몽교재이다. 수신제가의 도리에 대해 매우 상세하게 설명하고 있는 가정교육의 지
침서라고 할 수 있다. 그 가운데 많은 내용은 중국 전통문화의 우수한 특징들을 계승하고
있는데, 예를 들어 스승과 웃 어른에 대한 공경, 근검절약, 이웃과의 화목 등은 오늘날에도
현실적으로 의미 있는 가르침이다.

217) 滴(물방울 적)/ 水(물 수)/ 之(어조사 지)/ 恩(은혜 은)/ 當(마땅할 당)/ 涌(샘솟을 용)/ 泉(샘
천)/ 相(서로 상)/ 報(값을 보: 보답하다)

다.(仁者樂山, 知者樂水)"고 하였다. 중국인은 물을 가지고 비유하거나 이치를 설명하길 좋아한다. "물 한 방울의 은혜라도 응당 샘물로 보답해야 한다."는 구절 역시도 물을 가지고 세상살이의 이치를 설명하고 있다. 사회생활을 하면서 누구나 어려움에 부딪히기도 하고, 그럴 때 다른 사람을 돕거나 또 도움을 받을 때가 있기 마련이다.

중국에서는 전통적으로 다른 사람을 돕는 사람은 응당 "은혜를 베품에 보답을 바라지 말아야" 하지만, 다른 사람의 도움을 받는 사람은 응당 "받은 은혜를 마음속에 새기고 있어야 한다"고 말한다. 이러한 언뜻 보기에는 모순되는 듯한 태도는 오히려 사회를 조화롭게 만들어 준다. 사람과 사람 사이의 관계뿐만 아니라 나라와 나라 간의 이상적인 태도 또한 마찬가지이다. 만약 나라와 나라 사이에 서로 돕고 우호적으로 은혜를 베풀게 되면 조화로운 세계를 만들어 나가는 데 튼실한 기초를 다질 수 있는 것이다.

홀로 들어올리기는 어려우나,
뭇 사람들이 함께 간다면 쉽게 나아갈 수 있다.

(孤擧者難起, 衆行者易趨)

출전 : 청나라 위원(魏源)의 『묵고·치편팔(默觚·治篇八)』

원문 : 孤擧者難起, 衆行者易趨. 傾厦非一木之支也, 決河非捧土之障也.[218]

혼자서 무거운 물건을 들어올리기는 어려우나 뭇 사람들이 함께 간다면 쉽게 갈 수 있다. 큰 건물이 기울어지는 것은 한 나무 가지 때문이 아니며 터진 강둑은 한 움큼의 흙으로는 막을 수가 없다.

풀이 : 한 사람이 홀로 무거운 물건을 들어올리기는 어려우나 많은
사람이 함께 나아간다면 더욱 쉽게 갈 수가 있다.

협력의 의미는 두말할 필요 없이 "1+1=2"의 이치라는 것은 누구나가 알고 있는 사실이다. 문제는 어떻게 하느냐에 달려 있다. 한마디로

---

218) 孤(외로울 고)/ 擧(들 거)/ 者(사람 자)/ 難(어려울 난)/ 起(일어날 기)/ 衆(무리 중)/ 行(행할 행)/ 者(사람 자)/ 易(쉬울 이)/ 趨(달릴 추)/ 傾(기울 경)/ 厦(클 하)/ 非(아닐 비)/ 一(한 일)/ 木(나무 목)/ 之(어조사 지)/ 支(가지 지)/ 也(어조사 야)/ 決(터질 결)/ 河(강 하)/ 捧(받들 봉: 두 손으로 받쳐 들다, 두 손으로 움켜 뜨다, 움큼)/ 土(흙 토)/ 障(가로막을 장)

말하면 상호이익과 장점으로 단점을 보완하는 것이 협력인 것이다. 협력의 의미는 쌍방이 각자의 장점으로 상대방의 단점을 보완하고, 상대방의 우세함을 빌어 함께 발전해 나가는 데 있는 것이다.

한 국가에 대해서도 마찬가지이다. 개방적인 국가인 중국은 현재 다른 나라와의 협력을 가장 희망하는 시대에 처해있다. 이것이 바로 '일대일로(The Belt and Road Initiative)', '아시아 인프라 투자은행 (Asian Infrastructure Investment Bank: AIIB)', '신개발은행(New Development Bank: NDB)' 설립 등 일련의 시책에 대해 그 개방성 과 속도로 세계 각국의 융합과 발전을 가속화하고 있기에 세계사람 들이 칭찬하고 있는 것이다.

중국은 세계 각국이 중국의 발전이라는 열차에 올라타는 것을 환영하며, 마찬가지로 다른 사람의 장점으로 나의 단점을 보완함으로써 중국몽이라는 위대한 장정을 실현하고, 허심탄회하게 세계를 향해 배우고 함께 나아가길 원하는 것이다.

물을 거슬러 올라가는 배는 앞으로
나아가지 않으면 곧 물러나게 된다.

(逆水行舟, 不進則退)

출전 : 청나라 양계초(梁啓超)의 「입산설표상환영회설사(笠山西票商
歡迎會說詞)」

원문 : 夫舊而能守, 斯亦已矣! 然鄙人以爲人之處於世也, 如逆水行舟, 不進
則退.

"옛것을 지킬 수 있으면, 그것으로 된다! 그러나 나는 이렇게 생각
한다. 사람이 이 세상에 사는 것은, 물을 거슬러 배를 모는 것과 같
아서. 나아가지 않으면 밀린다.

풀이 : 물을 거슬러 나아가는 배는 앞으로 나아가지 않으면 곧 물
살에 부딪혀 뒤로 물러나게 된다. 이는 노력하지 않으면 곧
후퇴하게 됨을 비유한 말이다.

중국의 오래되고 소박한 전통적 지혜는 오늘날 전 세계의 평화를
지키는데 여전히 가치가 있다. 금융위기 이후로 세계경제는 점차 밑

바닥에서 헤어 나오고 있기는 하지만 여전히 성장동력이 부족하고 여러 리스크와 갈등이 뒤엉켜 있다. 이러한 상황에서 "물을 거슬러 올라가는 배는 나아가지 못하면 곧 물러나게 된다"는 말의 지혜는 곧 세계의 각국이 함께 발전의 난제들을 깨트려 나감으로써 경제적 리스크를 줄여 나갈 것을 요구하는 것이며, 또한 세계 각국이 오늘날의 형세판단에 공통된 인식을 이끌어내고, 함께 힘을 모아 작금의 난관을 헤쳐 나갈 것을 요구하는 것이다.

발전은 발전의 방법이 있으니, 중국은 어떤 이바지를 할 수 있을 것인가? 우리가 보기에 '일대일로'에 대한 제기이든 아니면 아시아 인프라 투자은행이나 신개발은행의 설립이든 간에, 아니면 일련의 자유무역구의 건설이든 간에 이 모든 것이 중국이 세계경제와 평화에 주동적으로 참여하고 세계를 향해 제기한 방안이다.

후기

　5천년의 찬란한 문명을 가지고 있는 나라로써 중화민족은 줄곧 중국의 발전 과정 속에서 거대한 영향력을 발휘해 왔다. 오늘날에 이르러 우리는 갖가지 정보가 흘러넘치는 정보화 시대에 접어들었다고 하더라도 고전의 지혜는 여전히 깊고 맑은 샘물이 마음의 밭을 촉촉하게 적셔주는 것처럼, 우리로 하여금 시시때때로 회상 속에서 따뜻한 초심을 느끼게 해 준다.

　중국의 고전 경전 속에 포함된 풍부한 치국이정(治國理政)의 지혜를 어떻게 전아(典雅) 한 방식으로 많은 독자들에게 들려줄 것이며, 어떻게 생동적인 형식으로 세계에 전달할 것인가? 이에 대한 적절한 접합점을 반드시 찾아내야 한다.

2014년 5월 인민일보 해외판 학습 소조에서 『평천하−중국 고전에서 배우는 정치의 지혜』라는 책을 편집, 정리하게 되었는데, 이 책이 출판된 후에 국내·외에 좋은 사회적 영향을 불러일으켰다. 『평천하−중국 고전에서 배우는 정치의 지혜』의 자매편으로써, 이 책은 다시금 130여 개의 고전 명구를 정리하여 『예기』 『대학』의 학문 단계에 따라, '수신', '제가', '치국', '평천하'라는 네 개의 장으로 나누어 서술함으로써 고전에 경의를 표했다.

　　양카이, 천쩐카이, 장웬칭, 리우샤오화, 선멍쩌, 야오리나, 리쩐 등 여러 편집자들의 고생에 감사를 드린다.

　　모든 독자들은 고전 경전을 익혀 초심을 되새기길 바란다.

편집자
2016년 8월

補衮圖

丁卯冬至前二日仿十洲筆

雪航程